HISTÓRIAS DE MOWGLI DO LIVRO DO JÂNGAL

COLEÇÃO A OBRA-PRIMA DE CADA AUTOR

HISTÓRIAS DE MOWGLI DO LIVRO DO JÂNGAL

Rudyard Kipling

Texto Integral

2ª Edição

Tradução e notas
Casemiro Linarth

A ortografia deste livro foi atualizada segundo o Acordo Ortográfico da Língua Portuguesa (1990), que passou a vigorar em 2009.

MARTIN CLARET

Título original dos livros que contêm os contos desta coletânea:
The Jungle Book (1894) e *The Second Jungle Book* (1895)

Direção	Martin Claret
Produção editorial	Carolina Marani Lima Flávia P. Silva
Diagramação	Giovana Gatti Leonardo
Direção de arte	José Duarte T. de Castro
Capa	Weberson Santiago
Tradução e notas	Casemiro Linarth
Revisão	Waldir Moraes Alexander Barutti A. Siqueira Maria Regina Machado
Impressão e acabamento	Eskenazi Indústria Gráfica

Dados Internacionais de Catalogação na Publicação (CIP)
(Câmara Brasileira do Livro, SP, Brasil)

Kipling, Rudyard, 1865-1936.
Histórias de Mowgli: do livro do Jângal / Rudyard Kipling. — São Paulo: Martin Claret, 2013. — (Coleção a obra-prima de cada autor; 168)

Título original: The book of Jungle.
"Texto integral"
ISBN 978-85-7232-949-1

1. Literatura infantojuvenil I. Título II. Série.

12-00267 CDD-028.5

Índices para catálogo sistemático:

1. Literatura infantojuvenil 028.5
2. Literatura juvenil 028.5

EDITORA MARTIN CLARET LTDA.
Rua Alegrete, 62 – Bairro Sumaré
01254-010 – São Paulo, SP
Tel.: (11) 3672-8144
www.martinclaret.com.br
4ª reimpressão – 2019

SUMÁRIO

À GUISA DE PREFÁCIO

Luiz Carlos Gabriel*

Entre as muitas tarefas difíceis nas quais me envolvi ao longo dos meus 70 anos, posso considerar esta, a de escrever algumas linhas como abertura em uma obra de Rudyard Kipling, uma das mais marcantes. Um dos maiores escritores do fim do século XIX e primeiro quartel do século XX, primeiro Prêmio Nobel de Literatura inglês, jornalista, correspondente de guerra, poeta, ensaísta, ficcionista como poucos, Kipling foi de felicidade ímpar ao escrever *O livro do Jângal* ou *Histórias de Mowgli.*

O ano 2005 foi o da comemoração dos cento e onze anos da publicação da primeira edição de O *livro do Jângal.* É um dos livros mais traduzidos do mundo e conta a saga do menino criado por uma família de lobos, o menino-lobo Mowgli. A princípio, as aventuras de Mowgli foram publicadas, junto a outros contos, em O *livro do Jângal*, em 1894. Em 1896, Kipling publicou *O segundo livro do Jângal*, o qual apresentava, dentre outras, novas aventuras de Mowgli. Anos antes, ele escrevera a primeira história em que apareceu o personagem criado por lobos — o conto "In the Ruskh" ("O guarda-parques"). Esse conto, pouco conhecido, faz parte do livro *Many inventions* e também foi publicado em algumas edições do *Homem que queria ser rei.* "O guarda-parques" — último conto que figura na presente edição — é uma história muito interessante em que Mowgli, já crescido, começa a se inserir na Alcateia dos Homens.

---

* Luiz Carlos Gabriel participa do movimento escoteiro desde 1947. É professor, jornalista, graduado em Gestão de Recursos Humanos e pós-graduado em Psicopedagogia. (N.E.)

Essas histórias, inspiradas na infância do autor passada na Índia e descritas com grande precisão, contêm todos os ingredientes necessários para não só aguçar a curiosidade do leitor, como também para que ele sinta que faz parte delas. "Quais são esses ingredientes?" — você me pergunta. Mistério, aventura, descobertas, amizade, lealdade, solidariedade, sabedoria, destreza, amor. Em cada história narrada e em cada personagem descrito, podemos identificar situações pelas quais já passamos ou características de pessoas próximas ou que já cruzaram nossa vida.

Não foi por acaso que o genial educador e criador do escotismo, Baden-Powell, usou o tema de O *livro do Jângal* como base ao Lobismo. Para criar um fundo fantasioso aos lobinhos, cada garoto se torna um Mowgli e os adultos "se apropriam" de nomes dos personagens do livro, como Bagheera, a astuta pantera-negra; Baloo, o mestre urso; Akela, o hábil chefe da Alcateia de Seoni; ou Kaa, a sábia e velha serpente. A excelência do programa e da metodologia desenvolvidos pode ser medida pela presença do escotismo, em especial dos lobinhos, em mais de 200 países, com mais de 20 milhões de participantes.

Se ler é um prazer e ler Kipling é uma emoção, ler *O livro do Jângal* é aprender a ser mais humano; é entender como são as inter-relações dos homens com as lições dadas pela natureza e pelos habitantes do jângal; e, sobretudo, é entender o significado da palavra "somos do mesmo sangue, tu e eu". Boa caçada a todos!

Histórias de Mowgli
do livro do Jângal

Paul Durand

Fritz Eichenberg

Os irmãos de Mowgli*

Chil, o Abutre, conduz os passos da noite
Que Mang, o Morcego, liberta.
As manadas dormem no curral fechado,
Porque vagamos livres até a aurora.

Esta é a hora do orgulho e da força,
Das patas, das presas e das garras.
Ouçam o grito! Boa caçada para todos
Os que respeitam a Lei do Jângal.

Canção noturna no Jângal

Eram dezenove horas nas colinas de Seoni,[1] numa noite muito quente. Pai Lobo despertou do sono diário, coçou-se, bocejou e espichou uma pata depois da outra para dissipar a sensação de torpor em suas extremidades. Mãe Loba estava deitada, com seu grande focinho cinzento entre os quatro filhotes, que se reviravam ganindo, e a lua brilhava na abertura da caverna onde viviam.

— *Augrh!* — disse Pai Lobo —, é hora de caçar de novo.

Já ia descer para o fundo do vale, quando uma sombra pequena com cauda peluda cruzou a abertura e lamuriou-se:

— Boa sorte, chefe dos lobos! Boa sorte e dentes brancos fortes para seus nobres filhos! Que eles nunca se esqueçam dos que têm fome neste mundo.

---

* Do original inglês, "*Mowgli's Brothers*", conto integrante do livro *The Jungle Book*.

[1] *Seeonee*, em inglês. É uma cidade do centro da Índia, capital do distrito de Seoni, no Estado de Madhya Pradesh. Há muito tempo a região não possui mais jângal. No censo de 1901 já contava 11.864 habitantes. No censo de 2001 sua população era de 89.799 habitantes e passou dos 100 mil em 2004.

Era o chacal, Tabaqui, o lambedor de pratos. Os lobos da Índia desprezam Tabaqui porque anda por toda parte fazendo maldades, contando mentiras e comendo trapos e pedaços de couro que encontra nos montes de lixo perto das aldeias. Mas também têm medo dele porque Tabaqui, mais que qualquer outro no Jângal,[2] está sujeito a contrair hidrofobia. Então esquece o que é ter medo e corre pela floresta, mordendo tudo o que encontra no caminho. Até o tigre foge e se esconde quando o pequeno Tabaqui fica com raiva, pois a raiva é a pior desgraça que pode suceder a um animal selvagem. Nós a chamamos de hidrofobia, mas eles a chamam de *dewanee* — a loucura — e correm.

— Entre então e olhe — disse Pai Lobo asperamente. — Mas aqui não há nada para comer.

— Para um lobo, não — respondeu Tabaqui —, mas para um miserável como eu um osso seco é um banquete. Quem somos nós, *Gidur-log* (o Povo dos Chacais), para andar escolhendo?

Ele correu depressa para o fundo da caverna, encontrou ali um osso de gamo no qual havia um resto de carne, agachou-se e se pôs a roer uma ponta, satisfeito.

— Muito obrigado por esta boa refeição — disse, lambendo os beiços. — Como são belos seus nobres filhos! Que olhos grandes! E ainda são tão novos! Na verdade, eu deveria lembrar-me de que os filhos dos reis são príncipes desde o berço.

Tabaqui sabia tão bem como qualquer outro que não há nada mais infeliz que elogiar crianças na presença delas. E ficou muito contente ao ver que Mãe e Pai Lobo pareciam contrafeitos.

Tabaqui permaneceu parado por um momento, deleitando-se com o mal que acabava de praticar. Depois, acrescentou malignamente:

---

[2] O jângal é uma vegetação típica da Índia. A palavra vem do sânscrito *jangala* e é geralmente usada em muitos idiomas do subcontinente indiano para designar qualquer terra selvagem, não cultivada, assim como as florestas e os desertos. Como bioma florestal está presente nas regiões equatoriais e tropicais. Possui grande biodiversidade.

— Shere Khan, o Grande, mudou de território de caça. Na próxima lua vai caçar nestas colinas, como ele mesmo me disse.

Shere Khan era o tigre que vivia perto do rio Waingunga, a mais de trinta quilômetros de distância.

— Ele não tem esse direito — protestou Pai Lobo, irritado. — Pela Lei do Jângal, ele não tem o direito de mudar de lugar sem avisar antes. Vai espantar toda a caça a quinze quilômetros ao redor, e eu... eu tenho de matar em dobro, nestes tempos.

— A mãe dele não o chamou de Lungri (o Manco) por acaso — murmurou Mãe Loba tranquilamente. — Manca de uma pata desde que nasceu. Por isso nunca conseguiu matar nada além de gado. Agora que os aldeões do Waingunga estão furiosos com ele, vem aqui exasperar também os nossos aldeões. Eles vão percorrer o Jângal à sua procura quando já estiver longe, e nós e nossos filhotes teremos de correr quando atearem fogo no capim. Realmente, devemos ser muito gratos a Shere Khan.

— Devo dizer a ele como vocês estão gratos? — perguntou Tabaqui.

— Saia daqui! — replicou Pai Lobo rudemente. — Saia daqui e vá caçar com seu mestre. Já fez muito mal esta noite.

— Estou indo — disse Tabaqui calmamente. — Podem ouvir Shere Khan lá embaixo, nos matagais. Eu poderia ter-me dispensado de trazer esta notícia.

Pai Lobo prestou atenção. Embaixo, no vale que descia até um riacho, ouviu a lamúria áspera, irritada, ameaçadora e monótona de um tigre que não caçara nada e para o qual pouco importava que todo o Jângal soubesse disso.

— O imbecil! — exclamou Pai Lobo. — Começar uma noitada de caça com um barulho desses! Ele acha que nossos gamos são como seus bezerros gordos do Waingunga?

— Silêncio! Não é bezerro nem gamo que ele caça esta noite — respondeu Mãe Loba. — É o homem.

A lamúria transformara-se numa espécie de rosnado vibrante que parecia vir de cada ponto do horizonte. É o ruído que desorienta os lenhadores e os ciganos que dormem ao relento, e os faz correr às vezes justamente para a boca do tigre.

— O homem! — repetiu Pai Lobo, mostrando todos os dentes brancos. — Fu! Não há insetos e rãs suficientes nas lagoas, para que ele seja obrigado a comer o homem, e ainda por cima em nosso território?

A Lei do Jângal, que não estabelece nada sem ter motivo para isso, proíbe todos os animais de comer o homem, a não ser quando matam para ensinar aos filhos como se mata. Nesse caso, devem caçar fora da alcateia ou da tribo. A verdadeira razão disso é que morte de homem significa, cedo ou tarde, invasão de homens brancos armados de espingardas e montados em elefantes, acompanhados por centenas de homens morenos, munidos de gongos, rojões e tochas. Então todo o mundo sofre no Jângal. A explicação que os animais dão uns aos outros é que é covardia atacar o homem, o mais fraco e indefeso dos seres vivos. Dizem também, e é verdade, que os comedores de homens tornam-se sarnentos e perdem os dentes.

O rosnado cresceu e terminou no *Aaarh!* que o tigre lança com toda a força no momento de atacar. Ouviu-se então um urro — urro estranho, impróprio de um tigre — de Shere Khan.

— Errou o pulo — disse Mãe Loba. — O que será que aconteceu?

Pai Lobo saiu a alguns passos da entrada. Ouviu Shere Khan rosnar furiosamente enquanto se embrenhava no matagal.

— O idiota teve a ideia de saltar em cima de uma fogueira de lenhadores e queimou as patas — grunhiu Pai Lobo. — Tabaqui está com ele.

— Alguma coisa está subindo a colina — observou Mãe Loba, levantando uma orelha. — Prepare-se.

Houve um ligeiro rumor de folhas de arbustos no matagal. Pai Lobo agachou-se sobre as patas traseiras, pronto para saltar. Então, se estivesse lá, o leitor teria visto a coisa mais admirável do mundo: o lobo deteve o pulo a meio caminho. Tomou impulso antes de saber a que visava e, de repente, tentou parar. O resultado foi um salto de um metro ou um metro e pouco para cima, de onde caiu quase no mesmo lugar.

— Um homem! — rosnou entre os dentes. — Um filhote de homem! Olhe!

Bem à sua frente, apoiando-se num galho baixo, estava um bebê moreno nu, que mal começava a andar, uma criança pequena macia e rechonchuda que jamais viera à noite à caverna de um lobo. Ergueu os olhos para olhar Pai Lobo no rosto e se pôs a rir.

— É um filhote de homem? — indagou Mãe Loba. — Nunca vi um. Traga-o aqui.

Um lobo, acostumado a carregar suas próprias crias, pode muito bem levar um ovo na boca sem o quebrar, se for preciso. Embora a mandíbula e o maxilar superior de Pai Lobo tivessem apertado as costas da criança, nem um só dente a arranhou ao depositá-la no meio de seus filhotes.

— Como é pequeno! Como está nu! E como é atrevido! — exclamou Mãe Loba com ternura.

O bebê abria caminho entre os filhotes, para se aproximar do pelo quente de Mãe Loba.

— Ah, agora está comendo com os outros. Então é assim um filhote de homem. Será que já existiu uma loba que pôde se gabar de ter um filhote de homem em sua ninhada?

— Ouvi falar de algo semelhante algumas vezes, mas não em nossa Alcateia nem em meu tempo — respondeu Pai Lobo. — Ele não tem um pelo, e eu poderia matá-lo só tocando-o com uma pata. Mas veja como olha para nós e não tem medo.

O luar foi interceptado na boca da caverna, pois a enorme cabeça quadrada e as espáduas largas de Shere Khan bloqueavam a abertura e tentavam penetrar nela. Tabaqui, atrás dele, gritava com voz aguda:

— Meu senhor, meu senhor, ele entrou aqui.

— Shere Khan nos faz uma grande honra — disse Pai Lobo, porém seus olhos zangados desmentiam suas palavras. — O que Shere Khan deseja?

— A minha presa. Um filhote de homem tomou este caminho. Seus pais fugiram. Entreguem-no a mim.

Shere Khan saltara em cima da fogueira de um acampamento de lenhadores, como Pai Lobo havia dito, e a dor da queimadura de suas patas tornava-o furioso. Pai Lobo, porém, sabia que a abertura da caverna era muito estreita para um tigre passar. Mesmo no lugar onde se encontrava, Shere Khan tinha de encolher penosamente as patas e as espáduas, e estava impossibilitado de combater, como um homem que estivesse dentro de um barril.

— Os lobos são um povo livre — respondeu Pai Lobo. — Recebem ordens somente do chefe da Alcateia, e não de um matador de bois mais ou menos listrado. O filhote de homem é nosso, para matá-lo, se quisermos.

— Se quisermos! Que conversa é essa? Pelo touro que matei, até quando devo esperar, com o focinho em seu covil de cães, para ter o que justamente me pertence? Sou eu, Shere Khan, quem fala.

O rugido do tigre ressoou por todos os cantos da caverna. Mãe Loba livrou-se dos filhotes de suas costas e avançou, fixando nos olhos flamejantes de Shere Khan seus olhos vivos como duas luas verdes que brilhavam na escuridão.

— Sou eu, Raksha, a Demônia, quem vai responder-lhe. O filhote de homem é meu, Lungri, só meu. Não será morto. Viverá para correr com a Alcateia e caçar com ela. E tome cuidado, caçador de pequenos nus, comedor de rãs e matador de peixes. Ele irá caçar *você*. Agora saia daqui ou, pelo *Sambhur*[3] que matei — pois não me alimento de gado morto de fome —, volte para sua mãe, cabeça queimada do Jângal, mais manco do que veio ao mundo. Vá embora.

Pai Lobo olhou para ela admirado. Não se lembrava mais dos dias em que conquistara Mãe Loba, em luta leal com outros cinco lobos, no tempo em que, nas incursões da Alcateia, não era por pura amabilidade que a chamavam a Demônia. Shere Khan poderia enfrentar Pai Lobo, mas não resistiria a Mãe Loba, pois sabia que, na posição em que se encontrava, ela mantinha a vantagem do terreno e lutaria até a morte. Por isso se retirou da boca da caverna resmungando e, quando se viu livre, gritou:

---

[3] Raça de cervo indiano.

— Cada cão late em seu próprio pátio. Veremos o que a Alcateia dirá sobre a adoção de filhotes de homem. O filhote é meu e deverá acabar em meus dentes, ladrões de cauda peluda.

Mãe Loba voltou a deitar-se, ofegante, entre os filhotes, e Pai Lobo disse-lhe em tom sério:

— Shere Khan tem razão. O filhote deve ser apresentado à Alcateia. Ainda quer ficar com ele, mãe?

— Se quero ficar com ele! — respondeu ela, suspirando. — Ele chegou nu, à noite, sozinho e morrendo de fome, e, no entanto, não tinha medo. Veja, já empurrou um de nossos bebês para o lado. E esse carniceiro manco o teria matado e fugido em seguida para o Waingunga, enquanto os camponeses daqui fariam uma batida em nossos covis para vingar-se. Se quero ficar com ele? Claro que vou ficar com ele. Deite-se ali, pequena Rã, Mowgli, pois de agora em diante o chamarei Mowgli, a Rã. Virá o tempo em que você caçará Shere Khan como ele o caçou.

— Mas o que dirá a Alcateia? — perguntou Pai Lobo.

A Lei do Jângal estabelece claramente que qualquer lobo pode, quando se casa, retirar-se da Alcateia à qual pertence. Mas, assim que seus filhotes têm idade suficiente para manter-se em pé, deve levá-los ao Conselho da Alcateia, que se reúne normalmente uma vez por mês na lua cheia, a fim de que os outros lobos possam identificá-los. Depois dessa inspeção, os filhotes ficam livres para correr onde quiserem e, enquanto não matarem o seu primeiro gamo, nenhum deles poderá ser morto por um lobo adulto da Alcateia por nenhum motivo. O assassino é punido com a morte, onde quer que se encontre. E, se o leitor refletir um minuto, verá que é assim que deve ser.

Pai Lobo esperou que seus filhotes estivessem em condições de correr um pouco e então, na noite da reunião da Alcateia, levou-os com Mowgli e Mãe Loba à Roca do Conselho, o topo de uma colina coberto de pedras e seixos, onde cem lobos podiam isolar-se. Akela, um grande lobo cinzento solitário que chegara a ser chefe da Alcateia graças à sua força e habilidade, estava estendido sobre toda a extensão de sua pedra. Um pouco abaixo sentavam-se mais

FRITZ EICHENBER

de quarenta lobos de todos os tamanhos e pelagens. Havia veteranos pardos como o texugo, que podiam controlar sozinhos um gamo, e também novatos pretos de três anos, que só tinham essa pretensão. O Lobo Solitário liderava a todos havia um ano. Na sua juventude caíra duas vezes em armadilhas para lobos, e outra vez levara uma sova de pau e fora deixado como morto. E assim aprendera a conhecer os usos e costumes dos homens.

Conversava-se pouco na reunião da Roca. Os lobinhos caíam e tropeçavam uns nos outros no centro do círculo onde estavam sentados seus pais, e de tempos em tempos um lobo mais velho dirigia-se devagar até um filhote, olhava-o com atenção e voltava ao seu lugar sem produzir o menor ruído. Às vezes uma mãe empurrava seu pequeno até a luz da lua, para ter certeza de que não tinha passado despercebido. Akela, da sua roca, bradava:

— Vocês conhecem a Lei, vocês conhecem a Lei. Olhem bem, lobos!

E as mães, ansiosas, repetiam o grito:

— Olhem, olhem bem, lobos!

Por fim — e quando chegou o momento Mãe Loba sentiu

eriçarem-se todos os pelos de seu pescoço — Pai Lobo empurrou "Mowgli, a Rã", como o chamavam, ao meio do círculo, onde ele se sentou rindo e entretendo-se com alguns seixos que cintilavam ao luar.

Sem erguer a cabeça, que fazia descansar sobre as patas, Akela continuava com seu grito monótono:

— Olhem bem!

Um rugido abafado partiu de trás das rochas. Era a voz de Shere Khan, que bradava:

— O filhote é meu. Entreguem-no a mim. O que o Povo Livre tem a ver com um filhote de homem?

Akela nem sequer levantou as orelhas. Disse simplesmente:

— Olhem bem, lobos! O que importam ao Povo Livre as ordens de alguém que não pertence a este povo? Olhem bem!

Houve um coro de grunhidos intensos e um lobo jovem de quatro anos, voltando-se para Akela, repetiu a pergunta de Shere Khan:

— O que o Povo Livre tem a ver com um filhote de homem?

A Lei do Jângal estabelece que, havendo controvérsia sobre o direito de um filhote de ser admitido na Alcateia, devem tomar a palavra em sua defesa pelo menos dois de seus membros, que não sejam seus pais.

— Quem fala em favor deste filhote? — perguntou Akela. — Quem do Povo Livre fala em favor dele?

Não houve resposta e Mãe Loba preparou-se para a que podia ser sua última luta, como bem sabia, se fosse necessário. Então o único animal de outra espécie admitido no Conselho da Alcateia, Baloo, o Urso-Pardo sonolento que ensinava a Lei do Jângal aos filhotes, o velho Baloo, que podia ir e vir por onde lhe aprouvesse, porque só comia nozes, raízes e mel, levantou-se sobre as patas traseiras e bramiu.

— O filhote de homem? O filhote de homem? — disse. — Eu falo pelo filhote de homem. Um filhote de homem não pode nos fazer mal nenhum. Não tenho o dom da palavra, mas digo a verdade. Deixem que ele corra com a Alcateia e seja acolhido entre os outros. Eu mesmo vou instruí-lo.

— Precisamos ainda de outro — disse Akela. — Baloo falou, e é ele que ensina nossos filhotes. Quem fala além de Baloo?

Uma sombra negra moveu-se até o meio do círculo. Era Bagheera,[4] a Pantera-Negra, inteiramente preta como a tinta, porém ostentando marcas em sua pele próprias de sua espécie, as quais, conforme incidisse nelas a luz, pareciam reflexos num tecido de seda ondulada. Todos conheciam Bagheera e ninguém ousava atravessar seu caminho, porque era tão astuta como Tabaqui, tão audaciosa como o búfalo selvagem e tão temível como um elefante ferido. Contudo, sua voz era mais doce que o mel silvestre, que pinga gota a gota da árvore, e sua pele, mais macia que um colchão de penas.

— Akela e vocês, Povo Livre — ronronou sua voz persuasiva —, não tenho nenhum direito de intervir em sua assembleia. Mas a Lei do Jângal declara que, se surgir alguma dúvida relacionada a um filhote, desde que não se trate de assassinato, a vida desse filhote pode ser comprada mediante um preço. A Lei não diz quem pode ou não pagar esse preço. É certo o que digo?

— Certo! Certo! — responderam em coro os lobos jovens, que sempre estão com fome. — Vamos ouvir Bagheera. O filhote pode ser comprado mediante um preço. É a Lei.

— Sabendo que não tenho nenhum direito de falar aqui, peço sua permissão.

— Fale então — gritaram vinte vozes.

— Matar um filhote nu é uma vergonha. Além disso, ele poderá nos ajudar a caçar melhor quando crescer. Baloo já falou em seu favor. Agora, às palavras de Baloo acrescentarei a oferta de um touro, um touro bem gordo, que acabei de matar a menos de um quilômetro daqui, se vocês aceitarem o filhote de homem conforme a Lei. Há alguma objeção?

---

[4] Existe uma polêmica entre os tradutores quanto à tradução do gênero dos personagens Bagheera, Kaa e Cobra Branca. A maior parte das versões neolatinas de Kipling adota o feminino, tradição iniciada provavelmente entre os franceses. Essa tradição manteve-se no Brasil quando da primeira tradução da obra, por Monteiro Lobato. Aqui, o tradutor optou por seguir essa tradição. (N. E.)

Elevou-se um clamor de inúmeras vozes, falando ao mesmo tempo:

— O que importa? Ele vai morrer quando chegarem as chuvas de inverno ou ser torrado pelo sol. Que mal uma rã nua pode nos fazer? Deixem que corra com a Alcateia. Onde está o touro, Bagheera? Nós o aceitamos.

Então se ouviu o uivo profundo de Akela, que advertia.

— Olhem, olhem bem, lobos!

Mowgli continuava tão entretido com os seixos que não prestou atenção aos lobos que vieram, um a um, examiná-lo. Por fim, todos desceram a colina em busca do touro morto, e só ficaram Akela, Bagheera, Baloo e os lobos da família de Mowgli. Shere Khan ainda rugia à noite, furioso por não ter conseguido que lhe entregassem Mowgli.

— Sim, pode rugir — disse Bagheera com seus bigodes —, pois virá o tempo em que esta pequena coisa nua o fará rugir em outro tom, ou não sei nada sobre os homens.

— Fizemos bem — observou Akela. — Os homens e seus filhotes são muito sabidos. Quando chegar o momento, ele poderá tornar-se útil.

— É verdade — respondeu Bagheera. — Num momento de necessidade talvez precisemos dele, pois ninguém pode ter a pretensão de comandar a Alcateia para sempre.

Akela permaneceu calado. Pensava no momento que chega fatalmente para todo chefe de Alcateia, quando suas forças o abandonam e sente-se cada dia mais fraco, até que os outros lobos o matam e é substituído por um novo chefe, que também terá o mesmo fim.

— Leve-o — disse ele a Pai Lobo — e adestre-o em tudo o que um membro do Povo Livre deve saber.

E foi assim que Mowgli entrou para a Alcateia de Seoni, pela oferta de um touro e pelas boas palavras de Baloo.

Agora devemos pular dez ou onze anos e imaginar a vida maravilhosa que Mowgli levou entre os lobos. Se tivéssemos de escrevê-la, daria para encher muitos livros. Ele cresceu com os lobinhos, embora estes, naturalmente, já fossem adultos quando Mowgli ainda era menino. Pai Lobo ensinou-lhe suas ocupações e o significado de tudo o que havia no Jângal, até que cada rumor debaixo da relva, cada sopro de ar quente na noite, cada pio das corujas acima de sua cabeça, o ruído imperceptível que faz o morcego arranhando com as unhas a árvore quando vai descansar um momento e a agitação mais leve que o peixe provoca ao saltar num charco passaram a ter para ele a mesma importância que o trabalho no escritório para um homem de negócios.

Quando não estava ocupado em aprender, deitava-se ao sol e dormia, depois comia e voltava a dormir. Quando se sentia sujo ou com muito calor, ia nadar nos lagos da floresta e, quando queria mel (Baloo lhe disse que o mel e as nozes eram tão bons para comer quanto a carne crua), subia nas árvores para buscá-lo, e Bagheera mostrou-lhe como fazê-lo. A pantera estirava-se sobre um galho e o chamava: "Venha aqui, Irmãozinho!". No início, Mowgli agarrava-se como a preguiça, mas com o tempo atirava-se de galho em galho quase com a mesma destreza do macaco cinzento.

Ocupava também seu lugar na Roca do Conselho, nas reuniões da Alcateia, e ali descobriu que, olhando fixamente um lobo, podia forçá-lo a baixar os olhos. Isso foi motivo para que o fizesse com frequência somente para divertir-se. Em outros momentos, arrancava os espinhos longos da pata dos amigos, pois os lobos sofrem terrivelmente com espinhos e carrapichos que se fixam em seu pelo. De vez em quando descia, à noite, a encosta da colina até as terras cultivadas e observava com curiosidade os aldeões em suas choças. Mas desconfiava dos homens, porque Bagheera lhe mostrara uma caixa quadrada, com um alçapão, dissimulada tão habilmente no Jângal que quase caiu dentro dela, e lhe dissera que era uma armadilha.

Nada, porém, agradava-lhe mais que penetrar com Bagheera no coração escuro e quente da floresta, para dormir ao longo do dia sonolento e ver, quando chegava a noite, como Bagheera agarrava a presa com os dentes. Ela matava à direita e à esquerda, sem restrição, conforme o apetite, e Mowgli fazia o mesmo, com uma única exceção. Quando teve idade suficiente para entender as coisas, Bagheera ensinou-lhe que nunca deveria tocar no gado, porque fora aceito no Conselho da Alcateia graças à oferta de um touro.

— Todo o Jângal lhe pertence — disse Bagheera — e pode matar tudo o que suas forças lhe permitem. Mas, em memória do touro que salvou sua vida, nunca deve matar nem comer gado, novo ou velho. É a Lei do Jângal.

Mowgli obedeceu fielmente. Cresceu assim e tornou-se forte como acontece com um menino que não vai à escola e não tem na vida nada para pensar a não ser como conseguir comida.

Mãe Loba disse-lhe, uma ou duas vezes, que Shere Khan não era daqueles em quem se deve confiar, e que um dia ele teria de matar Shere Khan. Sem dúvida, um lobo jovem lembrar-se-ia desse conselho a cada momento, porém Mowgli o esqueceu, porque era somente um menino, e no entanto teria dado a si mesmo o nome de lobo, se soubesse falar alguma língua humana.

Shere Khan encontrava-se sempre no caminho de Mowgli, no Jângal. À medida que Akela ia ficando mais velho e perdendo a força, o tigre manco passava a ter grande amizade com os lobos mais novos da tribo, que o seguiam para apanhar suas sobras, coisa que Akela nunca toleraria se ousasse exercer até o fim sua autoridade legítima. Nessas ocasiões Shere Khan os lisonjeava, mostrando-se surpreso que caçadores tão jovens e tão bons ficassem satisfeitos em se deixar conduzir por um lobo que já estava meio morto e por um filhote de homem.

— Contam-me — costumava repetir Shere Khan — que vocês não se atrevem a olhá-lo nos olhos, no Conselho.

Os lobos jovens respondiam-lhe com grunhidos, eriçando os pelos.

Bagheera, que parecia ter os olhos e os ouvidos em toda parte, sabia disso e uma vez ou duas disse claramente a Mowgli que Shere Khan o mataria um dia. Mowgli ria e respondia:

— Conto com a Alcateia e com você. E Baloo, com toda a sua preguiça, daria uma patada ou duas por mim. Por que, então, eu deveria ter medo?

Num dia de grande calor ocorreu a Bagheera uma ideia, nascida de algo que tinha ouvido. Talvez fosse Ikki, o Porco-Espinho, que a tivesse sugerido. Em todo caso, dirigiu-se a Mowgli uma tarde, nas profundezas do Jângal, quando o menino repousava a cabeça na bela pele negra da pantera:

— Irmãozinho, quantas vezes já o preveni de que Shere Khan é seu inimigo?

— Tantas vezes quantos cocos há nesta palmeira — declarou Mowgli, que, naturalmente, não sabia contar. — E eu com isso? Estou com sono, Bagheera, e Shere Khan só tem uma cauda longa e muita gritaria, como Mao, o Pavão.

— Não é mais tempo de dormir. Baloo sabe disso, eu também sei, toda a Alcateia sabe, e até os gamos estúpidos sabem. O próprio Tabaqui lhe disse.

— Ah! Ah! — respondeu Mowgli. — Tabaqui veio me dizer, não faz muito tempo, não sei mais que história impertinente: que eu era um filhote de homem nu e não servia nem mesmo para desenterrar raízes. Peguei Tabaqui pela cauda e o bati duas vezes numa palmeira para ensinar-lhe bons modos.

— Foi uma tolice, pois, embora Tabaqui seja um mexeriqueiro, queria falar-lhe de uma coisa que lhe interessa de perto. Abra os olhos, Irmãozinho. Shere Khan não tem coragem de matá-lo no Jângal. Mas lembre-se de que Akela está velho e logo virá o dia em que não poderá mais abater seu gamo. Então não conduzirá mais a Alcateia. Muitos lobos que o examinaram quando você foi apresentado no Conselho também estão velhos e os lobos jovens pensam, como Shere Khan lhes ensinou, que um filhote de homem não tem direito de estar na Alcateia. Você logo será homem.

— E o que é um homem que não pode correr com seus irmãos? — replicou Mowgli. — Nasci no Jângal, tenho obedecido à sua Lei e não há um só lobo entre os nossos ao qual eu não tenha tirado um espinho da pata. Com certeza eles são meus irmãos.

Bagheera estendeu-se ao comprido e semicerrou os olhos.

— Irmãozinho — disse —, coloque a mão debaixo de minha mandíbula.

Mowgli levantou sua mão forte e morena e, exatamente debaixo do queixo aveludado de Bagheera, onde os enormes músculos ondulados estavam ocultos debaixo do pelo lustroso, sentiu um pequeno sinal pelado.

— Ninguém no Jângal sabe que eu, Bagheera, trago esta marca, a marca da coleira. No entanto, Irmãozinho, nasci entre os homens, e foi entre os homens que minha mãe morreu, nas jaulas do palácio real, em Oodeypore. Foi por esse motivo que paguei o preço ao Conselho quando você era um pobre filhote nu. Sim, eu também nasci entre os homens. Nunca tinha visto o Jângal. Davam-me de comer atrás das grades numa gamela de ferro. Mas numa noite senti que era Bagheera, a Pantera, e não um brinquedo para os homens. Então quebrei a fechadura absurda com uma pancada da garra e escapei. Depois, como aprendi os costumes dos homens, tornei-me mais temível no Jângal que Shere Khan, não é verdade?

— Sim — respondeu Mowgli —, todos no Jângal temem Bagheera. Todos, menos Mowgli.

— Ah, você é um filhote de homem — disse a Pantera-Negra, com grande ternura. — E da mesma forma que voltei para o Jângal, você deverá um dia retornar para os homens, para os homens que são seus irmãos, se antes não for morto no Conselho.

— Mas por que alguém desejaria matar-me? — replicou Mowgli.

— Olhe para mim — disse Bagheera.

Mowgli olhou fixamente em seus olhos. Depois de alguns momentos, a grande Pantera desviou o olhar.

— É por *isso* — explicou Bagheera, movendo uma das patas sobre as folhas. — Eu mesma, que nasci entre os homens e o quero bem, não posso sustentar seu olhar, Irmãozinho. Os outros o odeiam porque não podem resistir ao choque de seus olhos, porque você é sabido, porque tirou espinhos de suas patas, porque é homem.

— Eu não sabia dessas coisas — disse Mowgli, magoado, franzindo suas grossas sobrancelhas escuras.

— O que estabelece a Lei do Jângal? Bata primeiro e fale depois. Pela própria indiferença com que se comporta eles veem que você é homem. Mas fique atento. Pressinto no coração que, na primeira vez que o velho Akela errar o pulo — e cada dia ele tem mais dificuldade para apanhar seu gamo —, a Alcateia se voltará contra ele e contra você. Realizará uma assembleia na Roca e então... e então... Já tenho uma ideia! — exclamou Bagheera, levantando-se de um salto. — Desça depressa às cabanas dos homens no vale e pegue um pouco da Flor Vermelha que eles fazem nascer lá embaixo. Assim, quando chegar o momento, terá um aliado mais forte que eu, Baloo ou os da tribo que o querem bem. Vá buscar a Flor Vermelha.

Flor Vermelha significava o fogo para Bagheera. Mas nenhuma criatura do Jângal denominava o fogo por seu verdadeiro nome. Um medo mortal se apodera das feras diante dele e inventam cem modos diferentes para descrevê-lo.

— A Flor Vermelha! — replicou Mowgli. — Ela cresce fora das cabanas no crepúsculo. Irei buscar um pouco.

— É assim que um filhote de homem deve falar — disse Bagheera com orgulho. — Lembre-se de que ela cresce em vasos pequenos. Pegue rapidamente uma e guarde-a com você até o momento em que precisar dela.

— Muito bem — respondeu Mowgli —, vou lá.

Passou o braço em volta do pescoço esplêndido da Pantera e olhou-a no fundo dos olhos.

— Mas tem certeza, minha cara Bagheera, de que tudo isso é obra de Shere Khan?

— Pela fechadura quebrada que me deu a liberdade, tenho certeza, Irmãozinho.

— Então, pelo touro que me comprou, pagarei a Shere Khan o que lhe devo, e é possível até que receba um pouco mais do que lhe devo.

Ao dizer isso, Mowgli partiu rapidamente.

— Esse é um homem, um verdadeiro homem — murmurou a Pantera, voltando a deitar-se. — Ah, Shere Khan, você nunca fez uma caçada mais perigosa do que quando foi atrás dessa rã, há dez anos.

Mowgli já estava longe na floresta, correndo velozmente, e sentia o coração arder dentro do peito. Chegou à caverna no momento em que o nevoeiro da tarde começava a erguer-se, parou para tomar fôlego e olhou para baixo, no vale. Os lobos jovens estavam fora, mas a mãe, no fundo do covil, percebeu, pela respiração de Mowgli, que alguma coisa perturbava sua rã.

— O que há, filho? — indagou.

— Intrigas de Shere Khan! — respondeu ele. — Esta noite vou caçar nos campos arados.

E mergulhou na mata até o rio, no fundo do vale. Ali parou, pois, no meio dos gritos da Alcateia que caçava, ouviu o berro de um *Sambhur* perseguido e o bufo do animal quando se sente acuado. Depois ressoaram urros de escárnio e de maldade dos lobos mais novos.

— Akela! Akela! Deixem que o Lobo Solitário mostre sua força! Deem lugar ao chefe da Alcateia! Pule, Akela!

Pareceu que o Lobo Solitário pulou e errou o bote, porque Mowgli ouviu o estalo de seus dentes e um ganido quando o *Sambhur* o fez rolar no chão com sua pata dianteira. Não quis esperar mais para ver o que ia acontecer. Seguiu em frente e os urros se enfraqueciam à medida que se afastava em direção às terras cultivadas onde os aldeões viviam.

— Bagheera dizia a verdade — pensou enquanto se acomodava, ainda ofegante, na forragem amontoada debaixo da janela de uma cabana. — Amanhã será o dia decisivo para Akela e para mim.

Então encostou o rosto na janela e observou o fogo que ardia na lareira. Viu a mulher do aldeão levantar-se durante a noite e alimentar as chamas com gravetos negros. E, quando veio a manhã, na hora em que tudo ainda estava envolto pela névoa branca e fria, viu o filho do homem pegar um cesto de vime com terra no interior, enchê-lo com carvões em brasa, cobri-lo com um cobertor e sair para cuidar das vacas no estábulo.

— É só isso? — refletiu Mowgli. — Se uma criança pode fazê-lo, não tenho nada a temer.

Dobrou o canto da casa, correu ao encontro do menino, arrancou-lhe o cesto das mãos e desapareceu na névoa, enquanto a criança gritava de susto.

— Eles se parecem muito comigo — murmurou Mowgli, soprando as brasas, como vira a mulher fazer. — Esta *coisa* morrerá se eu não lhe der nada para comer.

Jogou alguns raminhos de árvores e pedaços de casca seca sobre a coisa vermelha. No meio do caminho da colina encontrou Bagheera. O orvalho da manhã brilhava em seu pelo como pedras preciosas.

— Akela errou o bote — disse a Pantera. — Eles o teriam matado na noite passada, mas queriam você também. Procuraram-no por toda a colina.

— Eu andava pelas terras cultivadas. Estou pronto. Veja! Mowgli estendeu-lhe o cesto cheio de brasas.

— Bem. Já vi os homens jogarem um ramo seco sobre isso e a Flor Vermelha logo se expandia ao máximo. Você não tem medo?

— Não. Por que teria medo? Lembro-me agora, se não é um sonho, de que antes de ser lobo eu me deitava ao lado da Flor Vermelha, e a sentia quente e agradável.

Naquele dia inteiro Mowgli permaneceu sentado na caverna, cuidando do cesto com brasas e colocando ramos secos para ver o efeito que produziam. Finalmente encontrou um ramo que lhe pareceu satisfatório e, ao anoitecer, quando Tabaqui veio à caverna dizer-lhe grosseiramente que sua presença era exigida na Roca do Conselho, riu tanto que Tabaqui saiu correndo. E dirigiu-se ao Conselho, sempre rindo.

Akela, o Lobo Solitário, estava ao lado de sua pedra para mostrar que sua sucessão estava aberta, e Shere Khan, com seu cortejo de lobos alimentados de restos, passeava de um lado para outro em meio a suas adulações. Bagheera colocou-se junto de Mowgli, que mantinha o cesto com brasas entre os joelhos. Quando estavam todos reunidos, Shere Khan tomou a palavra, o que jamais ousaria fazer quando Akela desfrutava da plenitude de suas forças.

— Ele não tem o direito de falar — murmurou Bagheera. — Diga-lhe. É um filho de cão. Terá medo.

Mowgli pôs-se de pé.

— Povo Livre — gritou —, é Shere Khan quem dirige nossa Alcateia? O que tem um tigre a ver com nosso comando?

— Como a sucessão está aberta e fui convidado a falar... — começou Shere Khan.

— Quem o convidou? — replicou Mowgli. — Somos todos chacais para bajular este matador de gado? A direção da Alcateia só diz respeito à Alcateia.

Houve uivos.

— Cale a boca, filhote de homem!

— Deixem que ele fale. Ele respeitou a nossa Lei.

No fim, os mais velhos da Alcateia proferiram com veemência:

— Deixem que o Lobo Morto fale.

Quando um chefe de Alcateia erra o bote é chamado de "Lobo Morto" durante o tempo que lhe resta para viver, e geralmente não vive muito tempo.

Akela levantou penosamente a velha cabeça.

— Povo Livre, e vocês também, chacais de Shere Khan, durante doze estações eu os conduzi à caça e os trouxe de volta, e durante todo esse tempo nenhum de vocês caiu em armadilha nem ficou inutilizado. Acabo de perder a presa. Vocês sabem como essa intriga foi urdida. Sabem como me fizeram atacar um gamo descansado, para mostrar minha fraqueza. Foi feito com habilidade. Vocês têm agora o direito de me matar aqui na Roca do Conselho. Por isso pergunto: quem tirará a vida do Lobo Solitário? Pois é meu direito, pela Lei do Jângal, que venham um por um.

Houve um longo silêncio, porque nenhum lobo queria bater-se sozinho com Akela até a morte. Shere Khan, então, rugiu:

— Bah! O que vamos fazer com este idiota sem dentes? Logo vai morrer. O filhote de homem é que já viveu demais. Povo Livre, ele foi minha presa desde o começo. Entreguem-no a mim. Estou farto dessa comédia de homem-lobo. Há dez estações ele vem perturbando o Jângal. Deem-me o filhote de homem, ou caçarei sempre por aqui e não lhes deixarei um osso. É um homem, filho de homem, e o odeio até a medula de meus ossos.

Então mais da metade da Alcateia urrou:

— Um homem! Um homem! O que um homem está fazendo entre nós? Que volte para a sua gente.

— Para atiçar todo o povo das aldeias contra nós? — vociferou Shere Khan. — Não, entreguem-no a mim. É homem, e nenhum de nós pode fixá-lo nos olhos.

Akela ergueu de novo a cabeça e disse:

— Ele compartilhou de nossa comida. Dormiu conosco. Arrumou caça para nós. Não infringiu uma só palavra da Lei do Jângal.

— E eu paguei o preço de um touro quando ele foi aceito. Um touro vale pouco, mas a honra de Bagheera é algo por que ela está disposta a lutar — declarou Bagheera com sua voz mais mansa.

— Um touro que foi pago há dez anos — protestou a assembleia. — O que nos importam ossos roídos há dez anos?

— E o compromisso? — retorquiu Bagheera, mostrando os dentes brancos debaixo do lábio. — Fazem bem em chamá-los de Povo Livre.

— Nenhum filhote de homem deve correr com o Povo do Jângal — rugiu Shere Khan. — Devem entregá-lo a mim.

— Ele é nosso irmão em tudo, menos no sangue — prosseguiu Akela —, e vocês querem matá-lo aqui. Na verdade, vivi muito tempo. Alguns de vocês comem gado e ouvi dizer que outros, seguindo as lições de Shere Khan, vão na noite escura roubar crianças nas portas das cabanas dos aldeões. Por isso, sei que são covardes, e que falo para covardes. É certo que devo morrer e minha vida não vale mais grande coisa, mesmo assim a ofereço em troca da vida do filhote de homem. Mas, para salvar a honra da Alcateia — uma ninharia que vocês esqueceram, de tanto viver sem chefe —, eu me comprometo, se deixarem o filhote de homem voltar para os seus, a não mostrar um dente quando chegar minha hora de morrer. Esperarei a morte sem me defender. A Alcateia poupará com isso pelo menos três vidas. Mais não posso fazer. Se consentirem, posso livrá-los da vergonha de matar um irmão que não cometeu delito algum, um irmão que foi defendido e comprado, para ser admitido na Alcateia, segundo a Lei do Jângal.

— Ele é um homem, um homem, um homem! — rosnou a assembleia.

A maioria dos lobos começou a agrupar-se em volta de Shere Khan, que se pôs a açoitar os flancos com a cauda.

— Agora o problema está em suas mãos — disse Bagheera a Mowgli. — Não podemos fazer outra coisa senão lutar.

Mowgli pôs-se de pé, com o cesto de brasas nas mãos. Depois estirou os braços e bocejou na frente do Conselho. Mas estava furioso, com raiva e triste, porque os lobos, com astúcia lupina, nunca lhe tinham dito quanto o odiavam.

— Ouçam! — gritou. — Não é preciso fazer todo esse alarido como cães. Vocês me repetiram inúmeras vezes, esta noite, que sou homem e, no entanto, eu gostaria de ser lobo, com vocês, até o fim da minha vida. Sinto a verdade de suas palavras. Por isso, nunca mais os chamarei meus irmãos, e sim *sag* (cães), como um homem os chamaria. O que vocês farão ou deixarão de fazer não lhes cabe decidir. Isso é assunto meu e, para podermos tirar a coisa a limpo, eu, o homem, trouxe aqui um pouco da Flor Vermelha de que vocês, cães, têm medo.

Ao dizer isso, atirou o cesto com brasas no chão e algumas delas acenderam um tufo de musgo seco, que pegou fogo, e todo o Conselho recuou aterrorizado ao ver as chamas se elevarem. Mowgli jogou no fogo o ramo que levava e, quando se inflamou soltando faíscas, girou-o no alto sobre os lobos assustados.

— Você é o senhor da situação — disse Bagheera em voz baixa. — Salve Akela da morte. Ele sempre foi seu amigo.

Akela, o velho lobo implacável, que nunca implorou misericórdia em sua vida, lançou um olhar suplicante a Mowgli, de pé ao lado dele, nu, com os longos cabelos pretos ondulando sobre os ombros, à luz do ramo que, ao queimar, fazia as sombras dançarem e tremerem.

— Bem — prosseguiu Mowgli, passeando lentamente os olhos ao redor —, vejo mesmo que são cães. Deixo-os

Fritz Eichenberg

para retornar à minha gente, se é realmente minha gente. O Jângal está fechado para mim, e devo esquecer a língua e a companhia de vocês. Mas serei mais tolerante. Porque fui irmão de vocês em tudo, menos no sangue, prometo, quando for homem entre os homens, não os trair na presença deles como vocês me traíram.

Deu um pontapé nas brasas, fazendo as faíscas voarem.

— Não haverá guerra entre nenhum de nós na Alcateia — prosseguiu. — Mas há uma dívida que tenho de pagar antes de partir.

Caminhou a passos largos em direção ao lugar onde Shere Khan, agachado, piscava estupidamente os olhos diante das chamas e o agarrou pelo tufo de pelos debaixo do queixo. Bagheera o seguiu, pronta a intervir em caso de perigo.

— De pé, cão! — gritou Mowgli. — Levante-se quando um homem fala, ou boto fogo em seu pelo.

Shere Khan abaixou as orelhas até colá-las em sua cabeça e fechou os olhos, porque as chamas do ramo estavam bem próximas dele.

— Este abatedor de gado disse que me mataria no Conselho, porque não conseguiu me matar quando eu era pequeno. Assim açoitamos os cães quando nos tornamos homens. Experimente mover um só fio do seu bigode, Lungri, e lhe enterro a Flor Vermelha goela abaixo.

Mowgli bateu com o ramo na cabeça de Shere Khan, enquanto o tigre choramingava e gania na angústia do medo.

— Bah! Agora se mande, gato do Jângal chamuscado, mas lembre-se de que, quando eu voltar à Roca do Conselho como homem, virei com a pele de Shere Khan na cabeça. Quanto ao resto, Akela está livre para viver como achar melhor. *Ninguém* vai matá-lo, porque não é essa a *minha* vontade. Tenho a ideia, aliás, de que não devem permanecer aqui por mais tempo, com a língua de fora como se fossem gente importante, em vez de cães que expulso deste lugar. Portanto, fora daqui.

O fogo queimava furiosamente na ponta do ramo, Mowgli golpeava à direita e à esquerda em volta do círculo, e os lobos fugiam uivando ao sentir que as faíscas queimavam seu pelo. No fim, só ficaram o velho Akela, Bagheera e uns dez lobos que se puseram do lado de Mowgli. Então ele começou a sentir algo doloroso dentro de si, de que não se lembrava ter sentido antes. Tomou fôlego e soluçou, enquanto as lágrimas começaram a rolar pelo rosto.

— O que é isso? O que é isso? — indagou. — Não quero deixar o Jângal e não sei o que tenho. Estou morrendo, Bagheera?

— Não, Irmãozinho. São somente lágrimas, como as que os homens derramam — explicou Bagheera. — Agora vejo que já é homem, e não mais filhote de homem. Sim, o Jângal está fechado para você de agora em diante. Deixe-as correr, Mowgli. São somente lágrimas.

Então Mowgli sentou-se e chorou como se o seu coração fosse despedaçar-se. Ele nunca havia chorado em sua vida.

— Agora — disse —, vou ao meio dos homens. Mas antes preciso despedir-me de minha mãe.

Dirigiu-se à caverna onde ela vivia com Pai Lobo e chorou em seu pelo, enquanto os outros filhotes uivavam tristemente.

— Não vão se esquecer de mim? — perguntou Mowgli.

— Jamais, enquanto pudermos seguir uma pista — responderam os filhotes. — Venha ao pé da colina quando for homem e conversaremos com você. E à noite iremos aos terrenos de cultivo para brincar com você.

— Volte logo — disse Pai Lobo. — Volte logo, pequena rã sábia, pois estamos velhos, sua mãe e eu.

— Volte logo — repetiu Mãe Loba —, meu pequeno filho nu, porque, ouça, filho do homem, eu sempre o amei mais que a meus próprios filhotes.

— Voltarei certamente — respondeu Mowgli. — E, quando voltar, será para estender a pele de Shere Khan na Roca do Conselho. Não se esqueçam de mim. Digam aos do Jângal que nunca se esqueçam de mim.

A aurora começava a despontar quando Mowgli desceu a colina sozinho, para ir ao encontro desses seres misteriosos que são chamados homens.

Canção de caça da Alcateia de Seoni

O *Sambhur* bramiu ao despontar da aurora
Uma, duas, três vezes.
Uma corça saltou fora da lagoa do bosque
Onde os cervos selvagens bebem.
Só eu vi isso, enquanto caçava,
Uma, duas, três vezes.

O *Sambhur* bramiu ao despontar da aurora
Uma, duas, três vezes.
Um lobo voltou sem dar na vista
Para levar a notícia à Alcateia que esperava.
Procuramos, encontramos e ladramos atrás de sua pista
Uma, duas, três vezes.

A Alcateia uivou ao despontar da aurora
Uma, duas, três vezes.

Patas que não deixam rastos no Jângal!
Olhos que podem ver no escuro, no escuro!
Deem-lhe a voz! Ouçam! Ouçam!
Uma, duas, três vezes.

FRITZ EICHENBERG

A caçada de Kaa*

As manchas são a alegria do Leopardo,
Os chifres são o orgulho do Búfalo.
Seja limpo, pois é pelo brilho de sua pele
Que se conhece a força do caçador.

Se acha que o Novilho pode derrubá-lo
Ou o *Sambhur* de testa dura pode chifrá-lo,
Não pare o trabalho para nos informar:
Já sabíamos disso há dez estações.

Nunca moleste os filhotes dos outros,
Mas saúde-os como irmã e irmão.
Sem dúvida são fracos e desajeitados,
Mas a Ursa pode ser sua mãe.

"Não há ninguém como eu", diz o filhote
No orgulho de sua primeira caçada.
Mas o Jângal é grande e o filhote é pequeno.
Deixe que reflita e se acalme.

Máximas de Baloo

O que vamos contar aqui aconteceu pouco tempo antes que Mowgli fosse banido da Alcateia de Lobos de Seoni ou se vingasse de Shere Khan, o Tigre. Era o tempo em que Baloo ensinava-lhe a Lei do Jângal. O velho Urso-Pardo, grande e sério, estava muito contente por ter um aluno com inteligência tão viva, porque os lobos pequenos só queriam aprender da Lei do

---

* Do original inglês "*Kaa's Hunting*", conto integrante do livro *The Jungle Book.*

Jângal o que se referia à sua Alcateia e à sua tribo, e sumiam assim que eram capazes de repetir os versos da caça: "Pés que não fazem barulho, olhos que enxergam no escuro, ouvidos que ouvem o vento em seus covis e dentes brancos afiados: estes são os sinais de nossos irmãos, com exceção de Tabaqui, o Chacal, e da Hiena, que odiamos".

Mowgli, como filhote de homem, teve de aprender muito mais. Às vezes Bagheera, a Pantera-Negra, vinha passeando ociosamente pelo Jângal para ver como seu favorito progredia e ronronava apoiando a cabeça numa árvore, enquanto Mowgli recitava para Baloo a lição do dia. O menino sabia subir em árvores quase tão bem como sabia nadar, e nadar quase tão bem como sabia correr. Por isso, Baloo, o Doutor da Lei, ensinava-lhe as Leis da Floresta e da Água: a distinguir um galho podre de um seguro; a falar com polidez às abelhas selvagens quando encontrasse inesperadamente um enxame a quinze metros acima do solo; as palavras a dizer a Mang, o Morcego, quando o importunasse entre os galhos durante o dia; e o modo de avisar as cobras-d'água nas lagoas antes de mergulhar no meio delas. Nenhum animal do Jângal gosta de ser perturbado e todos estão sempre prontos a atirar-se sobre o intruso.

Além disso, Mowgli aprendeu o Grito de Caça dos Forasteiros, que um habitante do Jângal deve repetir em voz alta até receber resposta todas as vezes que caça fora do seu terreno. Traduzido, isso significa: "Deem-me permissão para caçar aqui, porque estou com fome". E a resposta é: "Pode caçar para buscar comida, mas não por diversão".

Tudo isso dá uma ideia do que Mowgli tinha de aprender de cor, e chegava a cansar-se de repetir mais de cem vezes a mesma coisa. Mas, como Baloo disse a Bagheera um dia em que Mowgli recebera a correção de uma patada e fora embora zangado:

— Um filhote de homem é um filhote de homem e deve aprender *toda* a Lei do Jângal.

— Sim, mas pense só como ele é pequeno — preveniu a Pantera-Negra, que mimaria Mowgli em excesso se o educasse a seu modo. — Como suas longas ladainhas podem caber numa cabeça tão pequena?

— Existe no Jângal um animal que não seja morto por ser muito pequeno? Não. É por isso que lhe ensino essas coisas, e é por isso que o corrijo, com muita delicadeza, quando as esquece.

— Com delicadeza! O que sabe sobre delicadeza, velha pata de ferro? — grunhiu Bagheera. — O rosto dele está todo machucado hoje, por causa de sua delicadeza, irra!

— É melhor vê-lo machucado da cabeça aos pés por mim que o amo do que lhe acontecer uma desgraça por ignorância — respondeu Baloo, muito sério. — Agora estou ensinando a ele as Palavras-Chaves do Jângal, que devem protegê-lo dos Pássaros, do Povo das Serpentes e de todos os que caçam sobre quatro patas, com exceção de sua própria Alcateia. A partir de agora, e só lembrando essas palavras, ele poderá pedir proteção de todos no Jângal. Isso não vale uma pequena correção?

— Sim, mas tome cuidado para não matar o filhote de homem. Ele não é tronco de árvore para afiar suas garras embotadas. Mas quais são essas Palavras-Chaves? É mais provável que eu tenha de prestar ajuda que pedir.

Bagheera esticou uma das patas e Baloo contemplou admirado as garras, que tinham uma cor azulada e a têmpera de um cinzel de aço.

— Todavia, eu gostaria de conhecê-las — acrescentou.

— Vou chamar Mowgli para que as diga, se estiver disposto. Venha cá, Irmãozinho!

— Minha cabeça zumbe como uma árvore cheia de abelhas — disse uma vozinha mal-humorada acima de suas cabeças.

Mowgli escorregou pelo tronco de uma árvore. Estava irritado e indignado, acrescentando ao tocar o chão:

— Venho por causa de Bagheera e não por sua causa, Baloo, velho gordo.

— Para mim pouco importa — disse Baloo, ofendido e desolado. — Repita a Bagheera as Palavras-Chaves do Jângal que lhe ensinei hoje.

— As Palavras-Chaves de que povo? — perguntou Mowgli, encantado com a oportunidade de exibir-se. — No Jângal há muitas línguas e conheço todas elas.

— Você sabe alguma coisa, mas não muito. Veja, Bagheera, os alunos nunca agradecem a quem lhes ensina. Nem um só lobinho veio até agora agradecer ao velho Baloo por seus ensinamentos. Diga então a palavra do Povo dos Caçadores, grande sábio.

— *Você e eu somos do mesmo sangue* — recitou Mowgli, dando às palavras o acento do Urso, como fazem todos os povos que caçam ali.

— Bem, agora a das Aves.

Mowgli repetiu, acrescentando a grasnada do Abutre no fim da frase.

— Agora a do Povo das Serpentes — pediu Bagheera.

A resposta foi um silvo completamente indescritível. Depois Mowgli deu uma pirueta no ar, bateu palmas para aplaudir sua habilidade e saltou na garupa de Bagheera, onde se sentou de lado tamborilando com os calcanhares na pelagem reluzente e fazendo para Baloo as caretas mais horríveis que pôde imaginar.

— Ora, ora! Isso merecia uma pequena correção — disse o Urso-Pardo com ternura. — Um dia talvez me agradeça.

Em seguida se virou de lado para contar a Bagheera como o menino aprendera as Palavras-Chaves de Hathi, o Elefante Selvagem, que sabe tudo sobre essas coisas, como Hathi conduzira Mowgli até uma lagoa para aprender a palavra das Serpentes com uma cobra-d'água, porque Baloo não conseguia pronunciá-la, e como Mowgli se encontrava agora suficientemente a salvo de todos os acidentes possíveis no Jângal, porque nem serpente, nem pássaro, nem animal de quatro patas lhe fariam mal algum.

— Já não há motivo para temer ninguém — concluiu Baloo, acariciando com orgulho sua grande barriga peluda.

— A não ser os de sua própria tribo — acrescentou Bagheera em voz baixa.

Depois, em tom alto, dirigiu-se a Mowgli:

— Um pouco de cuidado com minhas costelas, Irmãozinho. O que significa toda essa dança para cima e para baixo?

Mowgli, tentando fazer-se ouvir, puxava o pelo das costas de Bagheera e dava chutes vigorosos. Quando, enfim, os dois prestaram atenção, ele gritou bem alto:

— Eu também terei a minha tribo e a conduzirei por entre os ramos o dia inteiro.

— Que nova loucura é essa, pequeno sonhador de ilusões? — indagou Bagheera.

— Sim, para atirar galhos e sujeira no velho Baloo — continuou Mowgli. — Eles me prometeram. Ah!

— Whoof! — A pata grossa de Baloo derrubou Mowgli da garupa de Bagheera e o menino, que rolou entre as grossas patas dianteiras, percebeu que o Urso estava furioso.

— Mowgli — disse Baloo —, você conversou com os *Bandar-log*, o Povo Macaco.

Mowgli olhou para Bagheera para ver se a Pantera também estava irritada. Os olhos de Bagheera estavam duros como pedras de jade.

— Você esteve com o Povo Macaco, os macacos cinzentos, o povo sem lei, os que comem qualquer coisa. É uma grande vergonha.

— Quando Baloo me bateu na cabeça fui embora — disse Mowgli, que ainda continuava estendido de costas —, e os macacos cinzentos desceram das árvores e sentiram pena de mim. Só eles se preocuparam comigo.

E se pôs a fungar.

— A compaixão do Povo Macaco! — bufou Baloo. — A calma da torrente da montanha! A brisa amena do sol de verão! E depois, filhote de homem?

— Depois... depois me deram nozes e coisas muito boas para comer, e me levaram nos braços à parte mais alta das árvores para me dizer que eu era seu irmão de sangue, que só me faltava rabo, e que um dia eu seria seu chefe.

— Eles não têm chefe — disse Bagheera. — Eles mentem. Mentiram sempre.

Fritz Eichenberg

— Foram muito bons comigo e me convidaram a voltar. Por que nunca me levaram até onde o Povo Macaco vive? Eles caminham sobre dois pés como eu. Não batem em mim com suas patas grossas. Brincam o dia todo. Deixem que eu suba onde eles estão. Deixe que eu suba, Baloo malvado. Quero brincar de novo com eles.

— Ouça, filhote de homem — disse o Urso, e sua voz retumbou como trovoada em noite quente. — Eu o instruí sobre toda a Lei do Jângal para todos os Povos do Jângal, menos o Povo Macaco, que vive nas árvores. Eles não têm lei. São rejeitados por todos. Não têm língua própria, lançando mão de palavras roubadas, que ouvem por acaso quando nos escutam e espiam, lá no alto, à espreita nos galhos. O caminho deles não é o nosso. Não possuem chefes. Não guardam nada na memória. São fanfarrões e tagarelas e têm a pretensão de ser um grande povo, destinado a fazer grandes coisas no Jângal. Mas basta que uma noz caia para que rebentem de rir e esqueçam tudo. Nós do Jângal não temos nenhum relacionamento com eles. Não bebemos onde os macacos bebem, não vamos aonde os macacos vão, não caçamos onde eles caçam, não morremos onde eles morrem. Por acaso já me ouviu falar dos *Bandar-log* antes?

— Não — respondeu Mowgli com um fio de voz, pois reinava um silêncio absoluto na floresta quando Baloo acabou de falar.

Fritz Eichenberg

— O Povo do Jângal baniu o nome deles de sua boca e de sua mente. Eles são em grande número, perversos, sujos, petulantes, e desejam chamar nossa atenção, se é que têm algum desejo constante. Mas não fazemos nenhum caso deles, mesmo quando atiram nozes e porcarias em nossa cabeça.

Ainda não havia terminado de falar quando uma saraivada de nozes e ramos pequenos desabou por entre a folhagem. E foram ouvidos tosses, urros de raiva e saltos irritados no alto entre os ramos finos.

— É proibido frequentar o Povo Macaco — proferiu Baloo. — É proibido para os Povos do Jângal. Lembre-se disso.

— É proibido — repetiu Bagheera. — Mas me parece que Baloo deveria tê-lo prevenido sobre eles.

— Eu? Eu? Como podia adivinhar que ele iria brincar com uma sujeira dessas? O Povo Macaco! Que nojo!

Uma nova saraivada se abateu sobre suas cabeças e os dois se afastaram rapidamente, levando Mowgli com eles.

O que Baloo havia dito sobre os macacos era absolutamente verdadeiro. Viviam nas copas das árvores e, como os animais raramente olham para o alto, quase nunca se apresentava oportunidade para que eles e o Povo do Jângal cruzassem o mesmo caminho. Mas, todas as vezes que encontravam um lobo doente, ou um tigre ferido, ou um urso, os macacos não deixavam de atormentá-lo, e tinham o costume de atirar galhos secos e nozes em qualquer animal por divertimento e na esperança de se fazer notar. Depois guinchavam ou gritavam com toda a força canções sem sentido e provocavam o Povo do Jângal a subir nas árvores para brigar. Iniciavam combates furiosos uns contra os outros por qualquer futilidade, tomando o cuidado de deixar os macacos mortos onde o Povo do Jângal pudesse vê-los.

Estavam sempre para escolher um chefe, ter leis e costumes próprios, porém nunca se decidiam, porque sua memória não era capaz de reter nada de um dia para outro. Por isso ajeitaram o assunto repetindo constantemente um adágio: "O que os *Bandar-log* pensam agora, o Jângal pensará mais tarde", e essa ideia os consolava. Nenhum animal podia chegar até as alturas onde viviam, mas, por outro lado, nenhum animal reparava neles, e foi por esse motivo que ficaram tão contentes quando Mowgli veio brincar com eles e ouviram que isso deixava Baloo muito irritado.

Não tinham a intenção de fazer mais, porque os *Bandar-log* nunca têm intenções, mas um deles teve uma ideia que lhe pareceu genial. Convenceu os outros de que Mowgli podia ser útil à tribo, porque sabia entrelaçar ramos que os protegeriam contra o vento e, se o agarrassem, poderiam forçá-lo a ensinar-lhes. Naturalmente, Mowgli, que era filho de lenhador, herdara todos os tipos de habilidades instintivas e se divertia muitas vezes em construir pequenas cabanas com galhos caídos, sem mesmo saber por quê. E o Povo Macaco, espreitando nas árvores, considerava aquela brincadeira maravilhosa.

Desta vez, diziam, teriam realmente um chefe e se tornariam o povo mais sábio do Jângal, tão sábio que despertaria a admiração e a inveja de todos os outros. Por isso seguiram Baloo, Bagheera e Mowgli em silêncio através do Jângal, até chegar a hora da sesta do meio-dia. Então Mowgli, que sentia muita vergonha de si mesmo, adormeceu entre a Pantera e o Urso, decidido a não ter mais nada em comum com o Povo Macaco.

A primeira coisa de que se lembrou em seguida foi uma sensação de mãos que lhe apertavam as pernas e os braços, mãos pequenas, rudes e fortes, e depois de ramos que açoitavam seu rosto. Olhou então para baixo entre os ramos oscilantes, enquanto Baloo despertava o Jângal com seus urros estrepitosos e Bagheera subia pelo tronco mostrando todos os dentes. Os *Bandar-log* soltavam guinchos com ar de triunfo e trepavam rapidamente nos galhos mais altos, onde Bagheera não se atreveria a segui-los, gritando:

— Ela reparou em nós! Bagheera reparou em nós! Todo o Povo do Jângal nos admira por nossa destreza e astúcia!

Então começou sua fuga, e a fuga do Povo Macaco através das regiões das árvores é coisa que ninguém poderá descrever. Têm suas estradas regulares e suas veredas, suas subidas e descidas, todas traçadas a quinze, vinte ou trinta metros acima do solo, e viajam por ali, mesmo à noite, se for preciso. Dois dos macacos mais fortes tinham agarrado Mowgli por debaixo dos braços e voavam através das copas das árvores, dando saltos de quase seis metros. Sozinhos, teriam avançado duas vezes mais rápido, porém o peso do menino os retardava.

Mesmo se sentindo tonto e enjoado, Mowgli não podia deixar de deliciar-se com aquela corrida frenética, por mais que os vestígios de terra que vislumbrava lá embaixo o assustassem. As paradas súbitas e as sacudidas terríveis no fim de cada salto no vazio o mantinham com o coração na boca. Seus raptores o conduziam em direção à copa de uma árvore, até sentir que os ramos mais finos do alto estalavam e se dobravam com seu peso. Em seguida, com um tossido e um grito rouco, atiravam-se no ar, avançando e descendo, para depois agarrar-se com as mãos e os pés nos galhos mais baixos da próxima árvore.

Às vezes Mowgli via o Jângal verde e calmo estender-se abaixo por quilômetros e quilômetros, do mesmo modo como um marujo no alto de um mastro alcança com a vista quilômetros e quilômetros no horizonte do mar. Depois, os galhos e as folhas fustigavam-lhe o rosto e ele e seus dois guardas chegavam de novo quase ao nível do solo. Assim, saltando, movendo-se com estardalhaço, respirando com ruído e berrando, a tribo inteira dos *Bandar-log* fugia através das estradas das árvores levando Mowgli como prisioneiro.

Houve momentos em que teve medo que o deixassem cair. Depois sentiu a raiva crescer. Mas sabia que era inútil lutar e pôs-se a refletir. A primeira coisa a fazer era avisar Baloo e Bagheera, porque, na velocidade em que os macacos iam, compreendia que seus amigos se distanciavam cada vez mais. Olhar para baixo de nada adiantaria, pois só conseguia ver a parte de cima dos galhos. Dirigiu, então, os olhos para o alto e viu, no azul distante, Chil, o Abutre, descrevendo curvas no ar enquanto vigiava o Jângal à espera de um animal moribundo para lançar-se sobre ele. Chil notou que os macacos carregavam alguma coisa e baixou o voo algumas centenas de metros para ver se a carga era boa para comer. Assobiou surpreso quando viu Mowgli arrastado daquele jeito ao topo de uma árvore e o ouviu lançar o chamado do Abutre:

— Somos do mesmo sangue, você e eu.

A ondulação dos ramos fechou-se sobre o menino. Mas Chil voou até a árvore mais próxima, em tempo de ver o pequeno rosto moreno reaparecer.

— Siga a minha pista — gritou Mowgli. — Avise Baloo da Alcateia de Seoni e Bagheera do Conselho da Roca.

— Em nome de quem, irmão?

Chil nunca vira Mowgli, embora já tivesse ouvido falar dele.

— De Mowgli, a Rã. Eles me chamam filhote de homem. Siga a minha pista.

As últimas palavras foram gritadas com toda a força, quando o balançavam de novo no ar. Mas Chil fez um sinal de assentimento e subiu em linha perpendicular até não parecer maior que um grão de areia. Então permaneceu suspenso, acompanhando com o telescópio de seus olhos o movimento das copas das árvores, enquanto os raptores de Mowgli passavam com muita rapidez.

— Eles nunca vão muito longe — disse com um riso abafado. — Nunca fazem o que projetaram. Os *Bandar-log* estão sempre em busca de novidades. Desta vez, porém, se o meu olho é bom, meteram o bico em algo que lhes dará trabalho, pois Baloo não é um iniciante e sei que Bagheera pode matar mais que cabras.

Ao dizer isso, moveu-se no ar, com as asas abertas e as patas encolhidas debaixo do peito, e esperou.

Nesse meio-tempo, Baloo e Bagheera sentiam-se loucos de raiva e aflição. Bagheera subiu nas árvores até onde antes nunca se atreveria a chegar, porém os galhos finos se quebraram sob o peso do seu corpo, e ela escorregou até o solo, com as garras cheias de cascas.

— Por que não avisou o filhote de homem? — rugia nos ouvidos do pobre Baloo, que se pusera a caminho, com seu trote desajeitado, na esperança de alcançar os macacos. — De que adiantou quase matá-lo de golpes, se não o preveniu?

— Depressa! Ah, depressa! Nós... ainda podemos alcançá-los! — arfou Baloo.

— No passo em que vamos? Nesse andar não alcançaríamos nem uma vaca ferida. Doutor da Lei, surrador de filhotes, um quilômetro e meio rolando para cá e para lá, e você rebentará. Sente-se tranquilo e reflita. Trace um plano. Não é o momento de lhes dar caça. Eles podem deixá-lo cair se os seguirmos de muito perto.

— *Arrula! Whoo!* Eles talvez já o tenham deixado cair, cansados de o carregar. Quem pode confiar nos *Bandar-log*? Coloquem morcegos mortos em minha cabeça. Deem-me ossos pretos para roer. Atirem-me nas colmeias das abelhas silvestres para que eu seja picado até a morte e enterrem-me com a hiena, pois sou o mais infeliz dos ursos. *Arrulala! Wahooa!* Mowgli, Mowgli! Por que não o preveni contra o Povo Macaco em vez de bater-lhe na cabeça? Como saber se os golpes que lhe dei fizeram sair de sua mente a lição do dia e se estará sozinho no Jângal sem as Palavras-Chaves?

Baloo apertou a cabeça entre as patas e pôs-se a rolar à direita e à esquerda, gemendo.

— Em todo caso, ele me repetiu as palavras corretamente há pouco — replicou Bagheera, com impaciência. — Baloo, você perdeu a memória e o amor-próprio. O que pensaria o Jângal se eu, a Pantera-Negra, rolasse no chão como Ikki, o Porco-Espinho, e começasse a urrar?

— O que me importa o que o Jângal pensa? Ele pode estar morto a esta hora.

— A menos que o tenham deixado cair dos galhos por diversão ou o tenham matado por preguiça de o levar adiante, não receio pelo filhote de homem. Ele é esperto, sabe das coisas e, sobretudo, tem olhos que atemorizam todo o Povo do Jângal. Mas, e esta é uma grande desgraça, está em poder dos *Bandar-log*, que, por viverem nas árvores, não temem nenhum de nós do Jângal.

Bagheera lambeu uma das patas dianteiras, preocupada.

— Velho louco que sou! Idiota gordo e de pelo pardo, escavador de raízes! — disse Baloo, endireitando-se de um salto. — É verdade o que fala Hathi, o Elefante Selvagem: A cada um seu medo. E eles, os *Bandar-log*, temem Kaa, a Serpente da Roca. Ela sobe nas árvores tão bem quanto eles. Rouba os macacos novos à noite. Só o sussurro de seu nome os gela até a ponta da cauda. Vamos encontrar Kaa.

— O que ela pode fazer por nós? Não é da nossa tribo, porque não tem patas, e a maldade está escrita em seus olhos — sugeriu Bagheera.

— Ela é muito velha e astuta. Sobretudo, está sempre com fome — respondeu Baloo, cheio de esperança. — Prometa-lhe muitas cabras.

— Ela dorme um mês inteiro depois de cada refeição. Pode estar dormindo agora e, mesmo que esteja acordada, não preferirá matar cabras por conta própria?

Bagheera, que não conhecia Kaa muito bem, era naturalmente desconfiada.

— Nesse caso, nós dois, velha caçadora, poderemos fazê-la mostrar-se razoável.

Ao dizer isso, Baloo esfregou a pelagem descorada do ombro pardo na Pantera e partiram juntos à procura de Kaa, a serpente do gênero Píton da Roca.

Encontraram-na estendida numa rocha aquecida pelo sol da tarde, admirando a beleza de sua pele nova, pois acabava de passar dez dias em retiro para trocá-la, e agora aparecia em todo o seu esplendor, com a enorme cabeça chata esticada ao nível do chão, os seis metros de comprimento do corpo torcidos em nós e curvas caprichosas, e lambendo os beiços ao pensar na próxima refeição.

— Ela não comeu — disse Baloo, grunhindo de alívio ao ver a bela pele matizada de marrom e amarelo. — Muito cuidado, Bagheera. Ela fica sempre um pouco míope depois de trocar a pele e muito ligeira para atacar.

Kaa não era uma serpente venenosa, chegando a desprezar as cobras venenosas, que considerava covardes. Sua força residia em seu abraço, e quando enrolava seus anéis enormes em volta de alguém nada mais havia a fazer.

— Boa caçada! — gritou Baloo, sentando-se nos quadris. Kaa era quase surda, como todas as serpentes de sua espécie, e inicialmente não ouviu o que diziam. Entretanto se levantou, pronta para qualquer eventualidade, e manteve a cabeça baixa:

— Boa caçada para todos — respondeu. — Olá, Baloo, o que está fazendo por aqui? Boa caçada, Bagheera. Um de nós pelo menos precisa comer. Há alguma notícia de caça por aí? Uma corça ou um gamo jovem, por acaso? Sinto-me vazia como poço seco.

— Estamos caçando — disse Baloo, com ar de indiferença. Sabia que com Kaa não devia ter pressa, pois ela era grande demais.

— Permitam que eu vá junto com vocês — pediu Kaa. — Um bote a mais ou a menos não é nada para você, Bagheera, nem para você, Baloo, enquanto eu... tenho de esperar dias e dias numa trilha da floresta, ou passar metade de uma noite subindo em árvores e ter muita sorte para apanhar um macaco jovem. É desagradável. As árvores não são mais o que eram em minha juventude. Os galhos mais novos estão podres, e secos os maiores.

— É provável que seja consequência de seu grande peso — replicou Baloo.

— Sim, tenho um belo comprimento, um belo comprimento — prosseguiu Kaa com uma ponta de orgulho. — Mas, apesar de tudo, a culpa toda é dessas árvores novas. Faltou pouco, muito pouco, para que eu caísse na minha última caçada e, como minha cauda não estava bem presa ao tronco da árvore, o ruído do meu escorregão despertou os *Bandar-log*, que me insultaram com todo tipo de desaforos.

— Minhoca amarela sem patas — murmurou Bagheera com seus bigodes, como se tentasse lembrar-se de alguma coisa.

— *Ssss!* Chamaram-me disso alguma vez? — perguntou Kaa.

— Gritaram algo parecido contra nós na última lua, mas não levamos em conta. Eles dizem qualquer coisa, até mesmo que você perdeu os dentes e não ousa enfrentar nada maior que um cabrito porque (são realmente sem-vergonha esses *Bandar-log*)... porque tem medo dos chifres dos bodes — continuou Bagheera com jeito.

Uma serpente, sobretudo um velho píton cauteloso da espécie de Kaa, raramente mostra que está irritada, mas Baloo e Bagheera viram os grandes músculos devoradores moverem-se e incharem dos dois lados de sua garganta.

— Os *Bandar-log* mudaram de território — disse ela prontamente. — Quando subi para tomar sol hoje, ouvi a folia deles nas copas das árvores.

— São... são os *Bandar-log* que seguimos neste momento — respondeu Baloo.

Mas as palavras se estrangulavam em sua garganta, pois era a primeira vez, se a memória não o enganava, que um animal do Jângal confessava interessar-se pelo que os macacos faziam.

— Sem dúvida, deve ser muito importante o que coloca dois caçadores como vocês, chefes em seu Jângal, tenho certeza, a seguir os passos dos *Bandar-log* — observou Kaa afavelmente, inchando de curiosidade.

— Para dizer a verdade — começou Baloo —, não sou nada mais que o velho e às vezes imprevidente Doutor da Lei dos lobinhos de Seoni, e Bagheera aqui...

— É Bagheera — interrompeu a Pantera-Negra.

E seus maxilares fecharam-se com um ruído seco, pois não achava conveniente ser humilde.

— O caso é o seguinte, Kaa: esses ladrões de nozes e catadores de folhas de palmeira raptaram nosso filhote de homem, de quem você talvez tenha ouvido falar.

— Ouvi Ikki contar (seus espinhos o tornam presunçoso) que uma espécie de homem entrara numa Alcateia de lobos, mas não acreditei. Ikki é cheio de histórias que ouve mal e conta pior ainda.

— Neste caso disse a verdade. É um filhote de homem como nunca se viu — explicou Baloo. — O melhor, o mais inteligente e o mais ousado dos filhotes de homem, meu aluno que tornará o nome de Baloo famoso em todas as florestas. E, além disso, eu... nós o queremos muito bem, Kaa.

— *Tss! Tss!* — respondeu Kaa, balançando a cabeça. — Eu também sei o que é querer bem. Eu poderia contar histórias...

— Que exigiriam uma noite clara e o estômago cheio para serem apreciadas devidamente — atalhou Bagheera com prontidão. — O nosso filhote de homem está agora em poder dos *Bandar-log* e sabemos que, de todo o Povo do Jângal, Kaa é a única que eles temem.

— Sou a única que eles temem e têm razão — respondeu Kaa. — Mexeriqueiros, estúpidos e vaidosos... vaidosos, estúpidos e mexeriqueiros são os macacos. Mas uma criatura humana corre perigo em suas mãos. Eles se cansam logo das nozes que colhem e as jogam fora. Carregam um ramo durante meio dia com a intenção de fazer grandes coisas e acabam partindo-o em dois pedaços. Essa criatura humana não deve ser invejada. Eles também me chamaram de peixe amarelo, não é?

— Minhoca, minhoca amarela — corrigiu Bagheera — e muitas outras coisas que, por vergonha, não posso repetir agora.

— Eles precisam aprender a falar com mais respeito de seu mestre. *Tss! Tss!* Devemos refrescar um pouco a sua memória. Neste momento, para onde eles foram com o filhote?

— Só o Jângal sabe. Imagino que para o lado onde o sol se esconde — disse Baloo. — Achamos que você saberia, Kaa.

— Eu? Como? Costumo pegá-los quando passam pelo meu caminho, mas não caço *Bandar-log*, nem rãs, nem a espuma verde nas poças d'água, o que dá no mesmo.

— Aqui em cima! Em cima, em cima! Ei, ei, ei, olhe para cima, Baloo da Alcateia de lobos de Seoni.

Baloo levantou os olhos para ver de onde vinha a voz, e Chil, o Abutre, apareceu. Descia cortando o ar, e o sol brilhava nas pontas de suas asas levantadas. Era quase a hora de Chil dormir, mas ele percorrera toda a extensão do Jângal à procura do Urso, sem conseguir descobri-lo debaixo da folhagem espessa.

— O que é? — perguntou Baloo.

— Vi Mowgli entre os *Bandar-log*. Pediu-me para avisá-los. Estive observando. Os *Bandar-log* o levaram para o outro lado do rio, para a cidade dos macacos, nas Tocas Frias. É possível que fiquem lá uma noite, dez noites ou só uma hora. Eu disse aos morcegos que os vigiassem nas horas de escuridão. Esta é a minha mensagem. Boa caçada para todos aí embaixo!

— Encha o papo e durma bem, Chil — gritou Bagheera. — Não o esquecerei na próxima caçada e reservarei a cabeça para você, o melhor dos abutres.

— O que fiz não é nada. Não é nada. O menino sabia a Palavra-Chave. Eu não podia fazer nada menos que isso.

Chil voltou a alçar voo, descrevendo um círculo para dirigir-se ao seu poleiro.

— Ele não se esqueceu de usar a língua — disse Baloo, com um sorriso de orgulho. — E pensar que, sendo tão jovem, lembrou-se da Palavra-Chave dos Pássaros, enquanto era arrastado através das copas das árvores!

— Ela entrou bem em sua cabeça — respondeu Bagheera. — Mas estou orgulhosa dele. E agora temos de ir às Tocas Frias.

Todos sabiam onde o lugar ficava, mas poucos do Jângal o tinham visitado. O que eles chamavam de Tocas Frias era, na verdade, uma antiga cidade abandonada, perdida e escondida no Jângal, e os animais raramente frequentam um lugar onde os homens já moraram. Pode fazê-lo o javali, mas nunca as tribos que caçam. Além disso, os macacos viviam ali tão pouco como em qualquer outra parte, e nenhum animal que se respeita aproximar-se-ia do local, a não ser em tempo de seca, quando as cisternas e os reservatórios meio destruídos ainda contêm um pouco de água.

— É uma viagem que levará metade da noite, indo a toda velocidade — disse Bagheera.

Baloo pareceu muito preocupado.

— Irei o mais rápido que puder — respondeu ansiosamente.

— Não nos atrevemos a esperá-lo. Siga-nos, Baloo. Kaa e eu não podemos ir a passo lento.

— Com patas ou sem patas, posso acompanhá-la lado a lado com suas quatro — observou Kaa secamente.

Baloo esforçou-se para acelerar o passo, mas teve de sentar-se para retomar fôlego. Por isso o deixaram para que os alcançasse mais tarde, enquanto Bagheera se adiantava com o galope rápido da pantera. Kaa não dizia nada, mas, por mais que Bagheera corresse, a enorme serpente da Roca não ficava para trás. Na passagem de uma torrente que descia da colina, Bagheera passou à frente, porque a atravessou de um salto, enquanto Kaa tinha de nadar, com a cabeça e uma parte do pescoço fora da água. Mas, ao chegar de novo a terra, alcançou a pantera com a maior facilidade.

— Pela fechadura quebrada que me deu a liberdade — exclamou Bagheera, quando o crepúsculo caiu —, você não anda nada devagar.

— Estou com fome — respondeu Kaa. — Além disso, eles me chamaram de rã mosqueada.

— Minhoca, e minhoca amarela, ainda por cima.

— É a mesma coisa. Vamos em frente.

E Kaa parecia esparramar-se sobre o solo, escolhendo e seguindo com olho certeiro o caminho mais curto.

Nas Tocas Frias, os *Bandar-log* pensavam em tudo menos nos amigos de Mowgli. Quando chegaram com o menino à Cidade Perdida, ficaram muito satisfeitos. Mowgli nunca tinha visto uma cidade indiana antes e, embora esta não fosse mais que um amontoado de ruínas, pareceu-lhe esplêndida e maravilhosa. Algum rei a construíra, em tempos antigos, numa pequena colina. Ainda era possível distinguir as calçadas de pedra que conduziam às portas danificadas, onde as últimas lascas de madeira pendiam dos gonzos gastos e enferrujados. Árvores tinham crescido dentro e fora das

Fritz Eichenberg

muralhas, as ameias haviam desabado e se desmanchavam no chão, e cipós selvagens balançavam-se em tufos espessos nas janelas das torres.

Um grande palácio sem teto coroava a colina. O mármore dos pátios e das fontes estava quebrado e manchado de vermelho e verde. Até as pedras que lajeavam os pátios onde os elefantes reais costumavam viver tinham sido levantadas e separadas pelas ervas e árvores novas. Do palácio era possível ver numerosas fileiras de casas sem telhas, que davam à cidade o aspecto de favos de mel vazios e escuros. Um bloco de pedra informe, que fora um ídolo, assomava na praça onde desembocavam quatro estradas, na confluência das quais havia poços e valas, onde antigamente estavam situados os reservatórios públicos. Ao lado das cúpulas destroçadas dos templos cresciam figueiras silvestres.

Os macacos chamavam esse lugar sua cidade e desprezavam o Povo do Jângal porque vivia na floresta. Entretanto, nunca souberam para que finalidade os edifícios tinham sido construídos nem como utilizá-los. Sentavam-se em círculos

Fritz Eichenberg

na sala do conselho do rei, coçavam suas pulgas e faziam de conta que eram homens. Entravam nas casas sem teto e saíam correndo, amontoavam pedaços de reboco e tijolos velhos num canto e depois se esqueciam de onde os tinham escondido, ou brigavam e gritavam em grupos tumultuosos. Depois, parando de repente, punham-se a brincar, subindo e descendo como loucos os terraços do jardim do rei, onde se divertiam sacudindo as roseiras e as laranjeiras pelo simples prazer de ver as flores e as frutas caírem.

Exploravam todas as passagens, todos os subterrâneos do palácio e as centenas de pequenos aposentos escuros, mas nunca se lembravam do que tinham visto. E assim andavam sem rumo, sozinhos, dois a dois ou em grupos, felicitando-se uns aos outros por agirem como homens. Bebiam nos reservatórios e sujavam toda a água, e se mordiam para aproximar-se deles, depois se lançavam juntos, amontoados, e gritavam:

— Não há no Jângal ninguém tão sábio, tão bom, tão inteligente, tão forte e tão gentil como os *Bandar-log*.

Em seguida recomeçavam tudo, até cansarem da cidade e

retornarem às copas das árvores, na esperança de que o Povo do Jângal os notasse.

Mowgli, instruído para observar a Lei do Jângal, não apreciava nem compreendia esse tipo de vida. A tarde já ia caindo quando os macacos, carregando-o, chegaram às Tocas Frias. Em vez de ir dormir, como Mowgli faria depois de uma longa viagem, eles se deram as mãos e se puseram a dançar cantando suas canções mais absurdas. Um dos macacos fez um discurso e disse aos companheiros que a captura de Mowgli iniciava uma nova era na história dos *Bandar-log*, porque ia ensinar-lhes a entrelaçar ramos e taquaras para se abrigarem contra a chuva e o frio. Mowgli colheu alguns cipós e começou a trançá-los. Os macacos tentaram imitá-lo, mas em poucos minutos não se interessavam mais por seu trabalho e se puseram a puxar a cauda uns dos outros, a saltar de gatinhas e a tossir.

— Quero comer — disse Mowgli. — Sou estranho nesta parte do Jângal. Tragam-me comida ou permitam que eu cace aqui.

Vinte ou trinta macacos lançaram-se fora da cidade para lhe trazer nozes e mamões silvestres. Mas começaram a brigar no caminho e pareceu-lhes incômodo voltar com o que restava das frutas. Mowgli sentia o corpo dolorido e estava tão furioso quanto faminto, e se pôs a perambular pela cidade deserta, lançando de vez em quando o grito de caça dos forasteiros. Mas ninguém respondia, e ele percebeu que fora parar num lugar muito ruim.

— Tudo o que Baloo disse sobre os *Bandar-log* é verdadeiro — pensou consigo mesmo. — Não têm lei, nem grito de caça, nem chefes... nada mais que palavras absurdas e mãozinhas ágeis de ladrões. Se me fizerem morrer de fome ou me matarem neste lugar, a culpa será somente minha. Devo tentar voltar para o meu Jângal. Baloo baterá em mim com certeza, mas será melhor que correr ridiculamente atrás de folhas de roseira em companhia dos *Bandar-log*.

Nem bem havia chegado às muralhas da cidade, os macacos o puxaram para trás, dizendo-lhe que não sabia o quanto era feliz e o beliscaram para ensinar-lhe a ser grato. Mowgli cerrou os dentes e não disse nada, mas se dirigiu, em meio ao alvoroço provocado pelos macacos, a um terraço que dominava os reservatórios de arenito vermelho quase cheios de água da chuva. No centro do terraço erguiam-se as ruínas de um pavilhão de mármore branco, construído para rainhas que haviam morrido cem anos atrás.

O teto, em forma de abóbada, desmoronara pela metade e obstruía a passagem subterrânea pela qual as rainhas costumavam vir ao palácio. Mas as paredes eram feitas de anteparos de mármore rendilhado, obra maravilhosa de entrançados brancos como o leite, incrustados de ágatas, cornalinas, jaspe e lápis-lazúli. Quando a lua se mostrou por cima da colina, brilhou através dos entrelaçados, projetando no solo sombras semelhantes a um bordado de veludo preto.

Por mais cansado, sonolento e morto de fome que estivesse, Mowgli não pôde deixar de rir quando vinte *Bandar-log* puseram-se, ao mesmo tempo, a expor-lhe como eram grandes, inteligentes, fortes e gentis, e que estupidez era ele querer deixá-los.

— Somos grandes. Somos livres. Somos maravilhosos. Somos o povo mais admirável do Jângal. Dizemos todos a mesma coisa, por isso deve ser verdade — gritavam. — Agora, como você nos ouve pela primeira vez e pode repetir nossas palavras ao Povo do Jângal para que nos observe no futuro, nós lhe diremos tudo o que se refere a nossas excelentíssimas pessoas.

Mowgli não fez nenhuma objeção e centenas de macacos reuniram-se no terraço para escutar seus próprios oradores tecerem louvores aos *Bandar-log* e, toda vez que um orador se interrompia para retomar fôlego, gritavam todos juntos:

— É verdade. É o que todos pensamos.

Mowgli aprovava com a cabeça, piscava e dizia *sim* quando lhe faziam uma pergunta. Mas todo aquele alvoroço lhe dava vertigem.

— Tabaqui, o Chacal, deve ter mordido toda essa gente — pensou —, e agora eles contraíram raiva. Certamente é a *dewanee*, a loucura. Eles nunca vão dormir? Uma nuvem está caminhando para cobrir a lua. Se for suficientemente grande, poderei tentar escapar aproveitando a escuridão. Mas me sinto cansado.

Dois bons amigos de Mowgli contemplavam a mesma nuvem do fundo do fosso em ruína, embaixo das muralhas da cidade. Bagheera e Kaa sabiam o perigo que era enfrentar o Povo Macaco quando se reunia em grande número e não queriam correr riscos desnecessários. Os macacos nunca lutam a menos que sejam cem contra um, e poucos habitantes do Jângal se atrevem a lutar com eles em condições tão desiguais.

— Vou me dirigir ao lado oeste da muralha — cochichou Kaa. — Dali descerei rapidamente, aproveitando o declive do terreno. Eles não se atirarão em minhas costas, apesar de seu número, porém...

— Eu sei — assentiu Bagheera. — Se pelo menos Baloo estivesse aqui. Mas temos de fazer o que é possível. Quando essa nuvem cobrir a lua, irei para o terraço. Eles estão realizando ali uma espécie de conselho para deliberar sobre o menino.

— Boa caçada — disse Kaa, com ar sombrio.

E deslizou em direção à muralha do lado oeste. Por acaso era a mais bem conservada de todas, e a grande serpente perdeu algum tempo até encontrar um caminho entre as pedras. A nuvem escondia a lua, e, enquanto Mowgli se perguntava o que ia suceder, ouviu o passo leve de Bagheera no terraço. A Pantera-Negra subira o declive quase sem ruído e, sabendo que não devia perder tempo em morder, começou a distribuir golpes à direita e à esquerda nos macacos agachados em volta de Mowgli em círculos de cinquenta ou sessenta. Houve um grito de pânico e de raiva e, como Bagheera tropeçava e saltava sobre os corpos que rolavam debatendo-se embaixo de seu peso, um macaco gritou:

— É uma pantera só! Matem-na! Matem!

Um bando ameaçador de macacos que mordiam, arranhavam, batiam e puxavam cercou Bagheera, enquanto cinco ou seis agarraram Mowgli, arrastaram-no até o alto do pavilhão e o empurraram para dentro pelo buraco da abóbada quebrada. Um menino criado entre os homens iria ferir-se gravemente, pois a queda foi de uns quatro metros e meio. Mas Mowgli caiu de pé, como Baloo lhe havia ensinado.

— Fique aqui — gritaram os macacos — até matarmos seus amigos, e mais tarde voltaremos para brincar com você, se o Povo Venenoso o deixar vivo.

— Somos do mesmo sangue, vocês e eu — disse Mowgli, apressando-se em lançar o grito das serpentes.

Ele pôde ouvir sussurros e silvos nos escombros ao redor, e lançou o grito uma segunda vez para ter certeza.

— Ssssim! Para baixo, todas vocês! — exclamaram seis vozes em tom bem baixo.

Toda ruína torna-se na Índia, cedo ou tarde, um covil de serpentes, e o velho pavilhão fervilhava de cobras.

— Fique parado, Irmãozinho, senão seus pés vão nos machucar.

Mowgli manteve-se imóvel o mais que pôde, espreitando através do entrançado de mármore e ouvindo o barulho furioso que vinha do lugar onde a Pantera-Negra lutava: os urros, os guinchos, os golpes secos, o arquejo rouco e profundo de Bagheera que recuava, avançava, movia-se de um lado para outro ou desaparecia embaixo da massa enorme de seus inimigos. Pela primeira vez desde que havia nascido, Bagheera lutava para salvar a vida.

— Baloo não deve andar longe. Bagheera não se arriscaria a vir sozinha — pensou Mowgli e gritou:

— Para o reservatório, Bagheera. Role até as cisternas. Role e mergulhe. Atire-se na água.

Ao ouvir a voz de Mowgli, Bagheera soube que o menino estava a salvo e ganhou novo ânimo. Abriu caminho, com esforços desesperados, palmo a palmo, em direção aos reservatórios, distribuindo golpes em silêncio. Então, da muralha em ruínas mais próxima do Jângal elevou-se, como um ribombo, o grito de guerra de Baloo. O velho Urso fizera o melhor que podia, mas não conseguira chegar mais cedo.

— Bagheera — berrou —, estou aqui. Vou subir. Estou indo depressa. *Ahuwora!* As pedras resvalam debaixo das minhas patas. Esperem-me que estou chegando, famigerados *Bandar-log*!

Apareceu ofegante no alto do terraço, para logo desaparecer até a cabeça debaixo de uma onda de macacos. Mas se postou firmemente sobre as ancas e, abrindo as patas dianteiras, abraçou o maior número possível. Em seguida começou a bater neles com um movimento regular, no ritmo cadenciado de uma roda de pás. Um ruído de queda e um marulho na água indicaram a Mowgli que Bagheera conseguira abrir caminho até o reservatório onde os macacos não podiam segui-la.

A pantera, só com a cabeça fora da água, ofegava para retomar fôlego, enquanto os macacos, distribuídos em três filas pelos degraus vermelhos, pulavam de raiva de um lado para outro, prontos para atacá-la de todas as partes ao mesmo tempo, se ela tentasse sair para ajudar Baloo. Foi então que Bagheera levantou o focinho gotejante e, em desespero, lançou o grito das serpentes para pedir socorro.

— Somos do mesmo sangue, vocês e eu.

Kaa, parecia, tinha voltado atrás no último minuto. E Baloo, meio sufocado debaixo dos macacos à beira do terraço, não pôde reprimir um pequeno sorriso quando ouviu a Pantera-Negra pedir ajuda.

Kaa mal acabava de abrir caminho por cima da muralha oeste, e o último esforço que fez para transpô-la desprendeu uma das pedras do topo e a enviou para o fundo do fosso. Ela não tinha a intenção de perder nenhuma das vantagens do terreno. Por isso se enrolou e desenrolou uma ou duas vezes, para ter certeza de que cada palmo de seu corpo comprido estava em plena forma.

Nesse meio-tempo, a luta com Baloo continuava, os macacos guinchavam no reservatório em volta de Bagheera, e Mang, o Morcego, voando de um lado para outro, levava a notícia da grande batalha a todo o Jângal. Até Hathi, o Elefante Selvagem, pôs-se a barrir e, bem longe dali, bandos dispersos de macacos, despertados pelo barulho, acorreram, saltando pelas estradas das árvores, para ajudar seus companheiros das Tocas Frias. O alarido do combate acordou todos os pássaros diurnos a muitos quilômetros ao redor.

Então Kaa veio direto, rápido, com pressa de matar. O poder de combate de um píton reside no golpe de sua cabeça apoiada em toda a força e em todo o peso do corpo. Se o leitor imaginar uma lança, um aríete ou um martelo que pese cerca de meia tonelada, movido por uma vontade fria e calma, terá uma ideia aproximada do que Kaa parecia no combate. Um píton de um metro a um metro e meio pode derrubar um homem se o atingir em pleno peito. Kaa, como é sabido, tinha seis metros de comprimento. Seu primeiro golpe foi desferido no centro da multidão de macacos que rodeava Baloo, assentado sem ruído, com a boca fechada. Não foi necessário um segundo. Os macacos debandaram apavorados, gritando:

— Kaa! É Kaa! Fujam! Fujam!

Muitas gerações de macacos haviam sido amedrontadas e obrigadas a comportar-se direito ao ouvir as histórias que os mais velhos contavam sobre Kaa, o ladrão noturno, que deslizava pelos galhos tão silenciosamente como cresce o musgo e raptava facilmente o macaco mais vigoroso. A velha Kaa, que podia adotar tão bem o aspecto de um ramo morto ou de um tronco seco que mesmo os mais espertos eram enganados, até que o ramo os engolia. Kaa representava para os macacos o inimigo mais terrível no Jângal, pois nenhum deles sabia até onde ia seu poder, nenhum podia olhar para ela fixamente e nenhum saíra vivo de seu abraço.

Por isso fugiam, gaguejando de terror, sobre os muros e os telhados das casas, enquanto Baloo soltava um profundo suspiro de alívio. Apesar de sua pele muito mais grossa que a de Bagheera, sofrera cruelmente com a luta. Então Kaa abriu a boca pela primeira vez e enviou um longo silvo, e os macacos que, ao longe, se apressavam para vir em defesa das Tocas Frias, pararam onde se encontravam, acovardados pelo medo, enquanto os ramos sobrecarregados dobravam-se e estalavam debaixo de seu peso. Os que se achavam sobre os muros e as casas desertas cessaram subitamente seus gritos e, no silêncio que caiu sobre a cidade, Mowgli ouviu Bagheera sacudir os flancos úmidos ao sair do reservatório.

Depois o clamor recomeçou. Os macacos saltaram sobre os muros mais altos. Agarraram-se aos pescoços dos grandes ídolos de pedra e soltaram gritos agudos pulando ao longo das ameias, enquanto Mowgli, que dançava de alegria no pavilhão, colava o olho nas aberturas do mármore e piava como as corujas, entre os dentes dianteiros, para zombar e mostrar seu desprezo.

— Tire o filhote de homem daquele alçapão. Eu não posso fazer mais nada — disse Bagheera, com voz arquejante. — Vamos pegar o filhote de homem e sair daqui. Eles podem atacar de novo.

— Eles não se mexerão enquanto eu não mandar. Fiquem quietos! Assssim!

Kaa silvou, e o silêncio espalhou-se pela cidade outra vez.

— Não pude vir mais cedo, irmã, mas parece que a ouvi chamar-me... — continuou Kaa, dirigindo-se a Bagheera.

— Pode ser... pode ser que eu tenha gritado durante a luta — respondeu Bagheera. — Baloo, está ferido?

— Não estou bem certo se, de tanto me puxar para todos os lados, não me partiram em cem ursinhos — disse Baloo gravemente, sacudindo uma pata depois da outra. — Uau! Estou moído. Kaa, acho que lhe devemos a vida, Bagheera e eu.

— Pouco importa. Onde está o Homenzinho?

— Aqui, num alçapão. Não consigo subir — gritou Mowgli.

A curva da abóbada arruinada encontrava-se sobre a sua cabeça.

— Tirem-no daqui. Ele dança como Mao, o Pavão. Vai esmagar nossos filhotes — disseram as cobras lá de dentro.

— Ah! — exclamou Kaa, caçoando. — Ele tem amigos em toda parte, este Homenzinho. Vá um pouco para trás, Homenzinho. E vocês, Povo Venenoso, escondam-se. Vou derrubar a parede.

Kaa olhou atentamente, até descobrir no entrelaçado do mármore uma rachadura descorada que indicasse um ponto mais fraco. Deu dois ou três golpes leves com a cabeça para calcular a distância. Depois, erguendo um metro e oitenta centímetros do corpo acima do solo, desferiu com todas as suas forças, o focinho na frente, meia dúzia de golpes de aríete. O entrelaçado cedeu e se esmigalhou numa nuvem de poeira e de escombros. Mowgli saltou pela abertura entre

Fritz Eichenberg

Baloo e Bagheera, passando um braço em volta do pescoço de cada um.

— Está ferido? — perguntou Baloo, abraçando-o afetuosamente.

— Estou dolorido, com fome, mas nem um pouco machucado. Oh, eles os trataram cruelmente, meus irmãos. Estão sangrando.

— Outros também estão — acrescentou Bagheera, lambendo os beiços e olhando os macacos mortos no terraço e em volta do reservatório.

— Não é nada, não é nada, se você está salvo, meu orgulho entre todas as pequenas rãs! — choramingou Baloo.

— Falaremos disso mais tarde — disse Bagheera em tom seco, que não agradou a Mowgli nem um pouco. — Mas aqui está Kaa, a quem devemos a vitória na batalha e a quem você deve a vida. Agradeça-lhe segundo os nossos costumes, Mowgli.

Mowgli virou-se e viu a grande cabeça da serpente, que balançava um pouco acima da sua.

— Então é este o Homenzinho — observou Kaa. — Sua pele é bem fina e se parece muito com a dos *Bandar-log*. Tome cuidado, pequeno, para que eu não me engane e o confunda com um macaco num crepúsculo, num dia em que eu acabe de mudar de pele.

— Somos do mesmo sangue, você e eu — respondeu Mowgli. — Devo-lhe a vida, esta noite. Minha presa será sua presa, se um dia sentir fome, Kaa.

— Muito obrigada, Irmãozinho — disse Kaa, cujos olhos brilhavam maliciosamente. — E o que pode matar um caçador tão corajoso? Peço para segui-lo da próxima vez que sair para caçar.

— Eu não mato nada. Sou muito pequeno para isso. Mas cerco as cabras e as levo para onde estão os que podem apanhá-las. Quando sentir o estômago vazio, venha comigo e verá se digo a verdade. Tenho certa habilidade com elas — e mostrou as mãos. — Se um dia cair numa armadilha, posso pagar a dívida que contraí com você, com Bagheera e com Baloo, aqui presentes. Boa caçada para todos, meus mestres.

— Falou muito bem! — rosnou Baloo, admirando a habilidade com que Mowgli se expressara para agradecer.

A serpente deixou a cabeça cair de leve, por um minuto, no ombro do menino.

— Um coração valente e uma língua cortês o levarão longe no Jângal, Homenzinho — elogiou. — Mas agora vá depressa com seus amigos. Vá dormir, pois a lua se deita e é melhor que não veja o que vai suceder.

A lua desaparecia atrás das colinas e as filas de macacos, tremendo de medo, apertados uns contra os outros nas muralhas e nas ameias, pareciam uma fileira de franjas esfarrapadas e tremulantes. Baloo desceu ao reservatório para beber e Bagheera começou a alisar o pelo, enquanto Kaa rastejava até o centro do terraço e fechava os maxilares com um estalido sonoro que atraiu os olhares de todos os macacos.

— A lua se esconde — disse. — Há ainda luz bastante para ver?

Das muralhas veio um gemido como o do vento na copa das árvores.

— Podemos ver, Kaa.

— Bem. Agora começa a dança, a Dança da Fome de Kaa. Permaneçam quietos e olhem.

Ela se enrolou duas ou três vezes descrevendo um grande círculo e balançou a cabeça da direita para a esquerda. Depois começou a contorcer-se, desenhando com o corpo anéis, triângulos suaves e tremulantes que se diluíam em quadrados, pentágonos e espirais longas, sem descansar, sem se apressar e sem interromper o zumbido surdo de sua canção. A noite tornava-se cada vez mais escura. Logo não se distinguia mais a lenta e variável oscilação do corpo, mas ainda se podia ouvir o rumor das escamas.

Baloo e Bagheera mantinham-se imóveis como pedras, lançavam uivos guturais surdos e eriçavam os pelos do pescoço. Mowgli observava tudo aquilo surpreso.

— *Bandar-log* — disse por fim a voz de Kaa —, podem mexer os pés ou as mãos sem que eu ordene? Falem!

— Sem sua ordem não podemos mexer nem os pés nem as mãos, Kaa.

— Bem! Aproximem-se um passo mais perto de mim.

Os macacos em fila avançaram balançando o corpo como se fossem atraídos por uma força irresistível, e também Baloo e Bagheera deram automaticamente um passo para a frente junto com eles.

— Cheguem mais perto — silvou Kaa, e todos se movimentaram de novo.

Mowgli colocou as mãos sobre Baloo e Bagheera para afastá-los dali, e os dois grandes animais estremeceram, como se fossem despertados de um sonho.

— Não tire sua mão do meu ombro — cochichou Bagheera. — Não a tire, ou serei obrigada a voltar onde Kaa está. Ah!

— É só a velha Kaa traçando círculos no chão — explicou Mowgli. — Vamos embora.

Os três esgueiraram-se por uma brecha nas muralhas e sumiram no Jângal.

— Ufa! — grunhiu Baloo, quando se encontrou na atmosfera calma das árvores. — Nunca mais farei aliança com Kaa.

E sacudiu-se da cabeça aos pés.

— Ela sabe mais do que nós — disse Bagheera, estremecendo. — Um pouco mais e eu teria ido parar direto em sua goela.

— Mais de um tomará esse caminho antes que a lua se erga de novo — comentou Baloo. — Ela fará uma boa caçada, à sua maneira.

— Mas qual era o significado de tudo aquilo? — perguntou Mowgli, que ignorava tudo sobre o poder de fascinação da serpente píton. — Não vi nada mais que uma serpente enorme traçando círculos ridículos, até ficar escuro. E tinha o nariz todo inchado. Coitada!

— Mowgli — interrompeu Bagheera, irritada —, o nariz dela estava inchado por sua causa, e é por sua causa que minhas orelhas, minhas ancas e minhas patas, assim como o pescoço e as costas de Baloo, estão cheios de mordidas. Nem Baloo nem Bagheera terão condições de caçar com prazer por muitos dias.

— Não é nada — disse Baloo. — Temos o filhote de homem outra vez.

— É verdade, mas ele nos custou caro. Perdemos tempo que poderíamos passar numa boa caçada. Também nos custou feridas e pelos. Estou com metade do lombo sem pele. Por fim, custou-nos a honra. Digo honra, pois, lembre-se, Mowgli, de que eu, a Pantera-Negra, tive de pedir ajuda a Kaa, e você nos viu, Baloo e eu, ficarmos estúpidos como passarinhos diante da Dança da Fome. Tudo isso, filhote de homem, porque você foi brincar com os *Bandar-log*.

— É verdade, é verdade — respondeu Mowgli com tristeza. — Sou um filhote de homem muito ruim e meu coração está magoado.

— Hum! O que a Lei do Jângal diz, Baloo?

Baloo não queria atormentar Mowgli ainda mais, porém não podia brincar com a Lei. Por isso resmungou:

— Arrependimento não é punição. Mas lembre-se, Bagheera, ele é muito pequeno.

— Vou lembrar-me. Mas ele cometeu uma travessura e agora merece o castigo. Mowgli, tem alguma coisa a dizer?

— Nada. Eu estava errado. Baloo e você foram feridos. É justo.

Bagheera deu-lhe meia dúzia de palmadas amigáveis, que uma pantera sequer consideraria capazes de acordar um de seus filhotes, mas que para um menino de sete anos representavam uma boa surra que ninguém gostaria de receber. Quando o castigo terminou, Mowgli espirrou e se levantou sem abrir a boca.

— Agora — disse Bagheera —, salte em minha garupa, Irmãozinho, e voltemos para casa.

Uma das belezas da Lei do Jângal é que a punição liquida todas as contas e não se fala mais no assunto.

Mowgli apoiou a cabeça nas costas de Bagheera e adormeceu tão profundamente que não acordou nem mesmo quando foi posto ao lado de Mãe Loba em sua caverna.

Canção de estrada dos ***Bandar-log***

Aqui vamos nós como um festão flutuante
A meio caminho até a lua ciumenta!
Não inveja nossos bandos impetuosos?
Não gostaria de ter mais duas mãos?
Não lhe agradaria ter um rabo assim,
Curvo como o arco de Cupido?
Está zangado? Não importa.
Irmão, seu rabo pende para trás.

Sentamos em muitas fileiras nos galhos,
Pensando nas coisas belas que conhecemos,
Sonhando as façanhas que pretendemos executar
E que estarão concluídas em um minuto ou dois,
Algo nobre, grandioso e bom
Obtido com um simples desejo.
Já esquecemos. Mas não importa.
Irmão, seu rabo pende para trás.

Todas as vozes que temos ouvido
Proferidas por morcegos, feras ou aves,
Pele, barbatana, escamas ou penas,
Falamos rapidamente e todas ao mesmo tempo!
Excelente! Maravilhoso! Mais uma vez!
Agora estamos falando como os homens.
Vamos fingir que somos. Não importa.
Irmão, seu rabo pende para trás.
Este é o modo de vida do Povo Macaco.

Agora junte-se às nossas fileiras que saltam entre os pinheiros,
Que passam como rojões onde alta e leve balança a uva silvestre.
Os destroços que deixamos como esteira e o grande barulho que [fazemos
Dar-lhe-ão a certeza de que vamos realizar coisas esplêndidas.

Como surgiu o medo*

O rio ficou estreito, a lagoa está seca,
E você e eu nos tornamos companheiros.
Com a mandíbula febril e o flanco coberto de pó,
Empurramos um ao outro ao longo da margem.
E o medo da estiagem nos torna todos calmos,
Entorpecendo o pensamento de perseguir e caçar.

Agora o corço tímido pode ver, junto à sua mãe,
A magra Alcateia dos lobos tão assustada como ele,
E o gamo imponente olha sem recuar
Os dentes que rasgaram o pescoço de seu pai.

A água baixou nas lagoas, os córregos estão secos,
E você e eu nos tornamos companheiros
Até que a nuvem lá em cima solte — boa caçada! —
A chuva que rompe a Trégua da Água.

A Lei do Jângal, sem dúvida a mais antiga do mundo, previu quase todos os acidentes que podem acontecer ao Povo do Jângal. Agora seu código é tão perfeito quanto o tempo e a prática puderam torná-lo. O leitor deve lembrar-se de que Mowgli passou grande parte da sua vida na Alcateia dos Lobos de Seoni e aprendeu a Lei que o Urso Pardo Baloo lhe ensinou. Foi Baloo quem lhe disse, quando o menino mostrava impaciência com as recomendações que recebia constantemente, que a Lei é como o Cipó Gigante: alcança o costado de todos e ninguém escapa dela.

* Do original inglês "*How fear came*", conto integrante do livro *The Second Jungle Book*.

— Quando tiver vivido tanto quanto eu, Irmãozinho, perceberá que todo o Jângal obedece ao menos a uma Lei. E a descoberta poderá não lhe agradar muito — acrescentou Baloo.

Essa conversa entrava por um ouvido e saía pelo outro, pois um menino que passa a vida comendo e dormindo não se preocupa com nada, até a hora em que tem de enfrentar o perigo de frente e de perto. Mas houve um ano em que as palavras de Baloo se confirmaram, e Mowgli viu que todo o Jângal estava sujeito à mesma Lei.

Começou quando as chuvas de inverno faltaram quase completamente. Ikki, o Porco-Espinho, ao encontrar Mowgli numa moita de bambus, avisou-lhe que as batatas silvestres estavam secando. Todos sabem que Ikki é ridiculamente exigente na escolha de sua comida e só quer comer do melhor e do mais maduro. Por isso Mowgli pôs-se a rir e disse:

— O que isso tem que ver comigo?

— Não grande coisa *neste momento* — respondeu Ikki, sacudindo com ruído seus espinhos de modo desagradável. — Mais tarde veremos. Ainda existe água suficiente para se mergulhar na lagoa debaixo da Roca das Abelhas, Irmãozinho?

— Não. A água está tão estúpida que vai se evaporando toda, e não quero quebrar a cabeça — observou Mowgli, que naquele tempo estava convencido de saber tanto quanto outros cinco do Povo do Jângal juntos.

— Tanto pior para você. Uma pequena rachadura poderia deixar entrar nela um pouco de bom-senso.

Ikki enfiou-se rapidamente pela moita para evitar que Mowgli lhe puxasse os espinhos do focinho, e Mowgli foi contar a Baloo o que Ikki lhe havia dito. O Urso assumiu uma expressão grave e resmungou, como se falasse para si mesmo:

— Se eu fosse sozinho, trocaria imediatamente de território de caça, antes que os outros começassem a pensar. Entretanto, caçar entre estranhos acaba sempre em lutas, e elas podem causar dano ao filhote de homem. Convém esperar e ver como a *mohwa*[1] vai florescer.

---

[1] Árvore muito disseminada na Índia central que dá flores de gosto delicioso. Algumas tribos nativas do Jângal as utilizam para preparar uma bebida forte.

Naquela primavera, a *mohwa,* árvore pela qual Baloo tinha tanto carinho, não floresceu. Os botões cor de creme, um pouco esverdeados, parecidos com cera, morreram por causa do calor antes mesmo de brotar. Só caíram algumas pétalas raras, malcheirosas, quando, de pé nas patas traseiras, Baloo sacudiu a árvore. Então, aos poucos, o calor, que as chuvas não haviam amenizado, foi penetrando no coração do Jângal, tornando-o primeiro amarelo, depois da cor da terra e, por fim, negro.

A vegetação nos lados dos barrancos foi secando pouco a pouco, até se converter em algo parecido com arames partidos e fibras retorcidas de matéria morta. As lagoas escondidas perderam a água, deixando numa crosta de lama endurecida os últimos vestígios de cascos, como se tivessem sido impressos num molde de ferro. Os cipós de talos sumarentos caíram das árvores em que haviam se enleado e morreram aos seus pés. Os bambus definharam, estalando ao sopro do vento quente, e o musgo desprendeu-se das rochas nas profundezas do Jângal, deixando-as nuas e ardentes como as pedras azuis que cintilavam no leito do rio.

Os pássaros e o Povo Macaco emigraram desde o início do ano para o norte, porque pressentiam o que estava para acontecer. Os cervos e os javalis invadiram os campos devastados das aldeias distantes, morrendo às vezes à vista dos homens, já muito fracos para matá-los. Chil, o Abutre, permaneceu e ficou gordo, pois havia grande provisão de carniça. E trazia todas as tardes aos animais muito extenuados para arrastar-se até novos territórios de caça a notícia de que o sol estava matando o Jângal numa extensão de três dias de voo em todas as direções.

Mowgli, que nunca soubera o que era realmente a fome, teve de contentar-se com mel rançoso, de três anos, que raspava de colmeias abandonadas nas rochas, mel escuro como a ameixa-brava e coberto com um pó de açúcar seco. Também caçava os vermezinhos que perfuram profundamente a casca das árvores e roubava as ninhadas das vespas. Toda a caça, no Jângal, era só pele e ossos, e Bagheera podia matar três vezes numa noite sem conseguir saciar-se. Mas o pior era a falta de água: embora o Povo do Jângal beba raramente, precisa beber muito a cada vez.

O calor aumentava de intensidade e absorvia toda a umidade, a tal ponto que o vasto leito do Waingunga tornou-se logo o único lugar onde ainda corria um filete de água entre suas margens mortas. E quando Hathi, o Elefante Selvagem, que vive cem anos ou mais, notou uma longa e magra crista de pedras azuladas, que se mostrava completamente seca bem no meio da corrente, reconheceu a Roca da Paz e imediatamente ergueu a tromba e proclamou a Trégua da Água, como seu pai havia feito cinquenta anos antes. O Cervo, o Javali e o Búfalo repetiram o grito em tom rouco, e Chil, o Abutre, voando em grandes círculos, emitiu ao longe o aviso com grasnados estridentes.

Segundo a Lei do Jângal, é punido de morte todo aquele que se permite matar nos bebedouros assim que a Trégua da Água é declarada, porque beber é mais necessário que comer. Quando só a caça se torna rara, cada animal se vira, no Jângal. Mas água é água e toda caça é suspensa quando o Povo do Jângal tem de ir por necessidade à única fonte que resta.

Nas estações boas, quando a água era abundante, os que desciam ao Waingunga para beber, ou a qualquer outro lugar com a mesma intenção, faziam-no arriscando a própria vida, e esse risco constituía grande parte do fascínio das incursões noturnas. Aproximar-se do rio com passo tão leve que nem uma folha se mexesse; avançar na água até os joelhos nos lugares onde os remoinhos rumorejantes cobriam todos os ruídos; beber olhando por cima do ombro, com cada músculo retesado pronto para o primeiro salto desesperado de terror intenso; espojar-se na margem arenosa do rio e retornar à manada, com o focinho úmido e o ventre repleto, para serem admirados, tudo isso era um deleite para os gamos jovens de chifres compridos, justamente porque a cada minuto, eles sabiam, Bagheera ou Shere Khan podiam saltar em cima deles e abatê-los.

Mas agora aquele jogo de vida e morte havia terminado, e o Povo do Jângal arrastava-se com fome e esgotado até o rio quase seco. O tigre, o urso, o cervo, o búfalo e o javali, todos juntos, depois de beberem a água lodosa, pendiam a cabeça, sem forças para mover-se.

O cervo e o javali andaram ao acaso o dia inteiro buscando alguma coisa melhor que cascas secas e folhas murchas. Os búfalos não encontraram charcos onde se refrescar nem colheitas verdes para pilhar. As serpentes deixaram o Jângal e desceram ao rio na esperança de apanhar uma rã perdida. Permaneciam enroladas em volta das pedras úmidas e nem tentavam reagir se o focinho de um javali, ao fuçar o chão, vinha desalojá-las. As tartarugas de rio havia muito tempo caíram nos dentes de Bagheera, rainha dos caçadores, e os peixes se haviam enterrado na lama ressequida. Só a Roca da Paz crescia no meio da água pouco profunda, como uma serpente longa, e as pequenas e cansadas ondulações da correnteza chiavam ao evaporar-se em seus lados muito quentes.

Era ali que Mowgli vinha à noite buscar uma brisa amena e companhia. Agora o mais esfomeado de seus inimigos mal prestaria atenção nele. Sua pele nua fazia-o parecer mais magro e desprezível que qualquer de seus companheiros. Os cabelos queimados pelo sol tornaram-se da cor da estopa. As costelas sobressaíam como se fossem vimes de um balaio, e os calos dos joelhos e cotovelos, sobre os quais tinha o costume de arrastar-se de gatinhas, davam a seus membros abatidos a aparência de feixes de erva trançados. Mas os olhos, debaixo dos cabelos desgrenhados, eram frios e tranquilos, pois Bagheera, sua conselheira naqueles dias difíceis, recomendava-lhe que se movimentasse em silêncio, caçasse sem pressa e nunca, sob pretexto algum, perdesse o sangue-frio.

— É um momento ruim — disse a Pantera-Negra, numa noite em que o calor era semelhante ao de um forno —, mas ele passará, se conseguirmos sobreviver até o fim. Está de estômago cheio, filhote de homem?

— Há alguma coisa dentro, mas é como se não tivesse comido nada. Você acha, Bagheera, que as chuvas nos esqueceram e não voltarão mais?

— Não, não acho. Ainda veremos a *mohwa* florescer e os corços pequenos engordarem com o capim fresco. Vamos descer até a Roca da Paz para saber as novidades. Suba em minha garupa, Irmãozinho.

— Não é o momento de carregar peso. Ainda posso ficar de pé sem ajuda. Mas realmente não parecemos bois gordos, nós dois.

Bagheera lançou um olhar para os pelos surrados e cobertos de pó de seus flancos e murmurou:

— Na noite passada matei um boi na canga. Eu me sentia tão fraca que não me atreveria a saltar-lhe em cima se visse que estava livre. *Wou!*

Mowgli pôs-se a rir.

— Sim, formamos um belo par de caçadores agora. Eu sou muito corajoso... para comer larvas de insetos.

E os dois desceram juntos através das moitas a estalarem até a beira do rio e os montes de areia que saíam em todas as direções.

— A água não pode durar muito tempo — disse Baloo, juntando-se a eles. — Olhem do outro lado. Formaram-se trilhas que se parecem agora com as estradas dos homens.

Na planície uniforme que se estendia na margem oposta, o sub-bosque rígido do Jângal havia morrido de pé e parecia mumificado. Os carreiros batidos do cervo e do javali, todos convergindo para o rio, haviam traçado na planície sem cor valos empoeirados abertos na mata de três metros e meio de altura e, mesmo sendo muito cedo, cada um desses sulcos longos já estava cheio de animais que se apressavam para ser os primeiros a chegar à água. Podia-se ouvir as corças e suas crias tossirem em consequência do pó, como se este fosse rapé.

Rio acima, na curva de água preguiçosa ao redor da Roca da Paz, estava o Guardião da Trégua, Hathi, o Elefante Selvagem, com seus filhos, magros e pardos à luz do luar, balançando-se para cá e para lá, sem cessar. Um pouco mais abaixo via-se a vanguarda dos cervos e, mais abaixo ainda, os javalis e os búfalos selvagens. Na margem oposta, onde as grandes árvores desciam até a beira da água, era o lugar reservado aos Comedores de Carne: o tigre, os lobos, a pantera, o urso e os outros.

Eduardo Feito

— Vivemos realmente debaixo de uma só Lei — disse Bagheera.

A pantera entrou na água e passeou seu olhar sobre as fileiras de chifres que se chocavam uns contra os outros e de olhos assustados dos cervos e dos javalis que se empurravam para a frente e para trás. E, deitando-se de comprido, com um costado fora da água, acrescentou:

— Boa caçada para todos do meu sangue!

E depois rosnou entre os dentes:

— Não fosse a Lei, que caçada excelente poderia fazer.

Estas últimas palavras não passaram despercebidas aos ouvidos apuradíssimos dos cervos e um murmúrio de medo correu entre suas fileiras.

— A Trégua! Lembre-se da Trégua! — exclamaram.

— Paz aí, paz! — barriu Hathi, o Elefante Selvagem. — A Trégua está declarada, Bagheera. Não é hora de falar em caçada.

— Quem o saberia melhor que eu? — respondeu Bagheera, volvendo os olhos amarelos rio acima. — Sou agora uma comedora de tartarugas, uma pescadora de rãs. *Ngaayah!* Quem me dera saciar-me mastigando somente galhos.

— Também *nós* o desejaríamos, imensamente — bramou um cervo novo, que nasceu naquela primavera, e ao qual semelhante conversa não agradava.

Por mais abatido que o Povo do Jângal estivesse, o próprio Hathi não conseguiu abafar um sorriso, enquanto

S. Tresilian

Mowgli, apoiado sobre os cotovelos na água quente, ria às gargalhadas fazendo a espuma saltar com os pés.

— Bem dito, pequeno de chifres em botão — murmurou Bagheera. — Quando a Trégua chegar ao fim, levarei isso em conta em seu favor.

E seus olhos se cravaram no cervo novo, através da escuridão, para ter certeza de reconhecê-lo em melhor ocasião.

Aos poucos, a conversa foi se estendendo, acima e abaixo, a todos os bebedouros. Podia-se ouvir o javali brigão e rabugento reclamar mais espaço, os búfalos resmungarem

entre si cambaleando nos bancos de areia, os cervos contarem histórias tristes de caminhadas longas e cansativas em busca de alimento. De tempos em tempos, eles dirigiam uma pergunta aos Comedores de Carne que se encontravam do outro lado do rio, mas todas as notícias eram ruins, e o vento sufocante do Jângal rugia entre as rochas e os galhos a estalarem, espalhando ramos secos e poeira sobre a água.

— Os homens também morrem ao lado de seus arados — disse um *Sambhur* jovem. — Encontrei três mortos, entre o pôr do sol e a noite. Repousavam imóveis, e seus bois com eles. Nós também repousaremos imóveis, em pouco tempo.

— O rio baixou desde a noite passada — observou Baloo. — Hathi, já viu seca igual a essa?

— Isso passará, isso passará — respondeu Hathi, esguichando água nas costas e nos flancos.

— Aqui há alguém que não poderá resistir por muito tempo — afirmou Baloo.

E lançou um olhar para o menino a quem queria bem.

— Quem? Eu? — exclamou Mowgli indignado, sentando-se na água. — Não tenho pelo longo para cobrir meus ossos, mas, se lhe tirassem a pele, Baloo...

Hathi tremeu da cabeça aos pés só em pensar na ideia, e Baloo disse com ar severo:

— Filhote de homem, isso não são modos de falar ao Doutor da Lei. Ninguém *nunca* me viu sem pele.

— Eu não quis ofendê-lo, Baloo. Queria só dizer que você é, por assim dizer, como a noz de coco com casca, enquanto eu sou a mesma noz de coco sem casca. Se a casca parda que você tem...

Mowgli estava sentado com as pernas cruzadas e explicava o que dizia com o dedo levantado, como de costume, quando Bagheera estendeu suavemente uma pata e o atirou de costas na água.

— De mal a pior — disse a Pantera-Negra, enquanto o menino erguia-se gotejando. — Primeiro Baloo deve ser esfolado, agora é uma noz de coco. Tome cuidado para que ele não lhe faça o que fazem as nozes de coco maduras.

— O que elas fazem? — perguntou Mowgli, pego distraído por um instante, embora essa fosse uma das adivinhações mais antigas do Jângal.

— Quebram a sua cabeça — respondeu Bagheera tranquilamente, empurrando-o na água e fazendo-o imergir outra vez.

— Não é bom colocar seu mestre em ridículo — disse o Urso, quando Mowgli ia parar debaixo da água pela terceira vez.

— Não é bom. Mas o que quer? Esta coisa nua, que anda sempre correndo de cá para lá, toma como alvo de suas macaquices aqueles que foram numa época caçadores valentes e puxa os bigodes dos melhores entre nós, para divertir-se.

Era Shere Khan, o Tigre Manco, que descia em direção à água com dificuldade. Esperou um instante, para gozar a impressão que sua presença causava entre os cervos no outro lado do rio. Em seguida baixou a cabeça quadrada e peluda, e se pôs a lamber a água, resmungando:

— O Jângal tornou-se um criadouro de filhotes nus. Olhe para mim, filhote de homem.

Mowgli olhou, ou melhor, fixou o tigre tão insolentemente quanto sabia fazê-lo. Shere Khan, depois de um minuto, desviou-se daquele olhar, incomodado.

— Filhote de homem por aqui, filhote de homem por lá — resmungou, continuando a beber. — O pequeno não é homem nem filhote, senão teria medo. Na próxima estação, terei de pedir-lhe permissão para beber. *Augrh!*

— Isso pode muito bem acontecer — disse Bagheera, olhando-o fixamente nos olhos. — Isso pode muito bem acontecer. Fu, Shere Khan! Que nova vergonha trouxe para cá?

O Tigre Manco mergulhara o queixo e a papada na água, e longas manchas escuras e oleosas seguiam corrente abaixo.

— Um homem — respondeu Shere Khan friamente. — Há uma hora matei um homem.

E continuou a ronronar e resmungar para si mesmo. A fileira dos animais estremeceu e hesitou. Depois um murmúrio elevou-se, cresceu e se transformou em grito:

— Um homem! Um homem! Ele matou um homem!

Então todos os olhares voltaram-se para Hathi, o Elefante Selvagem, mas ele parecia não ter ouvido. Hathi nunca faz as coisas antes de chegar a hora, e este é um dos motivos por que sua vida é tão longa.

— Matar um homem num momento desses! Não havia outra caça ao alcance? — perguntou Bagheera com desprezo, saindo da água suja e sacudindo as patas, uma depois da outra, como fazem os gatos.

— Eu matei por prazer, não por necessidade.

O murmúrio de horror recomeçou, e o olhinho branco atento de Hathi voltou-se na direção de Shere Khan.

— Por prazer! — repetiu Shere Khan, lentamente. — E agora venho beber e limpar-me. Alguém se opõe a isso?

As costas de Bagheera já se curvavam como um bambu quando sopra vento forte, mas Hathi levantou sua tromba e falou com calma:

— Você matou por prazer?

Quando Hathi faz uma pergunta, é melhor responder.

— Sim. Era meu direito e *minha noite*. Você sabe, Hathi.

O tom de Shere Khan tornara-se quase cortês.

— Sim, eu sei — replicou Hathi, e depois de um breve silêncio: — Já bebeu o suficiente?

— Por esta noite, sim.

— Então vá embora. O rio serve para beber e não deve ser sujado. Ninguém, a não ser o Tigre Manco, proclamaria seu direito num tempo como este, em que sofremos juntos, o Homem e o Povo do Jângal. Limpo ou não, volte à sua toca, Shere Khan.

As últimas palavras soaram como toques de trombetas de prata, e os três filhos de Hathi deram um passo à frente, embora não fosse necessário. Shere Khan retirou-se sem protestar, pois sabia, como todos sabem, que nos casos extremos Hathi é o Senhor do Jângal.

— Que direito é esse de que Shere Khan fala? — sussurrou Mowgli no ouvido de Bagheera. — Matar um homem é sempre uma vergonha. É o que diz a Lei. Entretanto, Hathi reconhece...

— Pergunte a ele. Eu não sei, Irmãozinho. Direito ou não, se Hathi não tivesse falado, eu teria dado a esse carniceiro manco a lição que ele merece. Vir à Roca da Paz logo depois de matar um homem, e gabar-se disso, é ato estúpido próprio de um chacal. Além disso, ele sujou a água saudável.

Mowgli esperou um minuto para criar coragem, pois ninguém se atrevia a dirigir-se a Hathi diretamente. Depois gritou:

— Que direito é esse de Shere Khan, Hathi?

As duas margens fizeram eco à sua pergunta, porque todo o Povo do Jângal é curiosíssimo, e acabava de assistir a algo que ninguém parecia entender, a não ser Baloo, que se mostrava muito pensativo.

— É uma história antiga — respondeu Hathi —, uma história mais antiga que o Jângal. Façam silêncio nas duas margens que vou contá-la.

Houve um minuto ou dois de empurrões e rumorejos entre os javalis e os búfalos. Então os chefes das manadas bradaram, um depois do outro:

— Estamos esperando.

Hathi penetrou na água até os joelhos na lagoa que se formava em volta da Roca da Paz. Por mais magro e enrugado que estivesse, com presas amareladas, o Jângal sempre o reconhecia como o seu senhor.

— Vocês sabem, meus filhos, que, de todos os seres, o que mais temem é o Homem — começou.

Houve um murmúrio de assentimento.

— Esta história diz respeito a você, Irmãozinho — segredou Bagheera a Mowgli.

— A mim? Pertenço à Alcateia, sou caçador do Povo Livre — replicou Mowgli. — O que há entre os homens e mim?

— E vocês sabem por que têm medo do Homem? — prosseguiu Hathi. — A razão é a seguinte: No início do Jângal, e ninguém sabe quando foi, nós do Jângal andávamos juntos, sem temor uns dos outros. Naquela época não havia secas, e folhas, flores e frutas cresciam na mesma árvore, e só comíamos folhas, flores, pasto, frutas e cascas.

— Fico muito feliz por não ter nascido naquele tempo — observou Bagheera. — A casca só serve para afiar as garras.

— Tha, o Primeiro Elefante, era o Senhor do Jângal. Com sua tromba tirou o Jângal das águas profundas e onde suas presas cavavam sulcos no solo os rios se punham a correr. Onde batia com a pata brotavam imediatamente fontes de água excelente e quando soprava através de sua tromba... assim... as árvores caíam. Foi desse modo que Tha criou o Jângal e foi desse modo que me contaram a história.

— Ela não perdeu nada em tamanho ao ser recontada — cochichou Bagheera no ouvido de Mowgli, que riu cobrindo a boca com a mão.

— Naquele tempo não havia trigo, nem melões, nem pimenta, nem cana-de-açúcar. Também não havia cabanas pequenas como as que todos vocês viram. O Povo do Jângal não sabia nada sobre o Homem e vivia em comum, formando um só povo. Mas logo começaram a brigar por causa de comida, embora houvesse pastagens suficientes para todos. Eram preguiçosos e cada um queria comer onde estava deitado, como às vezes também nós fazemos quando as chuvas da primavera são abundantes.

Tha, o Primeiro Elefante, estava ocupado em criar novas florestas e conduzir os rios em seus leitos. Como não podia estar em toda parte, fez do Primeiro Tigre o mestre e juiz do Jângal, a quem o Povo do Jângal devia submeter suas divergências. Naquele tempo, o Primeiro Tigre comia frutas e ervas como os outros. Era do mesmo tamanho que eu e muito bonito, todo da mesma cor que as flores da trepadeira amarela. Não tinha na pele manchas nem listras naqueles dias felizes em que o Jângal era novo. Todo o Povo do Jângal vinha a ele sem temor e sua palavra era lei. Formávamos então, lembrem-se, um só povo.

Certa noite, porém, houve uma disputa entre dois gamos, uma desavença a respeito de pastagem, como estas que vocês resolvem agora com chifradas e coices. Contam que, enquanto os dois se explicavam perante o Primeiro Tigre deitado entre as flores, um dos gamos o empurrou com os chifres. O Primeiro Tigre, esquecendo que era o senhor e juiz do Jângal, saltou sobre o gamo e lhe quebrou o pescoço.

Até aquela noite nenhum de nós havia morrido. O Primeiro Tigre, ao ver o que tinha feito e enlouquecido pelo cheiro do sangue, refugiou-se nos pântanos do norte, e nós do Jângal ficamos sem juiz e acabamos nos batendo em batalhas contínuas. Tha ouviu o seu barulho e voltou. Então uns lhe contaram as coisas de um jeito, outros de outro. Ele notou o gamo morto entre as flores e perguntou quem o tinha matado. Ninguém queria dizer-lhe, porque o cheiro do sangue os fazia enlouquecer. Corriam de todos os lados em círculo, pulando, gritando e abanando a cabeça. Então Tha, falando às árvores de galhos baixos e aos cipós pendentes do Jângal, ordenou-lhes que marcassem o assassino do gamo, a fim de que ele pudesse reconhecê-lo, e acrescentou: "Quem será agora o Senhor do Povo do Jângal?". O Macaco Cinzento, que vive nos galhos, saltou e disse: "Serei eu, daqui por diante, o Senhor do Jângal". Tha pôs-se a rir e disse: "Que seja assim!". Depois foi embora muito irritado.

Meus filhos, vocês conhecem o Macaco Cinzento. Ele era então o que é agora. No início adotou uma máscara de seriedade, mas dali a pouco começou a coçar-se e a pular de um lado para outro. Quando Tha voltou, encontrou o Macaco Cinzento pendurado de cabeça para baixo num galho, fazendo caretas para aqueles que estavam no chão. E estes lhe devolviam as caretas. Assim, não havia mais Lei no Jângal, só conversas ridículas e palavras insensatas.

Tha, então, chamou-nos todos ao seu redor e disse: "O primeiro de seus chefes introduziu a Morte no Jângal e o segundo, a Vergonha. Já é tempo de ter uma Lei, uma Lei que vocês não possam infringir. De agora em diante, conhecerão o Medo. E, quando o encontrarem, saberão que ele é o seu senhor, e o resto virá por si". Então nós do Jângal perguntamos: "O que é o Medo?". Tha respondeu: "Procurem até o encontrarem". E foi assim que nos pusemos a procurar o Medo de um lado para outro do Jângal, até que um dia os búfalos...

— Puxa! — exclamou Mysa, o chefe dos búfalos, do banco de areia onde se encontrava.

— Sim, Mysa, foram os búfalos que voltaram trazendo a notícia de que, numa gruta do Jângal, o Medo estava sentado, não tinha pelo e andava nas patas de trás. Então nós do Jângal seguimos a manada até a gruta. E na entrada da gruta encontrava-se o Medo. Não tinha pelo, como os búfalos disseram, e andava nas patas de trás. Quando nos viu soltou um grito e sua voz nos encheu do mesmo medo que nos assalta quando a ouvimos ainda hoje. Fugimos, atropelando-nos e ferindo-nos uns aos outros, porque tínhamos medo. Naquela noite, disseram-me, nós do Jângal não ficamos juntos, como era nosso costume, mas cada tribo retirou-se para o seu lado, o javali com o javali, o cervo com o cervo, chifre com chifre, casco com casco, cada qual com seus semelhantes. E assim apreensivos nos deitamos todos no Jângal.

Só o Primeiro Tigre não estava conosco, porque ainda se escondia nos pântanos do norte, e quando lhe falaram da Coisa que tínhamos visto na gruta, ele disse: "Irei ao lugar onde se encontra essa Coisa e lhe quebrarei o pescoço". Ele correu a noite inteira, até chegar diante da gruta. Mas, à sua passagem, as árvores e os cipós, lembrando-se da ordem que haviam recebido de Tha, abaixavam os galhos e o marcavam, enquanto ele corria, deixando a impressão dos dedos em suas costas, seus flancos, sua testa e sua papada. Onde o tocavam formava-se uma listra ou pinta nova em sua pele amarela. *São essas listras que seus filhos trazem ainda hoje!* Quando o tigre chegou diante da gruta, o Medo, o Ser Sem Pelo, ergueu o braço em sua direção e o chamou "o Listrado que vem à noite". O Primeiro Tigre, com medo do Ser Sem Pelo, fugiu para os pântanos rugindo.

Mowgli, imerso na água até o queixo, sorriu em silêncio.

— Ele urrava tão alto que Tha o ouviu e disse: "Que desgraça o aflige?". O Primeiro Tigre, levantando o focinho para o céu recém-criado, agora tão velho, exclamou: "Devolva-me o meu poder, Tha. Fui humilhado diante de todo o Jângal, porque fugi de um Ser Sem Pelo que me chamou com um nome desonroso". "Por quê?", indagou Tha. "Porque estou sujo da lama dos pântanos", respondeu o Primeiro Tigre. "Então se banhe e role na grama úmida. Se for lama, a água a lavará", disse Tha. O Primeiro Tigre banhou-se e rolou muito tempo na grama, até sentir que o Jângal dava voltas e mais voltas diante de seus olhos, mas nem uma só pequena risca de sua pele desapareceu, e Tha, que o observava, pôs-se a rir. Então o Primeiro Tigre perguntou: “O que fiz para que me acontecesse isso?” Tha respondeu: “Você matou o gamo e soltou a Morte no Jângal, e com a Morte veio o Medo, de modo que agora, no Povo do Jângal, uns têm medo dos outros, como você tem medo do Ser Sem Pelo”. O Primeiro Tigre disse: “Eles não terão medo de mim, porque me conhecem desde o começo”. Tha respondeu: “Vá ver”. E o Primeiro Tigre correu de um lado para outro, chamando em voz alta o Cervo, o Javali, o *Sambhur*, o Porco-Espinho e todo o povo do Jângal. Mas todos fugiram dele, que tinha sido seu juiz, porque tinham medo.

O Primeiro Tigre voltou atrás, com o orgulho ferido, e, batendo com a cabeça no solo, rasgou a terra com suas garras e disse: “Lembre-se de que houve tempo em que fui o Senhor do Jângal. Não se esqueça de mim, Tha. Permita que meus filhos se lembrem de que houve tempo em que eu não soube o que era vergonha nem medo”. Tha respondeu: “Farei isso por você, porque vimos juntos o Jângal nascer. Por uma noite, cada ano, tudo será para você e para seus filhos como antes que o gamo fosse morto. Nessa noite, se encontrar o Ser Sem Pelo, cujo nome é Homem, não terá medo dele, mas ele terá medo de você, como se ainda fosse o juiz do Jângal e o senhor de todas as coisas. Nessa noite em que ele tiver medo, tenha compaixão dele, pois agora você sabe o que é o Medo”.

Então o Primeiro Tigre respondeu: “Estou contente”. Mas quando, indo beber, viu de novo as listras pretas nas costas e nos flancos, lembrou-se do nome que o Ser Sem Pelo lhe dera e ficou furioso.

Durante um ano viveu nos pântanos, esperando que Tha cumprisse sua promessa. Numa noite em que o Chacal da Lua (a Estrela Vespertina) brilhou claro sobre o Jângal, sentiu que sua noite chegara e se dirigiu à gruta para encontrar o Ser Sem Pelo. Então aconteceu o que Tha havia prometido: o Ser Sem Pelo caiu diante dele e permaneceu estendido no chão. O Primeiro Tigre atacou-o e lhe quebrou a espinha: ele achava que havia um só daqueles seres em todo o Jângal e que tinha matado o Medo. Enquanto farejava a vítima, ouviu Tha descer das florestas do norte e, de repente, a voz do Primeiro Elefante, a mesma voz que ouvimos agora...

Naquele momento, o trovão reboava através das ravinas ressequidas das colinas retalhadas, mas não trazia a chuva. Eram só relâmpagos de fogo que faiscavam por trás dos cumes, e Hathi continuou:

— Aquela era a voz que o Primeiro Tigre ouviu, e ela dizia: "É esta a sua compaixão?". O Primeiro Tigre lambeu os beiços e respondeu: "O que importa? Matei o Medo". Tha replicou: "Cego e insensato! Você desatou os pés da Morte e ela vai seguir seus rastos até que morra. Você ensinou o Homem a matar!".

Em pé ao lado da vítima, o Primeiro Tigre disse: "Ele está agora como estava o gamo. O Medo não existe mais. Serei outra vez o juiz dos Povos do Jângal".

Tha respondeu: "Os Povos do Jângal nunca mais virão a você. Evitarão cruzar o seu caminho, dormir em sua vizinhança, seguir seus passos e pastar perto de sua toca. Só o Medo o seguirá e fará que esteja à mercê dele com golpes que você não pode prever. Forçará o solo a abrir-se debaixo de seus pés, o cipó a apertar seu pescoço, os troncos das árvores a crescer em círculo ao seu redor, mais alto que você puder saltar e, no fim, tirará sua pele para envolver seus filhotes quando estiverem com frio. Você não teve compaixão dele e ele também não terá compaixão de você".

O Primeiro Tigre sentiu-se cheio de ousadia, pois sua Noite ainda não havia passado, e disse: "Promessa de Tha é Promessa de Tha. Não vai tomar de volta a minha Noite?". Tha respondeu: "A sua Noite lhe pertence, como eu disse, mas deve pagar um preço por ela. Você ensinou o Homem a matar e ele é um aluno que logo aprende". O Primeiro Tigre observou: "Ele está debaixo de minha pata, com a espinha quebrada. Informe ao Jângal que matei o Medo". Tha riu: "Você matou um só entre muitos. Isso você mesmo poderá dizer ao Jângal, pois a sua Noite terminou".

Foi assim que o dia despontou. Da gruta saiu outro Ser Sem Pelo. Ao ver o morto na trilha e o Primeiro Tigre em cima dele, apanhou uma vara pontiaguda...

— Agora lançam uma coisa que corta — interrompeu Ikki, descendo a margem do rio e fazendo ruído com seus espinhos.

Ikki era considerado manjar muito fino pelos Gonds,[2] que o chamam Ho-Igoo, e sabia alguma coisa da machadinha perigosa que voa através da clareira como a libélula.

— Era uma vara pontiaguda como as que colocam no fundo das armadilhas — prosseguiu Hathi. — Ao lançá-la, ela atingiu o Primeiro Tigre profundamente no flanco. Assim tudo aconteceu como Tha havia predito, pois o Primeiro Tigre correu urrando de um lado para outro do Jângal, até conseguir arrancar a vara, e todo o Jângal soube que o Ser Sem Pelo podia ferir de longe, e passaram a temê-lo mais ainda.

Desse modo, o Primeiro Tigre ensinou o Ser Sem Pelo a matar, e vocês não ignoram todo o mal que isso causou aos nossos povos desde então, usando laços, alçapões, armadilhas escondidas, varas voadoras, a mosca de ferrão agudo que sai da fumaça branca (Hathi se referia à bala de espingarda) e a Flor Vermelha que nos caça fora de nossos abrigos. Entretanto, por uma noite cada ano, segundo a promessa de Tha, o Ser Sem Pelo tem medo do Tigre, e o Tigre nunca lhe deu motivo para tranquilizar-se. Não importa onde o encontre, ele o mata, lembrando-se da vergonha que o Primeiro Tigre passou. No resto do tempo, o Medo anda pelo Jângal, dia e noite.

— *Ahi! Aoo!* — disseram os cervos, pensando em tudo o que isso significava para eles.

— E é somente quando um grande Medo ameaça a todos, como neste momento, que nós do Jângal podemos colocar de lado nossos pequenos receios e reunir-nos no mesmo lugar, como estamos fazendo agora.

— O Homem teme o Tigre só uma noite realmente? — perguntou Mowgli.

— Uma só noite — respondeu Hathi.

— Mas eu... vocês... todo o Jângal sabe que Shere Khan mata o Homem duas ou três vezes na mesma lua.

---

[2] São a etnia principal do centro da Índia.

— É verdade, mas então o ataca pelas costas e vira a cabeça de lado quando o golpeia, pois sente muito medo. Se o Homem o olhasse firme nos olhos, ele fugiria. Na sua Noite, ao contrário, ele desce abertamente à aldeia, anda entre as casas e passa a cabeça pelas portas, e os homens caem de rosto no chão, e ele mata. Mata uma só vez naquela noite.

— Oh! — disse Mowgli para si mesmo, espojando-se na água. — *Agora* entendo por que Shere Khan me desafiou a olhá-lo. Isso não lhe adiantou de nada, porque não conseguiu manter fixos seus olhos, e eu... eu não caí a seus pés. Mas também é verdade que não sou Homem, pois faço parte do Povo Livre.

— Hum! — roncou Bagheera no mais fundo de sua garganta. — Será que o Tigre sabe qual é a sua noite?

— Não, até que o Chacal da Lua saia brilhando das névoas da tarde. Às vezes, a noite única do Tigre cai durante as secas de verão, às vezes na época das chuvas. Mas, sem o Primeiro Tigre, nada disso teria acontecido e nenhum de nós teria conhecido o Medo.

Os cervos bramiram tristemente e os lábios de Bagheera contraí-ram-se num sorriso maroto.

— Os homens conhecem essa história? — indagou ela.

— Ninguém a conhece, a não ser os tigres e nós, os elefantes, filhos de Tha. Agora os que se reuniram à beira do rio também a ouviram. Tenho dito.

Hathi mergulhou a tromba na água, para significar que não tinha mais vontade de falar.

— Mas... mas... mas... — começou Mowgli, virando-se para Baloo — por que o Primeiro Tigre não continuou a alimentar-se de ervas, folhas e arbustos? Ele só quebrou o pescoço do gamo. Não o devorou. O que o fez então gostar de carne fresca?

— As árvores e os cipós o haviam marcado, Irmãozinho, e o converteram no animal listrado que conhecemos. Nunca mais ele quis comer seus frutos, mas, a partir daquele dia, vingou-se nos cervos e nos outros Comedores de Ervas — explicou Baloo.

— Então você também conhece a história, hein? Por que nunca me falou dela?

— Porque o Jângal está cheio de histórias desse tipo. Se eu começasse a contá-las, nunca mais terminaria. Vamos. Largue da minha orelha, Irmãozinho.

A Lei do Jângal

Só para dar uma ideia da variedade enorme da Lei do Jângal, traduzi em versos algumas leis que se aplicam aos Lobos (Baloo recitava-as sempre numa espécie de cantilena). Existem, naturalmente, centenas e centenas delas, mas estas servirão como amostra das regras mais simples.

Agora é esta a Lei do Jângal,
Tão antiga e verdadeira como o céu.
O Lobo que a cumprir poderá prosperar,
Mas o Lobo que a infringir deverá morrer.

Como o cipó circunda o tronco da árvore,
A Lei abrange o futuro e o passado.
Porque a força da Alcateia é o Lobo,
E a força do Lobo é a Alcateia.

Lave-se cada dia do focinho à cauda,
Beba em abundância, mas não em demasia.
Lembre-se de que a noite é para caçar
E não se esqueça de que o dia é para dormir.

O Chacal pode seguir o Tigre,
Mas, Lobinho, quando seus bigodes crescerem,
Lembre-se de que o Lobo é um caçador:
Vá adiante e procure comida por sua conta.

Esteja em paz com o Tigre, a Pantera e o Urso,
Pois eles foram sempre os Senhores do Jângal.

Não perturbe Hathi, o Silencioso,
Nem zombe do Javali em seu covil.

Quando duas Alcateias se encontram no Jângal
E nem uma nem outra querem afastar-se da trilha,
Vá sentar-se até que os chefes conversem:
Muitas vezes a palavra cortês pode prevalecer.

Quando lutar com um Lobo da Alcateia,
Faça-o num lugar distante e sozinho,
Para que outros não participem da disputa
E a Alcateia não seja diminuída pela guerra.

A toca é, para o Lobo, o seu refúgio
E, se ele a escolheu como o seu abrigo,
Nem mesmo o chefe dos Lobos pode entrar,
E o Conselho também não pode vir.

A toca é, para o Lobo, o seu refúgio,
Mas, se ela foi cavada muito à vista,
O Conselho mandará uma mensagem
E assim ele deverá mudar-se novamente.

Se matar antes da meia-noite, faça-o em silêncio
Para não acordar o bosque com seu uivo.
Isso faria o cervo fugir das plantações
E seus irmãos ficarem em jejum.

Pode matar para si mesmo, sua loba e seus filhotes,
De acordo com suas necessidades e se tiver força.
Mas não mate pelo prazer de matar
E lembre-se *sete vezes de nunca matar o Homem.*

Se tomar a presa de algum mais fraco,
Não devore tudo em seu orgulho.
A Lei da Alcateia protege o mais humilde:
Deixe-lhe, então, a cabeça e o couro.

É da Alcateia o que a Alcateia caça.
Deixe a comida onde ela se encontra.
Ninguém pode levar a caça à sua toca,
Pois corre o risco de até perder a vida.

O que o Lobo mata é comida do Lobo:
Pode reparti-la com quem bem entender.
Mas, enquanto ele não der permissão,
A Alcateia não pode comer essa presa.

É direito do filhote de um ano
Reclamar de cada Lobo de sua Alcateia,
Quando comeu, uma parte de alimento.
O caçador saciado nunca a recusará para ele.

Direito de Covil é um direito da Mãe.
Ela pode pedir ao seu companheiro
Um pernil de cada caça para seus filhotes
E ele não pode negá-lo a ela.

Direito de Covil é um direito do Pai,
Direito de caçar sozinho e para os seus.
Está dispensado de todos os chamados da Alcateia
E é julgado somente pelo Conselho.

Por causa de sua idade e sua astúcia,
Por causa de suas garras e seu peso,
Em tudo o que a Lei não dispõe,
a palavra do Chefe é Lei na Alcateia.

Agora estas são as Leis do Jângal.
Elas são muitas e poderosas.
Mas a cabeça e o casco da Lei,
Sua anca e sua bossa é: *Obedecer*.

EDUARDO FEITO

Tigre! Tigre!*

Como foi a caçada, caçador ousado?
Irmão, a espera foi longa no frio.

O que é da caça que foste matar?
Irmão, ela ainda pasta no Jângal.

Onde está a força que fazia seu orgulho?
Irmão, ela se perde pelo lado ferido.

Para onde corre com tanta pressa?
Irmão, vou ao meu covil, para morrer.

Voltemos à época do primeiro conto. Quando Mowgli deixou a caverna do lobo, depois da luta com a Alcateia na Roca do Conselho, dirigiu-se às terras cultivadas onde os aldeões viviam, porém não quis deter-se ali: o Jângal ficava muito próximo e ele sabia que fizera pelo menos um inimigo perigoso no Conselho. Por isso, continuou sua corrida pela estrada irregular que conduzia ao vale. Seguiu-a a toda pressa, sem parar, andou cerca de trinta e dois quilômetros e chegou a uma região que não conhecia.

O vale abria-se para uma vasta planície coberta de rochedos e cortada por ravinas. Numa extremidade divisava-se uma pequena aldeia, e na outra o Jângal cerrado descia num declive escarpado para as pastagens e se detinha de repente, como se tivesse sido cortado por uma enxada. Bois e búfalos pastavam espalhados pela planície e, quando os meninos encarregados de guardar os rebanhos notaram Mowgli, fugiram

* Do original inglês "*Tiger! Tiger!*", conto integrante do livro *The Jungle Book*.

Fritz Eichenberg

aos gritos, e os cães vadios que sempre vagueiam em volta de uma aldeia indiana puseram-se a latir. Mowgli seguiu adiante, pois sentia muita fome, e, ao chegar à entrada da aldeia, viu o grande feixe de espinhos que, ao anoitecer, é colocado em frente dela movido para um dos lados.

— Hum! — exclamou, pois já encontrara mais de uma dessas barreiras em suas incursões noturnas em busca de comida. — Os homens temem o Povo do Jângal também aqui.

Sentou-se ao lado da barreira e, quando viu um homem sair, levantou-se, abriu a boca e apontou com o dedo para dentro dela, mostrando que estava com fome. O homem arregalou os olhos e voltou correndo pela única rua da aldeia, a chamar pelo sacerdote, um hindu alto e gordo vestido de branco com uma pinta vermelha e amarela na testa. O sacerdote veio até a barreira, seguido por mais de cem pessoas, que olhavam espantadas, discutiam e gritavam indicando Mowgli com o dedo.

— Como o povo dos homens é mal-educado! — disse Mowgli para si mesmo. — Só os macacos cinzentos fariam algo semelhante.

Então jogou para trás seus longos cabelos e franziu as sobrancelhas ao olhar para a multidão.

— De que é que vocês têm medo? — perguntou o sacerdote. — Olhem as marcas que ele tem nos braços e nas pernas. São mordidas de lobos. É só um menino-lobo que escapou do Jângal.

Ao brincar com ele, os lobinhos tinham mordido muitas vezes Mowgli mais forte do que queriam, e as pernas e os braços dele estavam cobertos de cicatrizes brancas. Mas ele seria a última pessoa no mundo a chamar aquilo de mordidas, pois sabia o que era morder de verdade.

— Irra! — gritaram duas ou três mulheres ao mesmo tempo. — Foi mordido pelos lobos, pobre criança. É um belo menino. Tem os olhos ardentes como o fogo. Palavra de honra, Messua, ele se parece com seu filho que o tigre levou.

— Deixem-me ver — disse uma mulher que ostentava braceletes de cobre pesados nos pulsos e nos tornozelos.

Ela observou Mowgli atentamente, fazendo sombra sobre os olhos com a mão.

— É verdade. É um pouco mais magro, mas tem a mesma aparência do meu menino.

O sacerdote, homem hábil, sabia que Messua era a mulher do habitante mais rico da aldeia. Ergueu os olhos ao céu por um minuto e disse em tom solene:

— O que o Jângal tirou, o Jângal devolveu. Leve este menino à sua casa, irmã, e não se esqueça de honrar o sacerdote que vê tão longe na vida dos homens.

— Pelo Touro que me comprou! — disse Mowgli consigo mesmo. — Com toda esta conversa parece-me que sou examinado pela Alcateia outra vez. Bem, já que sou homem, devo me comportar como homem.

A multidão dispersou-se quando a mulher fez sinal a Mowgli para acompanhá-la à sua cabana. Na choça havia uma cama pintada de vermelho, um grande recipiente de barro cozido para guardar grãos ornado com desenhos curiosos em relevo, meia dúzia de caçarolas de cobre, a imagem de um deus hindu num pequeno nicho e, na parede, um verdadeiro espelho, como os que são vendidos nas feiras das aldeias.

A mulher deu-lhe pão e um grande copo de leite, depois colocou a mão em sua cabeça e olhou-o no fundo dos olhos. Pensava que talvez fosse seu filho que voltara do Jângal, para onde o tigre o havia levado. Por isso lhe disse:

— Nathoo, Nathoo!

Mowgli pareceu não conhecer esse nome.

— Não se lembra do dia em que lhe dei sapatos novos?

Ela tocou seus pés e os sentiu quase tão duros como chifre.

— Não — disse ela com tristeza —, esses pés nunca usaram sapatos, mas você se parece muito com meu Nathoo e será meu filho.

Mowgli experimentava um mal-estar porque, antes, nunca estivera debaixo de um teto. Mas, olhando a cobertura de palha, notou que poderia arrancá-la toda vez que quisesse sair e, além disso, a janela não tinha tranca.

Depois disse a si mesmo: “De que adianta ser homem, se não se entende a linguagem dos homens? Agora estou tão bobo e mudo como estaria um homem que se encontrasse entre nós no Jângal. Preciso aprender a língua deles”.

Não fora só por divertimento que aprendera, enquanto vivia entre os lobos, a imitar o bramido de desafio do gamo no Jângal e o grunhido do javali pequeno. Assim, quando Messua pronunciava uma palavra, Mowgli a imitava quase com perfeição e, antes da noite, tinha aprendido o nome de muitas coisas na cabana.

Uma dificuldade surgiu na hora de deitar, porque Mowgli não queria dormir debaixo de um teto que se parecia muito com uma armadilha de panteras e, quando a porta foi fechada, saiu pela janela.

— Deixe que ele faça como quiser — disse o marido a Messua. — Lembre-se de que ele talvez nunca tenha dormido numa cama. Se foi realmente enviado a nós para substituir nosso filho, não fugirá.

Mowgli foi deitar-se na relva alta e limpa que bordejava o campo, e mal tinha fechado os olhos quando um focinho cinzento e liso veio roçar seu queixo.

— Ufa! — rosnou Irmão Cinzento, o mais velho dos filhotes de Mãe Loba. — Esta é uma pobre recompensa depois de o ter seguido por mais de trinta e dois quilômetros! Você já cheira a fumaça de madeira e a gado, exatamente como um homem. Desperte, Irmãozinho! Trago novidades.

— Estão todos bem no Jângal? — indagou Mowgli, abraçando-o.

— Todos, com exceção dos lobos que receberam queimaduras da Flor Vermelha. Agora escute. Shere Khan partiu para caçar bem longe até que seu pelo volte a crescer, porque está muito chamuscado. Ele jurou que, quando retornar, vai deixar os seus ossos no Waingunga.

— Somos dois a jurar: eu também fiz uma pequena promessa. Mas é sempre bom estar informado. Estou cansado, esta noite, muito cansado com todas essas novidades, Irmão Cinzento. Mas me traga notícias sempre.

— Você não se esquecerá de que é um lobo? Os homens não o farão esquecer-se disso? — perguntou Irmão Cinzento, ansioso.

— Nunca. Eu me lembrarei sempre de que amo você e todos os de nossa caverna, mas também me lembrarei sempre de que fui expulso da Alcateia.

— E que também pode ser expulso desta outra. Os homens são sempre homens, Irmãozinho, e sua conversa é como a das rãs nos charcos. Quando voltar aqui, eu o esperarei entre os bambus, à beira da pastagem.

Nos três meses depois daquela noite, Mowgli quase não atravessou a barreira da aldeia, tão ocupado estava em aprender os usos e costumes dos homens. Primeiro foi obrigado a usar um pano em volta da cintura, o que o incomodava muito. Em seguida, teve de aprender o valor do dinheiro, algo que não compreendia de modo algum. Por último, teve de aprender a arar, cuja utilidade não conseguia ver. Depois, as crianças da aldeia o deixavam furioso. Felizmente, a Lei do Jângal lhe ensinara a não se irritar, pois no Jângal a vida e a alimentação dependem de saber controlar-se. Mas, quando zombavam dele porque não queria brincar ou empinar pipas, ou porque pronunciava errado uma palavra, só o pensamento de que é indigno de um caçador matar filhotes nus o impedia de agarrá-los e parti-los em dois.

Não conhecia sequer a sua força. No Jângal, sabia que era fraco em comparação aos animais. Na aldeia, porém, as pessoas diziam que era forte como um touro.

Mowgli também não tinha a menor noção da diferença que se estabelece entre um homem e outro, a casta.[1] Quando o jumento do oleiro escorregava no lodaçal, Mowgli puxava-o pelo rabo e ajudava a amontoar as vasilhas quando eles partiam para o mercado de Khanhiwara. Esses eram gestos chocantes, porque o oleiro é de casta inferior, e o jumento mais ainda. Quando o sacerdote o repreendeu, Mowgli ameaçou colocá-lo também em cima do jumento, e o sacerdote aconselhou ao marido de Messua que pusesse o menino a trabalhar o quanto antes. O chefe da aldeia ordenou a Mowgli que saísse com os búfalos no dia seguinte e tomasse conta deles enquanto pastavam.

Nada podia agradar mais a Mowgli. E na mesma noite, como estava encarregado de um serviço público, dirigiu-se ao círculo de pessoas que se reuniam diariamente numa plataforma de alvenaria, à sombra de uma grande figueira. Era o clube da aldeia, e o chefe, o guarda e o barbeiro, que sabiam todos os mexericos do lugar, e o velho Buldeo, o caçador da aldeia, que possuía um mosquete velho, reuniam-se ali para fumar. Os macacos tagarelavam, empoleirados nos galhos de cima, e embaixo da plataforma havia um buraco, morada de uma cobra, para a qual serviam uma pequena tigela de leite todas as noites, porque era sagrada.

Os anciãos, sentados em volta da árvore, conversavam e

---

[1] O sistema de castas na Índia refere-se a qualquer forma de estratificação que enfatiza fatores herdados ou de nascimento do indivíduo para classificá-lo socialmente. Existe há mais de 2.500 anos e está associado ao hinduísmo, uma das três religiões principais do país. Para um indivíduo que pertence a uma casta é muito difícil, ou mesmo impossível, fazer parte de uma casta diferente, sobretudo de nível mais elevado.

aspiravam seus grandes narguilés[2] até altas horas. Contavam histórias impressionantes sobre deuses, homens e fantasmas. E Buldeo narrava outras mais extraordinárias ainda sobre os hábitos das feras no Jângal, fazendo os olhos das crianças que sentavam fora do círculo saírem das órbitas, ao ouvi-las. A maioria das histórias referia-se a animais, pois o Jângal estava sempre à sua porta. Os gamos e os javalis devastavam suas colheitas, e de tempos em tempos um tigre raptava um homem ao escurecer, próximo das portas da aldeia.

Mowgli, que naturalmente conhecia alguma coisa do que eles estavam falando, tinha de esconder o rosto para que não o vissem rir. E assim, enquanto Buldeo, com o mosquete atravessado sobre os joelhos, passava de uma história maravilhosa a outra mais maravilhosa ainda, os ombros de Mowgli não paravam de sacudir-se com os esforços que fazia para conter-se.

O tigre que roubara o filho de Messua, explicava Buldeo, era um tigre fantasma em cujo corpo habitava o espírito de um velho agiota perverso que morrera alguns anos antes.

— E sei que isso é verdade — disse —, porque Purun Dass mancava sempre de uma pancada que tinha recebido num motim, quando seus livros de contas foram queimados, e o tigre de que falo também manca, pois os rastos de suas patas não são iguais.

— É verdade, é verdade, deve ser assim — aprovaram juntas as barbas brancas.

— Suas histórias são todas tolices e balelas como essas? — exclamou Mowgli. — Esse tigre manca porque nasceu manco, como todos sabem. E falar que é o espírito de um agiota no corpo de uma fera que nunca teve a coragem de um chacal é conversa para crianças.

A surpresa deixou Buldeo sem palavra por um momento, e o chefe da aldeia arregalou os olhos.

---

[2] Cachimbo com um tubo comprido e um vaso cheio de água perfumada usado para fumar tabaco. Também chamado *houka* na Índia, é adotado em grande parte dos países árabes.

— Ah! É o fedelho do Jângal, não é? — disse por fim Buldeo. — Já que é tão esperto, faria melhor se levasse a pele desse tigre a Khanhiwara. O governo pôs sua cabeça a prêmio por cem rupias. Mas faria melhor ainda se ficasse calado quando os mais velhos falam.

Mowgli levantou-se para ir embora.

— Fiquei aqui a noite inteira escutando — gritou, virando-se enquanto se afastava —, e, a não ser uma ou duas vezes, Buldeo não disse uma palavra de verdade sobre o Jângal, que está tão perto. Como posso acreditar, então, nessas histórias de fantasmas, deuses e duendes que ele afirma ter visto?

— Já é hora de que esse menino vá guardar o gado — disse o chefe da aldeia, enquanto Buldeo arfava e bufava de raiva com a impertinência de Mowgli.

É costume em quase todas as aldeias indianas que alguns meninos levem o gado e os búfalos para pastar nas primeiras horas da manhã e os tragam de volta ao cair da noite, e os mesmos animais que pisoteariam até a morte um homem branco deixam-se bater, mandar e conduzir aos gritos por crianças cuja cabeça mal chega à altura de seu focinho. Enquanto ficam com os rebanhos as crianças estão em segurança, porque nem mesmo o tigre se atreve a atacar o gado em grande número. Mas, se elas se afastam para colher flores ou correr atrás de lagartos, de vez em quando são raptadas.

Ao raiar do dia, Mowgli desceu a rua da aldeia sentado no dorso de Rama, o grande touro do rebanho. E os búfalos de cor azul ardósia, com seus longos chifres torcidos para trás e olhos ferozes, levantaram-se de seus estábulos e o seguiram um a um. Mowgli deixou bem claro às crianças que o acompanhavam que ele era o chefe. Bateu nos búfalos com um longo bambu liso e ordenou a Kamya, um dos meninos, que deixasse o gado pastar enquanto ele ia adiante com os búfalos e tomasse cuidado para não se afastar da manada.

Na Índia, uma pastagem é cheia de rochas, arbustos, touceiras e pequenas ravinas, entre os quais as manadas se dispersam e desaparecem. Os búfalos apreciam geralmente as lagoas e os terrenos alagadiços, onde se espojam e aquecem na lama quente durante horas. Mowgli conduziu-os até a orla

FRITZ EICHENBERG

da planície, onde o rio Waingunga saía do Jângal. Ali saltou da garupa de Rama e caminhou depressa até um bambual, onde encontrou Irmão Cinzento.

— Ah! — manifestou-se Irmão Cinzento de repente. — Estou esperando-o aqui há vários dias. O que significa isso de andar guardando o gado?

— É uma ordem que recebi — respondeu Mowgli. — Por algum tempo sou um dos pastores da aldeia. Que notícias traz de Shere Khan?

— Ele voltou para estes lados e o esteve esperando por um bom tempo. Hoje já foi embora, porque há pouca caça por aqui. Ele quer matá-lo.

— Muito bem — disse Mowgli. — Enquanto ele estiver

longe, você ou um de seus irmãos venha sentar-se sobre esta rocha, de modo que eu possa vê-los quando sair da aldeia. Quando ele voltar, espere-me no barranco perto da árvore de *dhâk*,[3] no meio da planície. Não é necessário correr para a goela de Shere Khan.

Depois Mowgli escolheu um lugar à sombra, deitou-se e dormiu, enquanto os búfalos pastavam ao seu redor. A guarda das manadas é, na Índia, uma das ocupações mais preguiçosas do mundo. O gado troca de lugar e pasta, depois se deita e muda de lugar outra vez, e nem sequer muge. Só geme surdamente. Os búfalos não fazem nem mesmo isso. Entram um depois do outro nos charcos lodosos e se enterram na lama, até que somente o focinho e os olhos grandes de cor azul-turquesa aparecem na superfície, e ali ficam imóveis, como toras.

O sol faz as rochas vibrarem no calor da atmosfera e os pequenos pastores ouvem um abutre — nunca mais de um — grasnar quase fora do alcance da vista acima de sua cabeça, e sabem que, se um deles ou uma vaca morrer, esse abutre descerá cortando o ar. O abutre mais próximo, a quilômetros de distância, vê-lo-ia baixar e o seguiria, e outro o imitaria, e mais outro, e antes mesmo que eles estivessem mortos, vinte abutres famintos juntar-se-iam, sem que se soubesse de onde saíram.

Depois os meninos dormem, acordam e dormem de novo. Trançam cestas pequenas com erva seca e colocam gafanhotos dentro delas, ou apanham dois louva-a-deus e os botam para lutar. Enfiam em colares nozes vermelhas e pretas do Jângal e observam o lagarto que toma sol sobre a rocha ou a serpente que persegue uma rã perto dos charcos.

Às vezes entoam canções muito longas, que terminam com trinados curiosos típicos da região, e o dia parece-lhes mais longo que a vida inteira de uma pessoa. Outras vezes erguem um castelo de lama com figuras de homens, cavalos e búfalos. Colocam caniços nas mãos dos homens e imaginam

---

[3] Árvore de folhas douradas e vermelhas brilhantes.

que são reis com seus exércitos ou deuses que devem ser adorados.

Quando a noite chega, as crianças reúnem os animais aos gritos, os búfalos levantam-se da lama pegajosa com um barulho semelhante a disparos de espingarda e, formando longa fila, dirigem-se através da planície cinzenta para a aldeia onde as luzes cintilam.

Dia após dia Mowgli conduzia os búfalos para seus lodaçais e dia após dia avistava o dorso de Irmão Cinzento a cerca de dois quilômetros e meio na planície. Sabia assim que Shere Khan ainda não tinha retornado, e cada dia deitava-se na relva, ouvindo os ruídos que se erguiam em torno dele e sonhando com os velhos dias do Jângal. Se Shere Khan desse um passo em falso com a pata que mancava, nas matas à beira do Waingunga, Mowgli poderia ouvi-lo naquelas longas manhãs silenciosas.

Um dia, por fim, não viu Irmão Cinzento no lugar combinado. Rindo, dirigiu seus búfalos para o barranco próximo da árvore de *dhâk*. Ali estava Irmão Cinzento, com cada pelo do dorso eriçado.

— Ele se escondeu durante um mês para despistá-lo. Ontem à noite atravessou os campos com Tabaqui, que seguia de perto seus rastos — disse o lobo, quase sem fôlego.

Mowgli franziu a testa.

— Shere Khan não me inspira medo, mas Tabaqui é muito esperto.

— Não tenha medo — respondeu Irmão Cinzento, passando levemente a língua nos lábios. — Encontrei Tabaqui quando amanhecia. Está morto, ensinando seu saber aos urubus. Mas me contou tudo, antes que eu lhe quebrasse a espinha. O plano de Shere Khan é esperá-lo esta noite na entrada da aldeia. Ele vai esperar você, e nenhum outro. Neste momento, está dormindo no grande barranco seco do Waingunga.

— Ele comeu hoje ou vem caçar com o estômago vazio? — perguntou Mowgli, pois da resposta dependia a sua vida.

— Ao amanhecer matou um javali e também bebeu. Lembre-se de que Shere Khan nunca pode ficar em jejum, mesmo quando se trata de sua vingança.

— Ah! O imbecil, o imbecil! É mais estúpido que um filhote. Comeu e bebeu. E ainda imagina que vou esperar que ele durma. Onde se escondeu para dormir? Se fôssemos uns dez, poderíamos agarrá-lo enquanto está deitado. Estes búfalos não o atacarão, a não ser que os alertemos, e não conheço a língua deles. Podemos colocar-nos atrás dele, para que, farejando-o, eles possam seguir sua pista?

— O velhaco desceu o Waingunga a nado, para evitar que pudéssemos fazer isso — disse Irmão Cinzento.

— Foi Tabaqui, tenho certeza, que lhe deu a ideia. Ele jamais pensaria numa coisa dessas sozinho.

Mowgli permaneceu por algum tempo refletindo, com um dedo na boca:

— O grande barranco do Waingunga desemboca na planície a menos de um quilômetro daqui. Posso conduzir o rebanho através do Jângal até a parte superior do barranco e depois descer. Mas então ele escaparia do outro lado. Temos de fechar essa saída. Irmão Cinzento, pode dividir o rebanho em dois?

— Eu não, talvez. Mas trouxe comigo um ajudante experiente.

Irmão Cinzento afastou-se a passos miúdos e desapareceu numa toca. Saiu dali uma cabeça grisalha enorme, que Mowgli conhecia muito bem, e o ar quente encheu-se com o grito mais terrível do Jângal: o uivo de caça de um lobo em pleno meio-dia.

— Akela! Akela! — gritou Mowgli, batendo palmas. — Eu devia saber que não me esqueceria. Temos nas mãos uma tarefa muito importante. Divida o rebanho em dois, Akela: as vacas e os terneiros de um lado e os touros e os búfalos de trabalho do outro.

Os dois lobos atravessaram correndo, de um lado para outro, como numa figura de dança, no meio e em volta da manada que, bufando e erguendo a cabeça, separou-se em dois grupos. De um lado, as fêmeas, comprimidas em torno das crias, olhavam com ar feroz e batiam com as patas no chão, prontas para atacar o primeiro lobo que permanecesse parado por um momento e esmagá-lo debaixo de seus cascos.

Do outro lado, os touros e os novilhos bufavam e batiam as patas, mas, embora parecessem mais terríveis, eram menos perigosos, pois não tinham crias para proteger. Nem seis homens seriam capazes de dividir o rebanho de forma tão ordenada.

— Quais são as ordens? — perguntou Akela, ofegando. — Eles tentam juntar-se de novo.

Mowgli saltou no dorso de Rama.

— Leve os touros para a esquerda, Akela. Irmão Cinzento, quando nos afastarmos, mantenha as fêmeas reunidas e leve-as ao pé do barranco.

— Até onde? — indagou Irmão Cinzento, que arfava e mordia à direita e à esquerda.

— Até que os lados sejam tão altos que Shere Khan não possa subir — gritou Mowgli. — Mantenha-as ali até descermos.

Ao ouvir Akela ladrar, os touros dispararam e Irmão Cinzento ficou parado diante das fêmeas. Estas investiram contra ele, que então correu na frente delas até o pé do barranco, enquanto Akela conduzia os touros para a esquerda.

— Muito bem! Outro galope como este e eles estarão no ponto. Cuidado agora, Akela, muito cuidado. Uma mordida a mais e os touros investem. *Huyah!* Isto é mais difícil que perseguir um gamo preto. Você alguma vez imaginou que esses animais pudessem correr tanto? — bradou Mowgli.

— Eu... eu os cacei em meus bons tempos — sussurrou Akela numa nuvem de poeira. — Devo desviá-los para dentro do Jângal?

— Sim, depressa. Faça-os voltar. Rama está louco de raiva. Ah, se eu pudesse fazê-lo entender o que quero dele agora.

Os touros foram conduzidos desta vez para a direita e se lançaram no matagal, destroçando tudo à sua passagem. Os outros pequenos pastores, que observavam, em companhia de suas manadas, a menos de um quilômetro de distância, correram para a aldeia tão depressa quanto suas pernas podiam levá-los, gritando que os búfalos ficaram loucos e fugiram.

O plano de Mowgli era muito simples. Queria descrever um grande círculo ao subir, chegar à parte alta do barranco e então fazer os touros descerem por ele. Assim, surpreenderia

Shere Khan entre eles e as fêmeas. Sabia que, depois de comer e beber até fartar, o tigre não teria condições para combater nem trepar pelos lados do barranco. Agora procurava acalmar os búfalos com a voz, e Akela, que ficara para trás, contentava-se em ladrar vez ou outra para apressar a retaguarda.

Descreveram um círculo enorme, porque não queriam aproximar-se muito do barranco e alertar Shere Khan. Por fim, Mowgli reuniu o rebanho desorientado no alto do barranco, num declive relvado que descia rapidamente para o fundo do barranco. Daquela altura era possível ver por cima da copa das árvores até a planície que se estendia embaixo. Mas o que Mowgli olhava eram os lados do barranco. Pôde verificar com grande satisfação que eles se erguiam quase perpendicularmente e que nem as parreiras nem os cipós que os cobriam poderiam oferecer apoio suficiente para um tigre se ele quisesse escapar por ali.

— Deixe-os tomar fôlego, Akela — disse Mowgli, levantando a mão. — Eles ainda não sentiram o seu cheiro. Deixe-os respirar. Chegou a hora de nos anunciarmos a Shere Khan. Nós o apanhamos na armadilha.

Colocou as mãos em volta da boca e gritou na direção do barranco. Até parecia que estava gritando na boca de um túnel. Os ecos de sua voz repercutiram de rocha em rocha.

Depois de um longo momento respondeu a rosnadela arrastada e sonolenta de um tigre de barriga cheia que desperta.

— Quem chama? — indagou Shere Khan.

Um pavão magnífico saiu batendo asas do barranco e voou, soltando gritos estridentes.

— Sou eu, Mowgli. Ladrão de gado, chegou a hora de vir comigo à Roca do Conselho. Para baixo! Enxote-os depressa para baixo, Akela! Desça. Rama, desça!

Por um instante a manada hesitou à beira do declive, mas Akela lançou o grande uivo de caça e os animais precipitaram-se uns atrás dos outros, como barcos a vapor numa corredeira, fazendo a areia e as pedras voarem em volta deles. Uma vez iniciada a carreira, não havia mais como detê-los e, antes que chegassem ao leito da ravina, Rama aspirou o cheiro de Shere Khan e mugiu.

— Ah! Ah! — gritou Mowgli em sua garupa. — Agora percebeu!

A torrente de chifres pretos, focinhos espumantes e olhos arregalados arremeteu barranco abaixo, como as rochas rolam em tempo de enxurrada. Os búfalos mais fracos eram arremessados para os lados do barranco onde, ao passar, arrancavam as trepadeiras. Sabiam agora o que os esperava na frente: a carga terrível dos búfalos, contra a qual nenhum tigre pode resistir.

Shere Khan ouviu o estrondo dos cascos, levantou-se e pôs-se a andar com dificuldade pelo barranco, procurando dos dois lados um meio para fugir. Mas os paredões eram em linha reta e teve de permanecer ali, sentindo a lentidão produzida pela comida e pela bebida, disposto a tudo menos a lutar. A manada atravessou patinhando o charco que ele acabava de deixar, fazendo o corredor estreito ressoar com seus mugidos.

Mowgli ouviu mugidos responderem na extremidade inferior do barranco e viu Shere Khan virar-se (o tigre sabia que, em último caso, era melhor enfrentar os búfalos que as fêmeas com suas crias). Então Rama tropeçou, cambaleou, passou sobre alguma coisa macia e, seguido pelos outros touros, penetrou na segunda manada com grande estrépito, enquanto os búfalos mais fracos eram levantados no ar pelo choque do encontro. Os dois rebanhos foram arrastados até a planície pela investida, bufando, dando chifradas e coices. Mowgli esperou o momento propício para apear da garupa de Rama e começou a distribuir pancadas com o bastão à direita e à esquerda.

— Depressa, Akela! Detenha-os! Separe-os, ou vão se bater uns com os outros. Leve-os para fora daqui, Akela. Eh! Rama! Eh! Eh! Eh! Meus filhos. Devagar, agora, devagar! Tudo acabou.

Akela e Irmão Cinzento corriam de um lado e de outro mordendo as patas dos búfalos e, embora a manada fizesse meia-volta para atirar-se de novo barranco acima, Mowgli conseguiu fazer Rama desviar para os charcos, e os outros o seguiram.

Shere Khan não precisava mais ser pisoteado. Estava morto e os abutres já acorriam para devorá-lo.

— Irmãos, ele morreu como um cão — disse Mowgli, procurando com a mão a faca que sempre carregava numa bainha suspensa em seu pescoço, agora que vivia entre os homens. — Ele nunca teria lutado. Sua pele causará belo efeito na Roca do Conselho. Mãos à obra, e rápido.

Um menino criado entre os homens nem em sonhos pensaria em esfolar sozinho um tigre de mais de três metros de comprimento, porém Mowgli sabia melhor que ninguém como a pele de um animal adere ao corpo e como arrancá-la. Era um trabalho difícil, e Mowgli cortou, retalhou e resmungou durante uma hora, enquanto os lobos o contemplavam com a língua de fora e ajudavam a puxar quando ele mandava.

De repente, uma mão pousou em seu ombro. Levantando os olhos, viu Buldeo com seu mosquete. As crianças contaram na aldeia a disparada dos búfalos e Buldeo saiu furioso com o firme propósito de aplicar um corretivo em Mowgli por não ter cuidado da manada. Os lobos desapareceram assim que viram o homem chegar.

— Que loucura é esta? — indagou Buldeo em tom colérico. — E você acha que pode tirar a pele de um tigre! Onde os búfalos o mataram? É mesmo o tigre manco e estão oferecendo cem rupias por sua cabeça. Bem, bem, vamos fechar os olhos para a negligência com que deixou a manada escapar, e talvez

FRITZ EICHENBERG

eu lhe dê uma das rupias da recompensa quando levar a pele a Khanhiwara.

Apalpou a cintura, procurando a pederneira e o isqueiro, e se abaixou para queimar os bigodes de Shere Khan. A maioria dos caçadores nativos tem o costume de queimar os bigodes do tigre para impedir que seu fantasma venha assombrá-los.

FRITZ EICHENBERG

— Hum — resmungou Mowgli para si mesmo, enquanto arrancava a pele de uma das patas dianteiras. — Então vai levar a pele a Khanhiwara para receber a recompensa e talvez me dê uma rupia? Eu, ao contrário, acho que precisarei dessa pele para meu próprio uso. Ei, afaste esse fogo, velho!

— Isso são modos de falar ao chefe dos caçadores da aldeia? O que você fez deve à sorte e à ajuda que a estupidez de seus búfalos lhe prestou. O tigre acabava de comer, do contrário estaria agora a mais de trinta quilômetros daqui. Nem mesmo sabe esfolá-lo como se deve, pequeno mendigo, e ainda ousa dizer a mim, Buldeo, que não devo queimar-lhe os bigodes. Não lhe darei um *anna* da recompensa, e sim uma boa sova. Largue esta carcaça!

— Pelo Touro que me comprou! — disse Mowgli, procurando desprender a pele da espádua. — Será que terei de ficar a tarde inteira tagarelando com esse macaco velho? Akela, venha cá. Este homem está me importunando.

Buldeo, ainda inclinado sobre a cabeça de Shere Khan, viu-se de repente estendido sobre a relva, com um lobo cinzento em cima, enquanto Mowgli continuava a esfolar, como se não houvesse mais ninguém em toda a Índia.

— Si-sim — continuou, entre os dentes. — Você tem razão, Buldeo. Não vai me dar nem um *anna* da recompensa. Há uma velha disputa entre mim e esse tigre manco, uma disputa velhíssima, e eu ganhei.

Para fazer justiça a Buldeo, se ele tivesse dez anos a menos e encontrasse Akela no bosque, teria medido suas forças com as dele. Mas um lobo que obedecia às ordens de um menino, que tinha contas particulares a ajustar com um tigre devorador de homens, não devia ser um animal comum. Era bruxaria, magia, e da pior espécie, pensava Buldeo, e se perguntava se o amuleto que tinha no pescoço seria suficiente para protegê-lo. Permaneceu imóvel como um tronco, esperando ver a qualquer momento o próprio Mowgli transformar-se em tigre.

— Marajá! Grande rei! — murmurou por fim, num sussurro rouco.

— Sim — respondeu Mowgli, sem voltar a cabeça e rindo baixinho.

— Sou um homem velho. Não sabia que você era algo mais que um pequeno pastor. Posso levantar-me e partir, ou seu servidor vai me fazer em pedaços?

— Vá, e a paz esteja com você. Mas, em outra ocasião, não se meta com minha caça. Deixe-o ir, Akela.

Buldeo foi embora mancando para a aldeia, tão depressa quanto podia, olhando para trás para ver se Mowgli se

EDUARDO FEITO

transformava num monstro terrível. Assim que chegou, contou uma história de magia, encantamento e sortilégio, que impressionou o sacerdote e o fez tornar-se muito sério.

Mowgli continuou sua tarefa, mas já começava a escurecer quando ele e os lobos separaram completamente do corpo a grande e vistosa pele.

— Agora temos de escondê-la e recolher os búfalos. Ajude-me a juntá-los, Akela.

A manada reunida pôs-se a caminho na névoa do crepúsculo. Ao aproximar-se da aldeia, Mowgli viu luzes, ouviu soprar as buzinas e tocar os sinos. Metade da aldeia parecia esperá-lo na barreira.

— Deve ser porque matei Shere Khan — disse para si mesmo.

Mas uma saraivada de pedras assobiou perto de suas orelhas, e os aldeões gritaram:

— Feiticeiro! Filho de uma loba! Demônio do Jângal! Vá embora! Saia depressa ou o sacerdote vai devolver-lhe sua forma de lobo. Atire, Buldeo, atire!

O velho mosquete fez fogo com grande barulho, e um jovem búfalo soltou um gemido de dor.

— Mais feitiçaria — gritaram os aldeões. — Ele também pode fazer as balas desviarem. Buldeo, o búfalo ferido é o seu.

— O que é isso agora? — perguntou Mowgli perplexo, enquanto as pedras choviam em volta dele.

— Seus irmãos daqui são muito parecidos com os da Alcateia — disse Akela, sentando-se com a maior tranquilidade. — Acredito que, se as balas significam alguma coisa, essa gente tem a intenção de expulsá-lo.

— Lobo! Filhote de Lobo! Fora daqui! — gritou o sacerdote, agitando um raminho da planta sagrada que chamam de *tulsi*.[4]

— De novo? Da outra vez foi porque eu era homem. Desta vez é porque sou lobo. Vamos embora, Akela.

---

[4] Uma das variedades do manjericão, da família de ervas aromáticas, consagrada à divindade Vixnu.

Uma mulher — era Messua — correu em direção ao rebanho e gritou:

— Oh, meu filho, meu filho! Eles dizem que é um feiticeiro que, se quiser, pode transformar-se em animal. Não acredito, mas vá embora, senão vão matá-lo. Buldeo afirma que você é um feiticeiro, mas sei que vingou a morte de Nathoo.

— Volte, Messua! — gritava a multidão. — Volte, ou vamos apedrejá-la!

Mowgli pôs-se a rir, com um riso muito irritado e curto, pois uma pedra acabava de atingi-lo na boca:

— Volte depressa, Messua. Essa é uma das histórias ridículas que eles inventam debaixo da árvore grande, ao cair da noite. Pelo menos vinguei a morte de seu filho. Adeus e se apresse, porque vou lançar contra eles a manada com maior velocidade que os pedaços de tijolos que atiram em mim. Não sou feiticeiro, Messua. Adeus. — E em seguida gritou: — Agora mais um esforço, Akela. Faça a manada entrar.

Os búfalos estavam impacientes para entrar na aldeia. Ao primeiro uivo de Akela, precipitaram-se como flechas através da barreira, dispersando a multidão à direita e à esquerda.

— Façam suas contas — gritou Mowgli com desdém. — Eu talvez tenha roubado um. Contem bem, pois nunca mais serei pastor em suas pastagens. Adeus, filhos dos homens, e agradeçam a Messua eu não vir caçá-los com meus lobos em suas ruas.

Deu meia-volta e foi embora em companhia do Lobo Solitário. E, como olhava para as estrelas, sentiu-se feliz.

— Nunca mais dormirei dentro de armadilhas, Akela. Vamos pegar a pele de Shere Khan e ir embora. Não, não faremos mal à aldeia, porque Messua foi boa para mim.

Quando a lua ergueu-se, inundando a planície com sua claridade leitosa, os aldeões viram aterrorizados Mowgli passar ao longe, com dois lobos nos calcanhares e um fardo na cabeça, no trote incansável dos lobos que devoram os quilômetros como o fogo. Então tocaram os sinos do templo e sopraram as buzinas com mais força que nunca. Messua chorou e Buldeo fantasiou a história de sua aventura no Jângal, terminando por contar que Akela, de pé sobre as patas traseiras, falava como homem.

A lua já ia deitar-se quando Mowgli e os dois lobos chegaram à colina do Conselho e pararam em frente da caverna de Mãe Loba.

— Expulsaram-me da Alcateia dos homens, mãe — bradou Mowgli. — Mas volto com a pele de Shere Khan, cumprindo a minha palavra.

Mãe Loba saiu com passo rígido, seguida pelos filhotes, e seus olhos brilharam intensamente quando viu a pele.

— Eu disse a ele, no dia em que meteu a cabeça e os ombros nesta caverna, reclamando sua vida, Pequena Rã. Eu disse a ele que o caçador um dia seria caçado. Você fez um bom trabalho.

— Um ótimo trabalho, Irmãozinho — disse uma voz profunda que vinha do matagal. Sentíamo-nos solitários no Jângal sem você.

Bagheera veio correndo até os pés nus de Mowgli. Subiram juntos à Roca do Conselho e Mowgli estendeu a pele sobre a pedra plana onde Akela costumava sentar-se, e a fixou com quatro lascas de bambu. Depois Akela deitou-se em cima e lançou o velho grito do Conselho:

— Olhem, olhem bem, lobos! — exatamente como o proferira quando Mowgli foi trazido ali pela primeira vez.

Desde o tempo em que Akela foi deposto, a Alcateia ficou sem chefe, caçando e lutando como melhor lhe aprouvesse. Mas todos, por hábito, responderam ao chamado: alguns mancavam por terem caído em armadilhas, outros arrastavam uma pata fraturada por arma de fogo, outros ainda estavam com sarna por terem comido alimentos contaminados, e muitos se extraviaram. Mas os que restavam vieram à Roca do Conselho e viram a pele listrada de Shere Khan estendida sobre a pedra e as garras enormes que pendiam na ponta das patas esvaziadas.

Foi então que Mowgli compôs uma canção sem rimas, que veio aos seus lábios espontaneamente. Cantou-a bem alto, enquanto pulava sobre a pele ressoante e marcava o ritmo com os calcanhares, até perder o fôlego, enquanto Irmão Cinzento e Akela uivavam entre um verso e outro.

— Olhem bem, lobos! Não cumpri a minha palavra? — disse Mowgli, quando terminou.

E os lobos ladraram:

— Sim.

Um deles, coberto de cicatrizes, gritou:

— Akela, seja novamente nosso chefe. Filhote de homem, guie-nos também. Estamos cansados de viver sem leis e queremos voltar a ser o Povo Livre.

— Não — ronronou Bagheera —, isso não é possível. Quando estiverem saciados, poderão voltar à sua antiga loucura. Não é por acaso que são chamados Povo Livre. Lutaram pela liberdade e ela lhes pertence. Agora a devorem, lobos.

— A Alcateia dos Homens e a Alcateia dos Lobos me rejeitaram — observou Mowgli. — Agora vou caçar sozinho no Jângal.

— E nós vamos caçar com você — acrescentaram os quatro lobinhos.

Mowgli foi embora e, depois daquele dia, caçou no Jângal com os quatro filhotes. Mas nem sempre esteve só, pois, alguns anos mais tarde, tornou-se homem e casou. Mas esta é uma história para os adultos.

A canção de Mowgli

Como ele a cantou na Roca do Conselho quando dançou sobre a pele de Shere Khan.

Esta é a canção de Mowgli. — Eu, Mowgli, estou cantando. Que o Jângal ouça as coisas que fiz.

Shere Khan disse que mataria... que mataria! Que mataria Mowgli, a Rã, perto dos portões da aldeia, no crepúsculo.

Ele comeu e bebeu. Beba bem, Shere Khan, pois quando beberá de novo? Durma e sonhe com sua presa.

Estou sozinho nas pastagens. Venha a mim, Irmão Cinzento. Venha a mim, Lobo Solitário, porque há caça graúda em volta.

Reúnam os grandes búfalos, os touros de pele azul e olhos furiosos. Levem-nos de um lado para outro, conforme eu ordenar.

Ainda está dormindo, Shere Khan? Acorde, eia, acorde. Estou chegando, com os touros atrás de mim.

Rama, o rei dos búfalos, bateu com as patas no chão. Águas do Waingunga, para onde Shere Khan foi?

Ele não é Ikki para cavar buracos, nem Mao, o Pavão, para poder voar. Não é Mang, o Morcego, para pendurar-se nos galhos. Bambus pequenos que estalam juntos, digam-me para onde ele fugiu.

Ei, ele está aqui. Ô, ele está aqui. O manco está debaixo das patas de Rama. De pé, Shere Khan. Levante-se e mate. A caça está aqui. Quebre o pescoço dos touros.

Silêncio! Ele está dormindo. Não o acordemos, pois é muito grande a sua força. Os gaviões desceram para vê-lo. As formigas pretas vieram conhecê-lo. Uma grande assembleia se reúne em sua honra.

Alala! Não tenho roupa para me vestir. Os gaviões verão que estou nu. Sinto vergonha de estar diante de todas essas pessoas.

Empreste-me sua pele, Shere Khan. Empreste-me sua pele listrada festiva, para que eu possa ir à Roca do Conselho.

Pelo Touro que me comprou, fiz uma promessa, uma pequena promessa. Só falta a sua pele para que eu cumpra a minha palavra.

Com a faca na mão — a faca que os homens usam —, com a faca do caçador eu me abaixarei para pegar o meu butim.

Águas do Waingunga, sejam testemunhas de que Shere Khan me dá sua pele, pelo amor que tem por mim. Puxe, Irmão Cinzento! Puxe, Akela! A pele de Shere Khan é bem pesada.

A Alcateia dos Homens está irritada. Eles atiram pedras e falam como crianças. A minha boca está sangrando. Deixem-me ir embora.

Através da noite, da noite quente, corram rápido comigo, meus irmãos. Deixemos as luzes da aldeia e vamos para a lua minguante.

Águas do Waingunga, a Alcateia dos Homens me expulsou. Não fiz mal algum a eles, mas tinham medo de mim. Por quê?

Alcateia dos Lobos, você também me expulsou. O Jângal está fechado para mim, e os portões da aldeia também. Por quê?

Assim como Mang voa entre os animais e os pássaros, eu voo entre a aldeia e o Jângal. Por quê?

Danço sobre a pele de Shere Khan, mas meu coração está muito pesado. As pedras da aldeia cortaram e feriram minha boca. Mas meu coração está muito leve, pois voltei ao Jângal. Por quê?

Estes dois sentimentos se batem dentro de mim como as serpentes lutam na primavera. As lágrimas caem de meus olhos, mas, enquanto elas caem, eu rio. Por quê?

Existem dois Mowglis dentro de mim, mas a pele de Shere Khan está debaixo de meus pés. Todo o Jângal sabe que matei Shere Khan. Olhem, olhem bem, lobos!

Ai! Meu coração está pesado com as coisas que não consigo entender.

O *ANKUS* DO REI*

Quatro coisas nunca estão contentes,
nunca estão saciadas desde que o Orvalho começou:
a boca de Jacala, o papo do Abutre,
as mãos dos Macacos e os olhos do Homem.[1]

Provérbio do Jângal

Kaa, a serpente píton enorme da Roca, acabava de mudar de pele talvez pela ducentésima vez desde o seu nascimento. E Mowgli, que nunca se esquecera de que lhe devia a vida por aquela noite nas Tocas Frias, como provavelmente o leitor se recordará, veio dar-lhe os parabéns. A mudança de pele sempre torna a serpente mal-humorada e deprimida, até que a nova vestimenta comece a mostrar-se bela e brilhante.

Kaa não caçoava mais de Mowgli. Aceitava-o, com todo o Povo do Jângal, como o Senhor do Jângal e lhe trazia todas as notícias que podiam chegar aos ouvidos de um píton do seu tamanho. O que Kaa não sabia sobre o Jângal Médio, como é chamada a vida que corre rente à terra ou debaixo dela, a vida entre as pedras, nas tocas e nos troncos das árvores, podia ser escrita na menor de suas escamas.

Naquela tarde Mowgli, sentado no círculo formado pelos grandes anéis de Kaa, brincava com a velha pele flácida e rasgada, que estava retorcida e enrolada entre as rochas, como Kaa a havia deixado. A serpente se acomodara com muito carinho debaixo dos ombros largos e nus de Mowgli,

---

* Do original inglês "*The King's Ankus*", conto integrante do livro *The Second Jungle Book.*

[1] Este verso se inspira em Provérbios 30, 15-16.

de tal maneira que o menino descansasse realmente numa poltrona viva.

— Está perfeita até as escamas dos olhos — observou Mowgli, a meia-voz, brincando com a pele velha. — É estranho poder ver aos pés a pele de sua própria cabeça.

— Sim, mas eu não tenho pés — respondeu Kaa. — E, como isso acontece com todos os da minha raça, não acho nada estranho. Você nunca sente sua pele ficar velha e rugosa?

— Então me atiro na água, Cabeça Chata. Mas é verdade que nos grandes calores sinto às vezes o desejo de poder tirar minha pele sem dor e correr aliviado.

— Eu me atiro na água e *também* mudo de pele. O que acha do meu novo traje?

Mowgli passou a mão no tabuleiro diagonal do dorso enorme.

— A Tartaruga tem as costas mais duras, mas suas cores não são tão alegres — sentenciou. — As da Rã, que traz o meu nome, são mais vivas, porém menos duras. É muito bonito de ver, como as pintas variadas no cálice de um lírio.

— Elas precisam de água. Uma pele nova nunca adquire todo o seu brilho antes do primeiro banho. Vamos dar um mergulho.

— Vou carregá-la — disse Mowgli.

E se abaixou, rindo, para levantar o grande corpo de Kaa pelo meio, justamente na parte mais grossa. Era como se um homem tentasse erguer um cano de água com mais de cinquenta centímetros de diâmetro. Kaa permanecia imóvel, respirando tranquila, e divertia-se com aquilo. Depois começaram seu passatempo habitual de todas as tardes: o adolescente, no vigor pleno de sua força, e a serpente píton, em sua magnífica pele nova, mediam-se em luta, para exercitar a habilidade e os músculos.

Sem dúvida Kaa podia esmagar uma dúzia de Mowglis, se não se controlasse. Mas lutava com cuidado, não empregando nem um décimo de sua força. Como Mowgli tornara-se suficientemente robusto para suportar golpes mais rudes, Kaa ensinara-lhe essa brincadeira que tornava seus membros ágeis como nenhuma outra. Às vezes Mowgli era envolvido quase até o pescoço pelos anéis móveis de Kaa e se esforçava para libertar um braço, a fim de agarrar a serpente pela garganta. Então Kaa desapertava suavemente, e Mowgli, com um movimento rápido dos dois pés, tentava imobilizar a cauda enorme, que procurava apoio num tronco de árvore ou numa rocha. Balançavam-se assim, de um lado e de outro, frente a frente, cada qual esperando o melhor momento para atacar, até que o grupo magnífico, parecido com uma estátua, se desmanchasse em torvelinhos de anéis pretos e amarelos, e de pernas e braços a se debaterem, para recompor-se e desfazer-se novamente.

— Tome esta, mais esta e ainda esta! — exclamava Kaa, esboçando com a cabeça fintas que nem a mão rápida de Mowgli conseguia evitar. — Veja! Agora eu o toco aqui, Irmãozinho! E aqui, e mais aqui! Está com as mãos dormentes? E aqui outra vez!

A brincadeira terminava sempre do mesmo modo: com um golpe de cabeça direto e fulminante que fazia o menino rolar diversas vezes no chão. Mowgli nunca conseguiu encontrar um jeito de se esquivar dessa estocada relâmpago e, como dizia Kaa, não valia a pena tentar.

— Boa caçada! — silvou Kaa, por fim.

Mowgli, como sempre, foi atirado a alguns metros de distância, sem fôlego e rindo. Levantou-se com os dedos cheios de capim e seguiu Kaa até o lugar preferido de tomar banho da sábia serpente, um poço fundo e escuro como breu, cercado por rochedos, que alguns troncos de árvores submersos tornavam atraente. O rapaz deslizou dentro dele ao estilo do Jângal, sem fazer ruído, e mergulhou. Rea-pareceu, sempre em silêncio, e virou-se de costas, com os braços na nuca, seguindo com os olhos a lua que despontava por cima das rochas e divertindo-se em quebrar seu reflexo na água com os dedos dos pés. A cabeça em forma de diamante de Kaa cortou a superfície da água como uma navalha e veio descansar no ombro de Mowgli. Assim permaneceram imóveis, impregnados com deleite da sensação agradável da água fria.

— É *muito* bom! — disse Mowgli por fim, com voz sonolenta. — A esta hora, na Alcateia dos Homens, se me lembro bem, eles se deitam em estrados duros, dentro de armadilhas de barro, e, depois de deixar cuidadosamente fora o ar puro, cobrem a cabeça entontecida com panos sujos e entoam canções desagradáveis pelo nariz. No Jângal é muito melhor.

Uma cobra apressada desceu por uma rocha, bebeu, desejou-lhes "Boa caçada!" e desapareceu.

— *Sssh!* — silvou Kaa, como se de repente se lembrasse de alguma coisa. — Então o Jângal lhe dá tudo o que sempre desejou, Irmãozinho?

— Nem tudo — respondeu Mowgli, rindo. — Gostaria de um novo e terrível Shere Khan para caçar em cada lua. Agora poderia matá-lo com minhas próprias mãos, sem pedir ajuda aos búfalos. Também desejaria ver o sol brilhar durante a estação das chuvas e as chuvas esconderem o sol nos dias mais quentes de verão. Nunca me levantei com o estômago vazio, sem querer ter matado uma cabra. E, se tivesse matado uma cabra, gostaria que fosse um gamo. E, se matasse um gamo, desejaria que fosse um *nilghai.*[2] Mas isso acontece a todos nós.

— Não tem nenhum outro desejo? — perguntou a grande serpente.

— O que mais poderia desejar? Tenho o Jângal e o apoio do Jângal. Haverá algo mais entre o amanhecer e o pôr do sol?

— No entanto, a Cobra disse... — começou Kaa.

— Que Cobra? A que passou por aqui não disse nada. Estava caçando.

— Era em outra que eu pensava.

— Tem muitas relações com o Povo Venenoso? Deixo livre o seu caminho. Levam a morte no dente dianteiro, e isso não é bom, pois são muito pequenos. Mas quem é essa Cobra com a qual conversou?

Kaa balançou-se lentamente na água, como navio em mar agitado.

---

[2] *Nilghai* é o maior antílope encontrado na Índia. Os machos têm chifres curtos. A cor dos machos velhos é azul-cinza e a das fêmeas e dos machos novos é marrom.

— Há três ou quatro luas — disse —, eu caçava nas Tocas Frias, lugar que você certamente não esqueceu. O que eu caçava fugiu gritando, para além dos reservatórios, até a casa cuja parede derrubei certa vez por sua causa, e sumiu debaixo da terra.

— Mas o povo das Tocas Frias não vive em tocas.

Mowgli sabia que Kaa falava do Povo Macaco.

— Aquela coisa não vivia ali, mas procurava refúgio — prosseguiu Kaa, com leve tremor na língua. — Entrou numa toca que ia muito longe. Eu a segui e, depois de matá-la, adormeci. Quando acordei continuei a penetrar adiante.

— Debaixo da terra?

— Sim, até encontrar uma Cobra Branca, que me falou de coisas acima de meus conhecimentos e me mostrou várias coisas que eu nunca tinha visto.

— Caça nova? Caça boa?

Ao dizer isso, Mowgli virou-se rapidamente para ela.

— Não era caça, e teria quebrado todos os meus dentes. Mas a Cobra Branca me disse que um homem — ela falava como se conhecesse bem a espécie —, que qualquer homem daria a vida para ver aquelas coisas.

— Iremos ver — disse Mowgli. — Lembro-me agora de que houve tempo em que fui homem.

— Devagar, devagar. Pressa demais matou a Serpente Amarela, que queria comer o sol. Conversamos as duas debaixo da terra e falei de você, designando-o como homem. A Cobra Branca, que é realmente tão velha quanto o Jângal, disse: "Há muito tempo não vejo um homem. Que ele venha e contemple todas estas coisas, pelas mais insignificantes das quais muitos homens dariam sua vida".

— *Só pode* ser caça nova. No entanto, o Povo Venenoso não nos diz quando há caça por perto. É gente pouco amiga.

— *Não* é caça. É... é... não sei explicar o que é.

— Vamos lá. Nunca vi uma Cobra Branca e quero ver as outras coisas. Ela as matou?

— São todas coisas mortas. Ela diz que é a guardiã de todas.

— Ah, como o lobo vigia a carne que levou ao seu covil. Vamos.

Mowgli nadou até a margem, rolou na grama para enxugar-se e os dois puseram-se a caminho das Tocas Frias, a cidade abandonada da qual o leitor já ouviu falar. Mowgli, nessa época, não tinha mais medo do Povo Macaco, mas o Povo Macaco sentia por ele o mais vivo horror. Entretanto, suas tribos estavam percorrendo o Jângal, de sorte que as Tocas Frias estavam vazias e silenciosas sob o luar. Kaa abriu a marcha em direção às ruínas do pavilhão da rainha, que se erguiam no terraço, deslizou por cima dos destroços e mergulhou na escada subterrânea meio demolida que partia do centro do pavilhão.

Ali Mowgli lançou o grito das serpentes: "Somos do mesmo sangue, vocês e eu", e seguiu adiante, apoiando-se no chão com as mãos e os joelhos. Rastejaram por um longo percurso, numa passagem em declive cheia de zigue-zagues. No fim, chegaram a um lugar onde a raiz de uma árvore gigante, que crescia a mais de nove metros do solo, havia arrancado uma das pedras pesadas da muralha. Passaram por essa fenda e se encontraram num grande recinto, cujo teto em forma de abóbada, deslocado pelas raízes das árvores, permitia que alguns raios de luz rompessem a escuridão.

— É uma toca segura — observou Mowgli, pondo-se firmemente de pé —, porém muito distante para ser visitada todos os dias. E agora, o que vamos ver?

— Eu não sou nada? — perguntou uma voz no meio da abóbada.

Mowgli viu algo branco mover-se e, aos poucos, foi se erguendo diante dele a maior cobra que seus olhos já haviam visto, de um branco de marfim velho, de tanto viver no escuro. Até a marca em forma de óculos no capuz aberto desbotara e era agora de um amarelo pálido. Seus olhos eram vermelhos como rubis e todo o conjunto apresentava o aspecto mais surpreendente.

— Boa caçada! — disse Mowgli, que não se esquecia das boas maneiras, assim como não abandonava a faca.

— Quais as notícias da cidade? — perguntou a Cobra Branca, sem responder à saudação. — O que me conta da grande cidade cercada de muralhas, a cidade dos cem elefantes, dos vinte mil cavalos e do inúmero gado, a cidade do rei de vinte reis? Fiquei surda aqui e há muito tempo não tenho ouvido os gongos de guerra.

— Só há floresta em cima de nossas cabeças — respondeu Mowgli. — Dos elefantes só conheço Hathi e seus filhos. Bagheera acabou com os cavalos da aldeia. E... o que é um rei?

— Eu já lhe disse — explicou Kaa amavelmente à Cobra —, eu já lhe disse, há quatro luas, que sua cidade não existe mais.

— A cidade, a grande cidade da floresta, cujas portas são guardadas pelas torres do rei, não pode perecer nunca. Foi construída antes que o pai de meu pai saísse do ovo e durará até que os filhos de meus filhos fiquem brancos como eu. Salomdhi, filho de Chandrabija, filho de Viyeja, filho de Yegasuri, construiu-a nos tempos de Bappa Rawal. A que rebanho *vocês* pertencem?

— A pista está perdida — disse Mowgli, virando-se para Kaa. — Não entendo o que ela diz.

— Nem eu. É muito velha. Mãe das Cobras, aqui só há floresta, e sempre foi assim desde o início.

— Então, quem é *este* — perguntou a Cobra Branca —, sentado à minha frente sem medo, que não sabe o nome do rei e fala nossa língua com seus lábios de homem? Quem é este com faca e língua de serpente?

— Chamam-me Mowgli — foi a resposta. — Sou do Jângal. Os lobos são meu povo e Kaa aqui presente é minha irmã. E você, Mãe das Cobras, quem é?

— Sou a Guardiã do Tesouro do Rei. O rajá Kurrun construiu a abóbada de pedra em cima de minha cabeça, nos tempos em que minha pele ainda era escura, para que eu ensinasse a morte aos que viessem para roubar. Depois baixaram o tesouro pela abóbada e ouvi o canto dos Brâmanes, meus senhores.

— Hum! — pensou Mowgli. — Já tive de me haver com um Brâmane na Alcateia dos Homens, e... sei o que sei. Receio que isso não vá acabar bem.

— Cinco vezes desde que estou aqui a pedra foi levantada, sempre para baixar algo, nunca para retirar nada. Não existem riquezas iguais a estas, tesouros de cem reis. Mas há muito,

muito tempo a pedra foi removida pela última vez, e acho que minha cidade se esqueceu...

— A cidade não existe mais. Erga os olhos. As raízes das grandes árvores, lá em cima, deslocaram as pedras. Árvores e homens não crescem juntos — insistiu Kaa.

— Duas ou três vezes homens abriram caminho até aqui — respondeu a Cobra Branca com rispidez. — Mas não proferiam palavra até eu chegar em cima deles, enquanto tateavam no escuro, e então seu grito durava só um instante. Mas vocês, Homem e Serpente, vêm com mentiras e querem fazer-me acreditar que a cidade não existe mais e minha função de guarda terminou. Os homens mudam pouco no curso dos anos. E eu não mudo nunca. Até que a pedra seja levantada e os Brâmanes desçam cantando os hinos que conheço, e me alimentem com leite quente, e me levem de novo à luz, eu, eu, *eu*, e mais ninguém, sou a Guardiã do Tesouro do Rei. A cidade está morta, dizem vocês, e aqui estão as raízes das árvores? Abaixem-se então e peguem o que quiserem. Não há na terra tesouros iguais a estes. Homem que fala a língua das serpentes, se conseguir sair vivo pelo mesmo caminho pelo qual entrou aqui, todos os reis, até o último, serão seus escravos.

— A pista está novamente perdida — disse Mowgli friamente. — Será que um chacal fez uma toca funda e mordeu esta grande Cobra Branca? Ela certamente está louca. Mãe das Cobras, não vejo aqui nada para levar.

— Pelos deuses do Sol e da Lua, a loucura da morte baixou neste rapaz! — silvou a Cobra. — Antes que seus olhos se fechem, vou conceder-lhe este favor. Olhe em volta e admire o que nenhum homem jamais viu.

— No Jângal não costumam ir bem os que falam a Mowgli em favores — resmungou o rapaz entre dentes —, mas a escuridão muda tudo, eu sei. Vou olhar, se isso lhe agrada.

Mowgli correu os olhos pelo subterrâneo e depois apanhou no solo um punhado de coisas que brilhavam.

— Oh! — exclamou. — Esta coisa é semelhante àquela com que jogam na Alcateia dos Homens. Só que esta é amarela, e aquela era escura.

Deixou as moedas de ouro caírem e deu alguns passos adiante. O solo do subterrâneo estava coberto, numa espessura de um metro e meio, de moedas de ouro e prata que saíram dos sacos nos quais foram depositadas primitivamente. No curso dos anos o metal acabou formando um conjunto compacto, como a areia na maré baixa. Em cima, no meio ou despontando na superfície, como restos de um naufrágio que se erguiam na areia, viam-se *howdahs*[3] de elefantes, em prata trabalhada em relevo, incrustados de placas de ouro batido e adornados com rubis e turquesas.

Havia liteiras e palanquins para transportar rainhas, guarnecidos de prata e esmalte, com varais de jade e argolas das cortinas de âmbar; candelabros de ouro ornados de esmeraldas perfuradas que tremiam nos braços; imagens de prata de metro e meio de deuses esquecidos, com os olhos de pedras preciosas; cotas de malha de aço ornadas de ouro, guarnecidas de pérolas deterioradas e enegrecidas; capacetes com cimeiras e fiadas de rubis sangue-de-pombo; escudos de laca, de tartaruga e de couro de rinoceronte, com fitas e tachões de ouro vermelho, ornados de esmeraldas nas bordas; punhos de espadas, adagas e facas de caça com diamantes incrustados; cibórios e patenas de ouro para os sacrifícios e altares portáteis de uma forma que não se vê mais hoje; taças e braceletes de jade; turíbulos, pentes, vasos de perfume, de hena[4] e de pó para os olhos, todos de ouro cinzelado; um sem-número de anéis para o nariz, braçadeiras, coroas, brincos, dedais e cintos; tiracolos de um centímetro e oito milímetros de largura, com diamantes e rubis embutidos; e estojos de madeira com três fechaduras de ferro cujas tábuas já se haviam reduzido a pó, deixando ver em seu interior pilhas de safiras orientais e comuns, opalas, olhos-de-gato, rubis, diamantes, esmeraldas e granadas em estado bruto.

---

[3] Assentos para duas ou mais pessoas, geralmente com dosséis, nas costas dos elefantes.

[4] Arbusto ou pequena árvore de cuja casca e folhas secas se obtém uma tintura usada para tingir o cabelo e a barba.

A Cobra Branca tinha razão. Nenhuma quantia de dinheiro seria suficiente para pagar sequer parte do valor daquele tesouro, fruto de butim acumulado em séculos de guerra, pilhagem, comércio e impostos. Só as moedas, sem contar as pedras preciosas, eram de valor inestimável, e o peso bruto do ouro e da prata podia girar em torno de duzentas ou trezentas toneladas. Qualquer rajá na Índia de hoje,[5] por mais pobre que seja, possui um tesouro escondido que aumenta sempre. E mesmo que, de vez em quando, um príncipe esclarecido mande quarenta ou cinquenta carroças de bois carregadas de prata para receber em troca títulos do Governo, a maioria deles guarda ciosamente seu tesouro e seu segredo.

Naturalmente, Mowgli não entendia o que tudo aquilo significava. As facas interessavam-lhe um pouco, mas não as achou tão fáceis de manejar como a dele, por isso logo as deixou cair. Por fim descobriu um objeto realmente atraente, colocado em cima de um *howdah* meio enterrado entre as moedas. Era um *ankus* ou aguilhão de elefantes, com setenta centímetros de comprimento, que parecia um gancho de barco. Um rubi redondo e brilhante formava seu castão, debaixo do qual se viam mais de dois centímetros de cabo cravejado de turquesas brutas, colocadas uma ao lado da outra, o que proporcionava muita comodidade para segurá-lo. Mais abaixo havia um contorno de jade com uma guirlanda de flores. Só as folhas eram de esmeralda, e os botões eram rubis engastados na pedra fria e verde. O resto do cabo era de marfim puro, enquanto a ponta e o gancho eram de aço com incrustações de ouro, com cenas de caça ao elefante. Os desenhos chamaram a atenção de Mowgli, que viu uma relação entre eles e seu amigo Hathi, o Silencioso.

A Cobra Branca seguiu-o de perto.

— Não vale a pena morrer para ver tudo isso? — perguntou. — Não lhe fiz um grande favor?

— Não compreendo — disse Mowgli. — São coisas duras e frias, de maneira alguma boas para comer. Mas isto — e

---

[5] 1894, ano em que Kipling escreveu esta história.

ergueu o *ankus* — quero levar, para contemplá-lo à luz do sol. Você disse que tudo lhe pertence. Quer me dar só isto? Em troca lhe trarei rãs para comer.

A Cobra Branca estremeceu com alegria maligna.

— Certamente lhe darei — disse. — Tudo o que está aqui lhe darei... enquanto ficar aqui.

— Mas estou indo embora. Este lugar é escuro e frio, e quero levar esta coisa com ponta afiada ao Jângal.

— Olhe aos seus pés. O que vê?

Mowgli apanhou um objeto branco e liso.

— É o crânio de um homem — disse calmamente. — E ali há outros dois.

— Eles vieram para se apossar do Tesouro, há muitos anos. Falei-lhes na escuridão e não se mexeram mais.

— Mas para que vou querer o que chamam de tesouro? Se quiser me dar o *ankus* para levar, será uma boa caça. Se não, será uma boa caça do mesmo jeito. Não brigo com o Povo Venenoso e conheço a Palavra-Chave de sua tribo.

— Aqui só há uma Palavra-Chave. A minha.

Kaa atirou-se para a frente com os olhos soltando chamas.

— Quem me pediu para trazer o Homem aqui? — silvou.

— Eu, evidentemente — balbuciou a Cobra velha. — Há muito tempo não via um Homem, e este fala a nossa língua.

— Mas não se falou em matar. Como posso voltar ao Jângal e dizer que o conduzi à morte? — replicou Kaa.

— Não falei em matar até agora. E, quanto a você ir ou ficar, há um buraco na muralha. Silêncio, agora, grande matadora de macacos! Só tenho de tocar sua nuca e o Jângal não ouvirá mais falar de você. Nenhum homem que entrou aqui saiu vivo. Sou a Guardiã do Tesouro da Cidade do Rei.

— Já lhe disse, verme branco das trevas, que não existe mais rei nem cidade. Só há floresta em volta de nós — gritou Kaa.

— O tesouro ainda está aqui. Mas podemos fazer uma coisa. Espere um pouco, Kaa das Rocas, e verá o rapaz correr. Aqui há espaço para se divertir. A vida é bela. Corra para lá e para cá por algum tempo e divirta-se, rapaz.

Mowgli colocou a mão tranquilamente na cabeça de Kaa.

EDUARDO FEITO

— Até agora essa criatura branca só lidou com homens da Alcateia dos Homens. Não me conhece — murmurou. — Ela pediu esta caçada e vai tê-la.

Mowgli estava de pé, segurando o *ankus* com a ponta voltada para baixo. Arremessou-o com um gesto rápido, fazendo-o cair de través exatamente atrás do capuz da grande serpente e pregando-a no solo. No mesmo instante Kaa lançou-se com todo o peso sobre o corpo que se retorcia, imobilizando-o do capuz até a cauda. Os olhos vermelhos de sua presa ardiam, e o centímetro e meio de cabeça ainda livre golpeava furiosamente à direita e à esquerda.

— Mate! — disse Kaa, enquanto a mão de Mowgli buscava a faca.

— Não — respondeu Mowgli, desembainhando a lâmina. — Não matarei nunca mais, a não ser quando estiver com fome. Mas olhe, Kaa.

Agarrou a serpente por trás do capuz, forçando-a a abrir a boca com a lâmina da faca e mostrando as terríveis presas venenosas, já negras e mirradas na gengiva, do maxilar superior. A Cobra Branca sobrevivera ao seu veneno, como acontece com as serpentes.

— *Thuu* (está seco) — disse Mowgli.

E, fazendo sinal a Kaa para irem embora, apanhou o *ankus* e devolveu a liberdade à Cobra Branca.

— O Tesouro do Rei precisa de um novo guarda — disse em tom grave. — *Thuu*, comportou-se mal. Corra de um lado para outro e divirta-se, *Thuu*.

— Estou envergonhada. Mate-me! — silvou a Cobra Branca.

— Já falamos demais de matar aqui. Agora vamos. Vou levar esta coisa com ponta afiada, *Thuu*, porque lutei e venci.

— Cuide, então, para que essa coisa não acabe matando você também. Ela é Morte. Lembre-se, é Morte. Há, nessa coisa, o suficiente para fazer perecer os homens de toda a minha cidade. Você não a guardará por muito tempo, Homem do Jângal, como não a guardarão aqueles que a tomarem de você. Eles matarão, matarão e matarão por causa dela. Minha força esgotou-se, mas o *ankus* prosseguirá a minha tarefa. Ele é Morte. É Morte. É Morte.

Mowgli arrastou-se de volta pelo buraco para alcançar a passagem, e a última coisa que viu foi a Cobra Branca mordendo furiosamente com suas presas inofensivas os rostos dourados dos deuses caídos no solo, silvando:

— Ele é Morte.

Os dois ficaram alegres ao encontrarem-se outra vez à luz do dia e, quando já estavam de retorno ao seu próprio Jângal, Mowgli fez o *ankus* brilhar ao sol da manhã e sentiu-se quase tão contente como se tivesse encontrado um ramalhete de flores frescas para enfeitar seus cabelos.

— Isto brilha mais que os olhos de Bagheera — observou com prazer, fazendo o rubi girar. — Vou mostrá-lo a ela. Mas o que *Thuu* pretendia dizer quando falava de morte?

— Não sei. Lamento até a ponta de minha cauda que não a tenha feito provar sua faca. Há sempre desgraça nas Tocas Frias, em cima do solo e debaixo dele. Mas agora estou com fome. Vai caçar comigo esta manhã? — perguntou Kaa.

— Não. Bagheera deve antes ver isto. Boa caçada!

Mowgli afastou-se dançando, agitando o grande *ankus* e parando de tempos em tempos para admirá-lo, até a parte do Jângal que Bagheera costumava frequentar. Encontrou-a bebendo depois de uma caçada exaustiva. Mowgli contou-lhe suas aventuras do início ao fim e, nesse meio-tempo, Bagheera farejava o *ankus*. Quando Mowgli chegou às últimas palavras da Cobra Branca, Bagheera ronronou em sinal de aprovação.

— Então a Cobra Branca falou a verdade? — perguntou Mowgli prontamente.

— Nasci nas jaulas do rei, em Oodeypore, e acredito que conheço um pouco o Homem. Muitos homens matariam três vezes na mesma noite só para ter essa pedra vermelha.

— Mas a pedra serve somente para aumentar o seu peso. Minha pequena faca brilhante é muito melhor. E veja. A pedra vermelha não é boa para comer. Então, *por que* eles matariam?

— Mowgli, vá dormir. Você viveu entre os homens e...

— Eu me lembro. Os homens matam mesmo quando não vão caçar... por passatempo e por prazer. Acorde, Bagheera. Para que uso foi inventada esta coisa com ponta afiada?

Bagheera, caindo de sono, entreabriu os olhos com um brilho malicioso.

— Os homens o inventaram para enfiá-lo na cabeça dos filhos de Hathi, de modo que o sangue corra. Vi isso nas ruas de Oodeypore, em frente de nossas jaulas. Essa coisa provou o sangue de muitos elefantes como Hathi.

— Mas por que a enfiam na cabeça dos elefantes?

— Para ensinar a eles a Lei dos Homens. Como não têm garras nem dentes, os homens fabricam essas coisas, e outras piores.

— Sempre encontro sangue quando me aproximo das coisas feitas pela Alcateia dos Homens — disse Mowgli com aversão.

O peso do *ankus* começava a cansá-lo.

— Se soubesse disso não o teria trazido. Primeiro vi o sangue de Messua no chicote, e agora o de Hathi. Não quero mais usá-lo. Olhe!

O *ankus* voou soltando faíscas e foi fincar-se de ponta a vinte e sete metros de distância, entre as árvores.

— Deste modo, minhas mãos ficam limpas de qualquer morte — concluiu Mowgli, esfregando as mãos na terra úmida e fresca. —*Thuu* disse que a Morte me seguiria. Ela é velha, branca e louca.

— Branca ou preta, morta ou viva, vou dormir, Irmãozinho. Não posso caçar a noite inteira e uivar o dia todo, como certas pessoas.

Bagheera dirigiu-se a um covil que conhecia, a mais de três quilômetros dali. Mowgli trepou sem dificuldade numa árvore confortável, atou três ou quatro cipós entre si e, em menos tempo do que é preciso para dizê-lo, balançava-se numa rede a quinze metros do solo. Embora a luz forte do dia não o incomodasse, Mowgli seguia o costume dos amigos, e a utilizava o menos possível. Quando despertou em meio ao alarido do povo que vive nas árvores, era de novo a hora do crepúsculo e havia sonhado com as belas pedras que jogara fora.

— Vou rever a coisa pelo menos mais uma vez — murmurou consigo.

E deslizou por um cipó até o chão. Mas Bagheera estava diante dele. Mowgli ouviu-a farejar à meia-luz.

— Onde está a coisa com ponta afiada? — perguntou.

— Um homem a levou. Aqui está o rasto.

— Agora vamos ver se *Thuu* disse a verdade. Se a coisa com ponta é a Morte, esse homem deve morrer. Vamos segui-lo.

— Precisamos matar primeiro — observou Bagheera. — Com o estômago vazio, o olho fica desatento. Os homens andam muito devagar e o Jângal está suficientemente úmido para conservar até as pegadas mais leves.

Mataram assim que foi possível, mas passaram quase três horas até comerem, beberem e se prepararem para seguir a pista. O Povo do Jângal sabe que comer com pressa não faz bem.

— Acha que a coisa pontuda vai se voltar na mão do homem e matá-lo? — perguntou Mowgli. — *Thuu* disse que era a Morte.

— Veremos quando a encontrarmos — respondeu Bagheera, trotando de cabeça baixa. — Só há um pé (ela queria dizer que havia um homem só), e o peso da coisa o fez pressionar com força o calcanhar no chão.

— Sim. Está tão claro como um relâmpago de verão — confirmou Mowgli.

Adotaram o passo rápido e variável do trote de quem segue um rasto, através do luar e das manchas de obscuridade, de olho nas pegadas dos dois pés descalços.

— Aqui ele se pôs a correr mais depressa — observou Mowgli. — Os dedos dos pés se alargam.

Atravessaram um trecho de terreno úmido.

— E agora, por que ele mudou de direção?

— Espere! — disse Bagheera, e lançou-se para a frente com um salto magnífico, tão longe quanto pôde.

A primeira coisa a fazer quando uma pista cessa de ser clara é seguir adiante, não deixando no solo as próprias pegadas, pois aumentariam a confusão. Bagheera, ao tocar o chão, virou-se para Mowgli e gritou:

— Aqui há outra pista que vem encontrar-se com a primeira. Este segundo rasto é de um pé menor e os dedos dos pés estão voltados para dentro.

Eduardo Feito

Mowgli acorreu e observou:

— É o pé de um caçador Gond. Veja! Aqui ele arrastou seu arco na relva. Isso explica por que a primeira pista desviou-se tão rapidamente. O Pé Grande quis esconder-se do Pé Pequeno.

— É verdade — concordou Bagheera. — Agora, para não confundir as pegadas deles com as nossas, vamos seguir cada qual uma pista separada. Sou o Pé Grande, Irmãozinho, e você é o Pé Pequeno, o Gond.

Bagheera retornou de um salto à primeira pista, deixando Mowgli agachado a estudar as pegadas curiosas do pequeno selvagem das matas.

— Agora — disse Bagheera, avançando passo a passo ao longo da cadeia que as pegadas formavam —, eu, Pé Grande, viro aqui. Depois me escondo atrás de uma rocha e fico imóvel, sem ousar mover um pé. Grite como é seu rasto, Irmãozinho.

— Agora eu, Pé Pequeno, caminho em direção à rocha — disse Mowgli, voltando rapidamente à sua pista. — Depois me sento debaixo dela, apoiando-me sobre a mão direita, com o arco entre os dedos dos pés. Espero por um bom tempo, porque a marca de meus pés, aqui, é profunda.

— Eu também — acrescentou Bagheera, atrás da rocha. — Espero, deixando a extremidade da coisa com ponta afiada repousar sobre uma pedra. Ela escorrega, pois há um arranhão na pedra. Grite a sua pista, Irmãozinho.

— Vejo um, dois galhos pequenos e um grande quebrados aqui — disse Mowgli em voz baixa. — Como explicar isso? Ah, está claro agora. Eu, Pé Pequeno, vou embora fazendo barulho e pisando forte, para que Pé Grande me ouça.

Afastou-se da rocha passo a passo, entre as árvores, elevando a voz, conforme a distância, à medida que se aproximava de uma cascata pequena.

— Vou... bem longe... onde... o barulho... da água... que cai... cobre... o barulho... que faço... e espero... aqui. Grite a sua trilha, Bagheera, Pé Grande.

A Pantera percorreu o terreno em todas as direções para ver como o rasto de Pé Grande se afastava da rocha. Depois gritou:

— Saio de trás da rocha de joelhos arrastando a coisa com ponta afiada. Como não vejo ninguém, corro. Eu, Pé Grande, corro bem rápido. O rasto é claro. Que cada um de nós siga o seu. Eu corro sempre.

Bagheera lançou-se ao longo da pista claramente marcada e Mowgli seguiu os passos do Gond. Por algum tempo só houve silêncio no Jângal.

— Onde está, Pé Pequeno? — gritou Bagheera.

A voz de Mowgli respondeu-lhe a pouco mais de quarenta e cinco metros, à direita.

— Hum! — exclamou a Pantera com uma tosse profunda. — Os dois correram um ao lado do outro, aproximando-se.

Continuaram a andar a toda a pressa por mais oitocentos metros, mantendo sempre quase a mesma distância, até que Mowgli, cuja cabeça não estava tão perto do solo como a de Bagheera, gritou:

— Encontraram-se. Boa caçada!... Olhe! Aqui Pé Pequeno parou, colocando o joelho sobre uma pedra, e ali está Pé Grande.

A mais ou menos nove metros diante deles, estendido de través sobre um amontoado de cascalho, jazia o corpo de um aldeão do distrito, com as costas e o peito atravessados pela flecha pequena ornada com penas de um Gond.

— *Thuu* estaria tão velha e tão louca como dizia, Irmãozinho? — perguntou Bagheera com jeito. — Aqui está um morto, pelo menos.

— Vamos em frente. Mas onde está a coisa que bebe o sangue de elefante, o espinho com o olho vermelho?

— Pé Pequeno o tem, talvez. De novo só se vê um pé.

O rasto único de um homem ligeiro que correra a grande velocidade, com um peso no ombro esquerdo, persistia em torno de uma longa faixa de relva seca e baixa em forma de espora, onde cada impressão de pé, aos olhos aguçados dos dois rastreadores, parecia marcada com ferro em brasa.

Nenhum dos dois falou até que a pista os levou a um lugar onde se viam cinzas de uma fogueira, escondida no fundo de um barranco.

— Outra vez! — exclamou Bagheera, detendo-se de repente, como se tivesse se transformado em pedra.

O corpo encolhido de um pequeno Gond jazia ali, com os pés nas cinzas, e Bagheera interrogou Mowgli com o olhar.

— Este foi morto com um bambu — comentou o rapaz depois de dar uma olhada. — Eu usava um instrumento semelhante para conduzir os búfalos ao pasto quando servia a Alcateia dos Homens. Lamento ter zombado da Mãe das Cobras. Ela conhecia bem a raça, como eu deveria conhecê-la. Eu não disse que os homens matam por passatempo?

— Na verdade, eles mataram para ter pedras vermelhas e azuis — respondeu Bagheera. — Lembre-se de que estive nas jaulas do rei, em Oodeypore.

— Uma, duas, três, quatro pistas — disse Mowgli, debruçando-se sobre as cinzas. — Quatro pistas de homens com pés calçados. Eles não andam tão rápido como os Gonds. Mas que mal lhes fez o homenzinho das matas? Veja, os cinco conversaram juntos, de pé, antes de matá-lo. Vamos voltar, Bagheera. Sinto o coração pesado, embora suba e desça como um ninho de papa-figos na ponta de um galho.

— Não é uma boa caçada deixar a caça em pé. Vamos em frente — disse a Pantera. — Estes oito pés calçados não devem ter ido longe.

Não falaram mais durante uma hora, enquanto seguiam o rasto largo deixado pelos quatro homens calçados.

O dia já estava claro e o sol quente quando Bagheera disse:

— Sinto cheiro de fumaça.

— Os homens estão sempre mais dispostos a comer que a correr — observou Mowgli, descrevendo zigue-zagues entre as moitas baixas do novo Jângal que estavam explorando.

Bagheera, um pouco à sua esquerda, emitia um som indescritível com a garganta.

— Aqui está um que morreu comendo — disse.

Um fardo de roupas de cores vivas encontrava-se debaixo de um arbusto e ao redor havia farinha derramada.

— Isso também foi feito com a ajuda do bambu — comentou Mowgli. — Veja! Este pó branco é o que os homens comem. Roubaram a farinha do que levava a comida e o deixaram como presa para Chil, o Abutre.

— É o terceiro — disse Bagheera.

— Vou levar rãs grandes e frescas à Mãe das Cobras para engordá-la — pensou Mowgli. — Esta coisa que bebe sangue de elefante é a própria Morte e, no entanto, ainda não compreendo.

— Adiante! — disse Bagheera.

Ainda não haviam caminhado quilômetro e meio quando ouviram Ko, o Corvo, cantar a canção da morte no alto de uma tamarga, à sombra da qual três homens estavam deitados. Uma fogueira meio apagada lançava fumaça no centro do círculo, debaixo de um caldeirão que continha uma torta enegrecida e queimada de pão sem fermento. Junto à fogueira cintilavam ao sol os rubis e as turquesas do *ankus*.

— A coisa trabalha depressa. Tudo termina aqui — comentou Bagheera. — Como *estes* morreram, Mowgli? Não existe nenhum sinal que o revele.

Um habitante do Jângal aprende por experiência tanto quanto sabem muitos médicos sobre plantas e frutas venenosas. Mowgli cheirou a fumaça que subia da fogueira, partiu um pedaço de pão enegrecido, provou-o e logo o cuspiu.

— A maçã da morte[6] — tossiu. — O primeiro deve tê-la misturado à comida destinada àqueles que o mataram depois de terem matado o Gond.

— Boa caçada, realmente! As mortes se seguem de perto — comentou Bagheera.

— E agora? — perguntou a Pantera. — Devemos matar-nos um ao outro por causa desse assassino de olho vermelho?

— Ele pode falar? — sussurrou Mowgli. — Será que o ofendi quando o joguei fora? A nós dois ele não pode fazer mal, porque não temos os mesmos desejos dos homens. Se o deixarmos aqui, com certeza continuará matando um homem depois de outro, com a mesma rapidez com que um vento

---

[6] "Maçã da morte" é o nome que dão no Jângal ao estramônio ou datura, o veneno mais rápido de toda a Índia.

forte faz as nozes caírem. Não sinto carinho pelos homens, mas não gostaria que morressem seis numa noite só.

— O que importa? São somente homens. Matam um ao outro e ficam muito satisfeitos — observou Bagheera. — O primeiro, o homenzinho das matas, caçava bem.

— Eles não passam de filhotes, apesar de tudo, e um filhote é capaz de morrer afogado para morder a claridade da lua que se reflete na água. A culpa foi minha — concluiu Mowgli, que falava como se soubesse tudo sobre todas as coisas. — Nunca mais vou trazer para o Jângal coisas estranhas, mesmo que sejam belas como as flores. Isto — e segurou o *ankus* com cautela — vai voltar para a Mãe das Cobras. Mas antes precisamos dormir, e não podemos nos deitar perto de dorminhocos como estes. Vou enterrar o *ankus*, para que não fuja e mate outros seis. Cave-me um buraco debaixo daquela árvore.

— Irmãozinho — retrucou Bagheera, dirigindo-se ao local indicado —, garanto-lhe que a culpa não é desse bebedor de sangue. O problema são os homens.

— Dá na mesma — respondeu Mowgli. — Abra um buraco bem fundo. Quando acordarmos, vou apanhá-lo e devolvê-lo.

Duas noites depois, quando a Cobra Branca, na escuridão da abóbada, envergonhada, roubada e solitária, remoía pensamentos lúgubres, o *ankus* de turquesas voou zunindo pelo buraco da muralha e foi cair com estrépito no pavimento coberto de moedas de ouro.

— Mãe das Cobras — disse Mowgli, tomando o cuidado de permanecer do outro lado da muralha —, trate de encontrar em seu povo alguém jovem e capaz para ajudá-la a guardar o Tesouro do Rei, de modo que mais nenhum homem saia vivo daqui.

— Ah! Ah! Então está de volta. Eu lhe disse que esta coisa era a Morte. Como é que ainda continua vivo? — resmungou a Cobra velha, enrolando-se com grande prazer em volta do cabo do *ankus*.

— Pelo Touro que me comprou, não sei. Essa coisa matou seis vezes numa só noite. Não deixe que saia nunca mais.

A CANÇÃO DO PEQUENO CAÇADOR

Antes que Mor, o Pavão, voe, antes que o Povo Macaco grite,
Antes que Chil, o Abutre, desça rápido e na vertical,
Pelo Jângal perpassam uma sombra e um suspiro.
É o Medo, Pequeno Caçador, é o Medo!

Suavemente, corre pela clareira uma sombra que espera e
[observa,
E o murmúrio se propaga e se amplia perto e longe.
E o suor banha sua fronte, porque ele passa também agora.
É o Medo, Pequeno Caçador, é o Medo!

Antes que do alto do monte a lua ilumine o rochedo,
Antes que as rochas se adornem com um festão de luz,
Quando as trilhas que pendem em declive estão úmidas,
Um sopro pesado chega às suas costas, sopra e sopra na noite.
É o Medo, Pequeno Caçador, é o Medo!
De joelhos, estique o arco e arremesse a flecha aguda.
Afunde sua lança na moita vazia e zombeteira.
Mas suas mãos são lentas e fracas, e o sangue abandona
[seu rosto.
É o Medo, Pequeno Caçador, é o Medo!

Quando a nuvem quente suga a tempestade, quando o pinheiro
[fendido cai,
Quando a borrasca desaba cegando, açoita e rodopia,
Através do ribombar do trovão ressoa uma voz mais forte
[que tudo.
É o Medo, Pequeno Caçador, é o Medo!

Os leitos dos rios transbordam, os rochedos oscilantes
[desmoronam.
O relâmpago mostra claramente a menor nervura das folhas.
Sua garganta seca se fecha e seu coração bate forte no lado:
É o Medo, Pequeno Caçador, é o Medo!

Eduardo Feito

A INVASÃO DO JÂNGAL*

Flores, trepadeiras e ervas daninhas,
Escondam, cubram e cerquem tudo.
Deixem-nos esquecer a visão e o som,
O cheiro e o contato de sua raça.

Cinza preta e gordurosa junto à pedra do altar,
Aqui está a chuva dos pés brancos.
A corça dá à luz nos campos não semeados
E ninguém a assustará novamente.
As paredes cegas esboroam, ignoradas e demolidas,
E ninguém habitará nelas novamente.

O leitor deve lembrar-se de que Mowgli, depois de estender a pele de Shere Khan na Roca do Conselho, declarou aos lobos da Alcateia de Seoni que permaneceram com ele que, dali por diante, caçaria sozinho no Jângal. E os quatro filhotes de Mãe Loba e Pai Lobo disseram que caçariam com ele. Mas não é fácil mudar de vida de um momento para outro, sobretudo no Jângal. A primeira coisa que Mowgli fez, quando os membros da Alcateia desorganizada se dispersaram, foi retirar-se à caverna de seus irmãos e dormir durante um dia e uma noite. Depois contou a Mãe Loba e a Pai Lobo tudo o que eles podiam compreender de suas aventuras entre os homens. E, quando fez brilhar no sol da manhã a lâmina de sua faca, a mesma que servira para tirar a pele de Shere Khan, eles reconheceram que aprendera alguma coisa. Foi então que Akela e Irmão Cinzento tiveram

* Do original inglês "*Letting in the Jungle*", conto integrante do livro *The Second Jungle Book*.

de explicar sua participação na grande investida dos búfalos no barranco. Baloo subiu penosamente a colina para ouvir a história, enquanto Bagheera se coçava de prazer ao saber de que modo Mowgli conduzira sua guerra.

O sol já estava alto no céu e ninguém pensava em dormir. De tempos em tempos Mãe Loba levantava o focinho para farejar com satisfação uma golfada de vento que lhe trazia o cheiro da pele de tigre estendida na Roca do Conselho.

— Não fosse a ajuda de Akela e Irmão Cinzento, eu não teria feito nada — disse Mowgli para concluir. — Ah, mãe, mãe! Se tivesse visto os touros negros descerem em disparada o barranco ou se precipitarem pelas portas da aldeia quando os homens jogavam pedras em mim!

— Estou contente por não ter visto nada — respondeu Mãe Loba com firmeza. — Não costumo permitir que tratem meus filhotes como chacais. Teria feito a Alcateia dos Homens pagar caro. Mas pouparia a mulher que lhe deu o leite. Sim, pouparia somente ela.

— Calma, calma, Raksha! — interveio Pai Lobo preguiçosamente. — Nossa rã voltou, tão sábia que seu próprio pai é obrigado a lamber-lhe os pés. E o que é um arranhão a mais ou a menos na cabeça? Deixe os homens em paz.

Baloo e Bagheera fizeram eco.

— Deixe os homens em paz.

Mowgli, com a cabeça apoiada no flanco de Mãe Loba, disse com um sorriso feliz que, de sua parte, desejava nunca mais ver, ouvir ou cheirar o Homem de novo.

— Mas o que fará se os homens não o deixarem em paz, Irmãozinho? — perguntou Akela, erguendo uma orelha.

— Somos *cinco* — afirmou Irmão Cinzento, dando uma olhada em volta e batendo os dentes na última palavra.

— Também poderíamos tomar parte nessa caçada — observou Bagheera, agitando um pouco a cauda e olhando para Baloo. — Mas por que pensar nos homens agora, Akela?

— O motivo é o seguinte — respondeu o Lobo Solitário. — Quando a pele listrada daquele ladrão foi estendida na rocha, retornei à aldeia seguindo nossa pista costumeira, caminhei sobre meus rastos, deitei-me de um lado e de outro e me estirei no chão, para confundir as pegadas, caso alguém tentasse seguir-nos. Mas, depois de alterar os rastos de tal maneira que nem eu mesmo os reconhecia, chegou Mang, o Morcego, esvoaçando entre os ramos, e ficou suspenso sobre minha cabeça. Ele me disse: "A aldeia dos homens de onde o filhote de homem foi expulso está zumbindo como ninho de vespas".

— Sim — interrompeu Mowgli, rindo. — Era grande a pedra que atirei neles.

O menino se divertira muitas vezes jogando mamões maduros nos ninhos de vespas, e logo corria à lagoa mais próxima antes que elas pudessem apanhá-lo.

— Perguntei a Mang o que tinha visto — prosseguiu o Lobo Solitário. — Respondeu-me que a Flor Vermelha desabrochava nas portas da aldeia e que homens armados de espingarda estavam sentados ao redor. Agora sei, e tenho bons motivos para isso — e Akela olhou as velhas cicatrizes nos lados e nas costas — que os homens não carregam armas só por prazer. Daqui a pouco, Irmãozinho, um homem armado de espingarda seguirá nossa pista, se é que já não a encontrou.

— Por que o faria? Os homens me expulsaram. O que querem mais? — disse Mowgli com raiva.

— Você é homem, Irmãozinho — respondeu Akela. — Não somos nós, caçadores livres, que devemos explicar-lhe o que seus irmãos fazem e por quê.

Mal teve tempo de retirar a pata, e a faca afiada fixou-se profundamente no solo no lugar onde ela estava. Mowgli golpeou com tanta rapidez que nenhum olho humano comum conseguiria acompanhar seu gesto. Mas Akela era lobo. Até mesmo um cão, que é muito distante do lobo, seu ancestral selvagem, desperta a tempo do sono mais profundo quando sente que a roda de um carro atinge o seu lado e escapa ileso antes que ela passe por cima.

— Outra vez fale da Alcateia dos Homens e de Mowgli em dois momentos diferentes, não no mesmo — disse Mowgli já calmo, recolocando a faca na bainha.

— Puxa! Que dente afiado! — exclamou Akela, farejando o corte que a lâmina abrira no chão. — Mas, vivendo na

Alcateia dos Homens, seus olhos perderam a percepção, Irmãozinho. Eu poderia matar um gamo no tempo que demorou para fincar a faca.

De repente, Bagheera pôs-se de pé de um salto, ergueu a cabeça o mais que pôde, farejou o ar e cada curva de seu corpo pareceu enrijecer-se. Irmão Cinzento seguiu logo seu exemplo, mantendo-se um pouco à esquerda para receber a aragem frágil que vinha da direita, enquanto Akela, com alguns saltos, farejava o ar cinquenta metros adiante e, meio agachado, também permanecia imóvel. Mowgli sentiu inveja ao observá-los. Podia cheirar coisas como poucos seres humanos, mas não atingira a delicadeza de um nariz do Jângal. Os três meses que passara na aldeia cheia de fumaça fizeram-no perder a sensibilidade de maneira deplorável. Entretanto, molhou o dedo, esfregou-o no nariz e levantou-se, procurando apanhar o cheiro mais alto, talvez mais fraco, porém mais seguro.

— O Homem! — rosnou Akela, pondo-se de cócoras.

— É Buldeo! — disse Mowgli, sentando-se. — Segue nosso rasto e vejo sua espingarda ao longe brilhar ao sol. Vejam!

Não foi mais que um reflexo de luz que resplandeceu na fração de um segundo na armação de cobre do velho mosquete. Mas nada no Jângal pisca daquele jeito, a não ser quando as nuvens movem-se rapidamente no céu. Então um fragmento de mica, uma poça de água ou mesmo uma folha de árvore mais lustrosa cintilarão como um heliógrafo.[1] Naquele dia, entretanto, não havia nuvens e o céu estava calmo.

— Eu sabia que os homens nos seguiriam — disse Akela exultante. — Não foi por acaso que me tornei chefe da Alcateia.

Os quatro irmãos de Mowgli não disseram nada, mas desceram colina abaixo arrastando a barriga no chão e sumiram entre os espinheiros e as moitas como uma toupeira desaparece debaixo da terra num prado.

---

[1] Instrumento de sinalização militar do século XIX que transmitia mensagens em código Morse por meio de reflexos da luz solar incidente sobre espelhos, sobretudo na Índia e em outros países onde as condições eram favoráveis.

— Para onde vão, sem esperar as ordens? — chamou Mowgli.

— Silêncio! Faremos seu crânio rolar aqui antes do meio-dia — respondeu Irmão Cinzento.

— Voltem! Voltem e esperem! Homem não come Homem! — gritou Mowgli com toda a força.

— Quem era lobo ainda há pouco? Quem atirou a faca em mim porque pensei que era homem? — ralhou Akela, enquanto os Quatro retornavam aborrecidos e sentavam-se sobre as patas traseiras.

— Devo dar explicação para tudo o que quero fazer? — replicou Mowgli, furioso.

— Aí está o Homem. É o Homem que fala — murmurou Bagheera entre seus bigodes. — Era assim que os homens falavam em torno das jaulas do rei, em Oodeypore. Nós, do Jângal, sabemos que o Homem é o mais sábio de todos. Mas, confiando em nossos ouvidos, julgaríamos que não existe criatura mais estúpida.

Depois acrescentou, erguendo a voz:

— Nisso o filhote de homem tem razão. Os homens caçam em bandos. Matar um sem saber o que os outros vão fazer é uma caçada ruim. Vamos ver o que esse homem quer de nós.

— Nós não vamos — resmungou Irmão Cinzento. — Vá caçar sozinho, Irmãozinho. *Nós* sabemos o que queremos. A esta hora o crânio já estaria pronto para ser trazido para cá.

Mowgli olhava ora para um, ora para outro de seus amigos, com o peito ofegante e os olhos cheios de lágrimas. Deu um passo à frente em direção aos lobos e, caindo sobre um dos joelhos, exclamou:

— Então não sei o que quero? Olhem para mim.

Olharam para ele com certa perturbação e, quando seus olhos se desviavam, fixou-os diversas vezes, até que o pelo se eriçasse em seus corpos e se pusessem a tremer em cada membro, enquanto Mowgli continuava a olhá-los.

— Agora — perguntou —, quem de nós cinco é o chefe?

— Você é o chefe, Irmãozinho — disse Irmão Cinzento, e lambeu o pé de Mowgli.

— Sigam-me, então.

E os Quatro seguiram em seus calcanhares, com o rabo entre as pernas.

— Isso acontece por ter vivido na Alcateia dos Homens — comentou Bagheera, esgueirando-se com ligeireza atrás deles. — Há agora no Jângal algo mais que a Lei do Jângal, Baloo.

O velho Urso não disse nada, mas refletiu sobre muitas coisas.

Mowgli atravessou a floresta sem nenhum ruído, em ângulo reto em relação ao caminho que Buldeo tomava, até o momento em que, afastando as moitas, viu o velho com o mosquete no ombro seguindo a meio trote o rasto de duas noites atrás.

Convém lembrar que Mowgli, ao deixar a aldeia, carregava nos ombros a carga pesada da pele de Shere Khan, enquanto Akela e Irmão Cinzento trotavam atrás. Os três rastos permaneceram, portanto, claramente visíveis. Neste momento Buldeo chegava ao ponto onde Akela voltara para embaralhar a pista, como o leitor sabe. Então sentou-se, tossiu e resmungou. Depois deu olhadas rápidas à sua volta e em direção à floresta, tentando reencontrar o rasto. E, durante todo esse tempo, poderia ter jogado uma pedra naqueles que o estavam espreitando.

Ninguém faz menos barulho que um lobo quando não quer ser ouvido. E Mowgli, embora os lobos achassem que se movimentava desajeitadamente, podia deslocar-se como uma sombra. Cercaram o velho como um bando de golfinhos rodeia um navio que vai a grande velocidade. E, ao fazer isso, conversavam livres de preocupações, porque mantinham suas vozes num diapasão abaixo do que ouvidos humanos podem perceber. No outro extremo da escala encontra-se o grito agudo de Mang, o Morcego, que muitas pessoas não conseguem ouvir. Essa escala de sons serve de linguagem a todas as aves, morcegos e insetos.

— Isto é melhor do que matar — disse Irmão Cinzento, ao ver Buldeo abaixar-se, olhar atentamente o chão e ficar furioso. — Parece um porco perdido na floresta, à beira do rio. O que ele diz?

Buldeo resmungava com ar feroz. Mowgli traduziu:

— Ele diz que matilhas de lobos devem ter dançado em volta de mim. Diz que nunca viu rastos iguais a esses em sua vida. Diz que está cansado.

— Ele terá tempo para descansar antes de encontrar o rasto novamente — comentou Bagheera friamente, escondendo-se atrás de uma árvore, no jogo de cobra-cega que estavam brincando. E *agora*, o que o velho está fazendo?

— Comendo e soprando fumaça pela boca. Os homens sempre brincam com a boca — respondeu Mowgli.

Os batedores silenciosos viram o velho encher e acender um cachimbo e tirar dele longas baforadas. E se fixaram sobretudo no cheiro do tabaco, para ter certeza de que reconheceriam Buldeo, se fosse preciso, na noite mais escura.

Nesse momento, um pequeno grupo de carvoeiros desceu a trilha e parou, coisa muito natural, para falar com Buldeo, cuja fama de caçador se estendia a mais de trinta quilômetros ao redor. Sentaram-se todos para fumar, enquanto Bagheera e os outros se aproximaram para observar, e Buldeo pôs-se a contar, do princípio ao fim, a história de Mowgli, o menino-demônio, com acréscimos e invenções. Contou como foi ele mesmo, Buldeo, que matou Shere Khan; como Mowgli transformou-se em lobo e lutou com ele uma tarde inteira, depois retomou sua forma de menino e enfeitiçou sua espingarda, de modo que a bala desviasse, quando ele havia visado Mowgli, e fosse matar um de seus próprios búfalos; finalmente, como os habitantes da aldeia, sabendo ser ele o caçador mais valente de Seoni, enviaram-no para matar o menino-demônio. Nesse meio-tempo, a aldeia prendera Messua e o marido, que eram sem dúvida alguma o pai e a mãe do menino-demônio, e os trancaram a chave em sua própria cabana. Dali a pouco os da aldeia iam submetê-los à tortura para obrigá-los a confessar que eram feiticeiro e feiticeira, e depois os queimariam vivos.

— Quando? — perguntaram os carvoeiros, que gostariam muito de assistir à cerimônia.

Buldeo respondeu que nada seria feito antes que ele voltasse, porque a aldeia queria que matasse o Menino do Jângal primeiro. Só depois matariam Messua e o marido, e repartiriam suas terras e seus búfalos entre os habitantes da aldeia. Os búfalos do marido de Messua eram de uma beleza notável. Exterminar os feiticeiros era algo excelente, pensava Buldeo, pois gente que recebia meninos-lobos vindos do Jângal em sua casa pertencia claramente à pior espécie de feiticeiros.

Mas, perguntaram os carvoeiros, o que aconteceria se os ingleses tomassem conhecimento disso? Tinham ouvido dizer que os ingleses eram um povo totalmente maluco e não permitiriam que lavradores honestos matassem seus feiticeiros em paz.

Buldeo respondeu que o chefe da aldeia relataria que Messua e o marido haviam morrido picados por uma serpente. *Tudo* estava arranjado e a única coisa que restava fazer era matar o menino-lobo. Não tinham visto, por acaso, uma criatura semelhante?

Os carvoeiros olharam cautelosamente ao seu redor e agradeceram à sua boa estrela por nunca terem visto nada parecido. Mas não duvidavam de que um homem tão valente como Buldeo pudesse encontrá-la, se fosse possível.

O sol ia caindo e eles tinham a intenção de ir à aldeia de Buldeo para ver a feiticeira malvada. Buldeo respondeu que, embora fosse seu dever matar o menino-demônio, não poderia permitir que um grupo de homens desarmados atravessasse sem escolta um Jângal onde o lobo-demônio era capaz de surgir a qualquer momento. Por isso os acompanharia e, se o filho dos feiticeiros aparecesse, bem, mostraria a eles como o melhor caçador de Seoni lidava com esse tipo de coisas. O Brâmane, afirmava, dera-lhe um amuleto que o protegeria daquela criatura.

— O que ele diz? O que ele diz? O que ele diz? — repetiam os lobos a cada instante.

E Mowgli traduzia, até a parte da história que falava de feiticeiros. Esta ia além de sua compreensão. Então explicou que o homem e a mulher que tinham sido tão bons para ele estavam presos numa armadilha.

— Os homens prendem homens em armadilhas? — perguntou Bagheera.

— É o que ele diz. Não consigo entender bem a conversa. Parecem loucos, todos eles. Por que trancam Messua e o marido numa armadilha por minha causa, e o que significa toda essa conversa sobre a Flor Vermelha? Preciso ver isso mais claro. Seja o que for que pretendam fazer a Messua, não vão fazer nada antes de Buldeo voltar. Portanto...

Mowgli pôs-se a refletir profundamente, passando os dedos no cabo de sua faca, enquanto Buldeo e os carvoeiros afastavam-se corajosamente em fila indiana.

— Vou voltar correndo à Alcateia dos Homens — disse Mowgli finalmente.

— E aqueles? — indagou Irmão Cinzento, lançando um olhar faminto às costas bronzeadas dos carvoeiros.

— Cantem uma pequena canção enquanto eles voltam para casa — respondeu Mowgli com um sorriso. — Não quero que cheguem às portas da aldeia antes que escureça. Podem entretê-los?

Irmão Cinzento mostrou os dentes brancos com um muxoxo de desprezo.

— Se conheço os homens, podemos fazê-los andar em círculos como cabras atadas a uma corda.

— Não lhes peço tanto. Cantem para eles uma pequena canção, para que não se sintam tão solitários na estrada. Mas não é preciso, Irmão Cinzento, que a canção seja das mais suaves. Vá com eles, Bagheera, para reforçar a canção. Quando a noite cair, junte-se a mim perto da aldeia. Irmão Cinzento conhece o lugar.

— Não é fácil trabalhar para um filhote de homem. Quando poderei dormir? — disse Bagheera, bocejando, embora seus olhos mostrassem que estava satisfeita com a diversão. — Eu, cantar para homens nus! Mas vamos tentar.

A pantera baixou a cabeça, para que o som chegasse longe, e lançou um longuíssimo "boa caçada", um grito da meia-noite em pleno dia, o que, como início, soou terrível. Mowgli ouviu-o reboar, crescer, diminuir e por fim extinguir-se atrás dele numa espécie de gemido assustador, e se pôs a rir sozinho enquanto corria pelo Jângal.

Podia ver os carvoeiros juntarem-se em grupo, enquanto o cano da espingarda de Buldeo oscilava, como folha de bananeira, para os quatro pontos cardeais. Irmão Cinzento lançou, então, o *Yalahi! Yalaha!*, o grito de caça ao gamo, quando a Alcateia conduz para a frente o *nilghai*, o grande antílope azul. O grito parecia vir dos confins da terra, mais próximo, cada vez mais próximo, até terminar num uivo interrompido bruscamente. Os outros três responderam, embora o próprio Mowgli pudesse jurar que a Alcateia inteira gritava ao mesmo tempo. Em seguida todos entoaram juntos a magnífica Canção da Manhã no Jângal, com as variações, os floreios e as modulações que um lobo de voz profunda conhece. Esta é uma tradução aproximada, mas o leitor deve imaginar seu efeito quando rompe o silêncio da tarde no Jângal:

Até há pouco nossos corpos
Não lançavam sombra na planície.
Agora nítidos e escuros marcam nossos rastos
E retornamos para casa.

No silêncio da manhã, cada rocha e cada moita
Projetam-se rígidas, altas e rudes.
Então soltem o grito: Bom descanso para todos
Os que observam a Lei do Jângal!

O gado com chifre e o com pelo se apressa
A proteger-se, na guarida.
Quietos e acovardados, na caverna e na colina
Desaparecem os chefes do Jângal.

Ouve-se o canto do vaqueiro, forte e claro,
Enquanto guia a junta de bois há pouco atados.
Imponente e terrível, a aurora desperta
Sobre a lagoa que se ilumina.

Ho! Voltem para suas tocas. O sol brilha
Atrás da relva arquejante,
E sussurando debaixo dos bambus novos
Perpassam os avisos de alerta.

As matas que atravessamos se tornam incertas com a
[luz do dia
E as examinamos com olhos pestanejantes,
Enquanto, ao descer do céu, o pato selvagem grita:
"É dia, é dia para o Homem!"

Secou o orvalho que encharcava a nossa pele
Ou que molhava o nosso caminho.
Nos lodaçais os charcos se convertem
Em frágil argila que crepita ao rachar-se.

A noite traidora torna visível
Cada sinal de pata ou de garra.
Então ouçam o grito: "Bom descanso para todos
Os que observam a Lei do Jângal!"

Mas nenhuma tradução pode dar uma ideia do efeito nem do ganido de desprezo com que os Quatro pronunciavam cada palavra ao ouvir o estalido dos galhos, quando os homens subiam apressadamente nas árvores, enquanto Buldeo começava a repetir palavras mágicas e de esconjuro. Em seguida os irmãos deitaram-se para dormir, pois tinham hábitos metódicos, como todos aqueles que contam só com os próprios esforços para viver. E ninguém trabalha bem sem ter dormido.

Enquanto isso, Mowgli devorava os quilômetros, mais de catorze por hora, com passo rápido e cadenciado, feliz por sentir-se em perfeita forma depois de todos os meses de reclusão entre os homens. A única ideia que tinha na cabeça era tirar Messua e o marido da armadilha, qualquer que fosse, porque tinha uma desconfiança natural das armadilhas. Mais tarde, prometeu a si mesmo, ajustaria contas com a aldeia, e com sobras.

Anoitecia quando reviu as pastagens bem conhecidas e a árvore do *dhâk* debaixo da qual Irmão Cinzento esperara por ele na manhã do dia em que matou Shere Khan. Por mais irritado que estivesse com a raça e a comunidade dos homens, alguma coisa apertou-lhe a garganta e o fez recuperar o fôlego quando viu os telhados da aldeia. Observou que todos voltaram dos campos mais cedo e, em vez de ir preparar a refeição da noite, reuniram-se em multidão debaixo da árvore da praça, tagarelando e gritando.

— Os homens precisam estar sempre construindo armadilhas para os homens, ou não se sentem satisfeitos — pensou Mowgli. — Há duas noites era para Mowgli, mas aquela noite parece agora distante muitas chuvas. Nesta noite é para Messua e seu marido. Amanhã, e em muitas outras noites ainda, será para Mowgli novamente.

Insinuou-se ao longo da parte externa da paliçada, até chegar à cabana de Messua, e olhou pela janela para dentro do quarto. Messua encontrava-se ali, amordaçada, com pés e mãos atados, respirando com dificuldade e gemendo. Seu marido estava amarrado aos pés da cama, pintada de cores alegres. A porta da cabana, que abria para a rua, estava fechada solidamente, e três ou quatro pessoas sentavam-se na frente, de costas para ela.

Mowgli conhecia muito bem os usos e costumes dos aldeões. Considerava que, enquanto estivessem comendo, conversando e fumando, não pensariam em fazer outra coisa, mas que, assim que se sentissem satisfeitos, começariam a ficar perigosos. Buldeo voltaria dali a pouco e, se sua escolta tivesse cumprido seu dever, ele teria uma história das mais interessantes para contar. Entrou então na cabana pela janela e, inclinando-se sobre o homem e a mulher, cortou as cordas, tirou as mordaças e olhou ao redor para ver se havia um pouco de leite.

Messua estava meio morta de dor e de medo, pois havia sido espancada e apedrejada a manhã inteira, e Mowgli mal teve tempo de colocar a mão em sua boca para abafar o grito. Seu marido estava apenas atordoado e, furioso, permanecia sentado limpando a poeira e as sujeiras de sua barba meio arrancada.

— Eu sabia, eu sabia que viria — soluçou Messua por fim. — Agora *sei* que é meu filho.

E abraçou Mowgli de encontro ao seu coração. Até então Mowgli não perdera a serenidade. Mas nesse momento pôs-se a tremer da cabeça aos pés, o que muito o surpreendeu.

— O que significam estas cordas? Por que a amarraram? — perguntou depois de uma pausa.

— Para condená-la à morte porque o acolheu como seu filho, nada mais — disse o homem com ar sombrio. — Veja! Estou sangrando.

Messua não disse nada, mas eram as feridas dela que Mowgli olhava, e os dois ouviram seus dentes rangerem quando viu o sangue.

— Quem fez isso? — perguntou. — Vai pagar caro.

— Foi toda a aldeia. Eu era muito rico. Possuía muito gado. *Por isso* ela e eu somos feiticeiros, porque lhe demos abrigo.

— Não consigo entender. Deixe que Messua me explique.

— Eu lhe dei leite, Nathoo, lembra-se? — disse Messua timidamente. — Porque você era meu filho que o Tigre havia levado, e porque o queria muito bem. Eles disseram que eu era sua mãe, a mãe de um demônio, e por isso merecia a morte.

— O que é um demônio? — perguntou Mowgli. — A Morte eu já vi.

O homem olhou-o com tristeza, mas Messua pôs-se a rir:

— Está vendo? — disse ao marido. — Eu sabia, eu lhe disse que não era feiticeiro. É meu filho, meu filho!

— Filho ou feiticeiro, o que pode fazer por nós? — replicou o homem. — Já podemos nos considerar mortos.

— Lá embaixo está a estrada que leva ao Jângal — disse Mowgli, apontando com o braço pela janela. — Suas mãos e seus pés estão livres. Podem ir, agora.

— Meu filho, não conhecemos o Jângal como... como você o conhece — começou Messua. — Não acredito que poderia ir muito longe.

— Homens e mulheres iriam logo atrás de nós e nos arrastariam para cá de novo — acrescentou o marido.

— Hum! — exclamou Mowgli, afagando com a ponta da faca a palma da mão. — Não quero fazer mal a ninguém desta aldeia, mas acho que não os reterão. Em pouco tempo terão muitas outras coisas em que pensar. Ah!

Ergueu a cabeça e ouviu gritos e atropelo fora.

— Finalmente permitiram que Buldeo voltasse para casa.

— Ele foi enviado esta manhã para matá-lo — exclamou Messua, chorando. — Encontrou-se com ele?

— Sim, nós... eu o encontrei. Ele traz uma nova história para contar e, enquanto a conta, teremos tempo para fazer muitas coisas. Mas, primeiro, preciso conhecer suas intenções. Pensem para onde querem ir e me digam quando eu voltar.

Saltou pela janela e correu de novo ao longo da paliçada da aldeia até chegar a uma distância em que podia ouvir a multidão reunida debaixo da figueira. Buldeo, descansando no chão, tossia e se lamentava, enquanto todos ao redor lhe faziam perguntas. Com os cabelos caídos sobre os ombros, as mãos e os pés escoriados por ter subido em árvores, mal podia falar, mas sentia perfeitamente a importância de sua situação. De tempos em tempos dizia alguma coisa sobre demônios, canções de demônios e encantamentos mágicos, para dar à multidão um antegosto do que estava por vir. Depois pediu água.

— Bah! — exclamou Mowgli. — Conversa fiada, conversa fiada! Palavras e mais palavras! Os homens são irmãos de sangue dos *Bandar-log*. Agora ele precisa lavar a boca com água, em seguida vai soprar fumaça por ela e, quando terminar com isso, ainda terá sua história para contar. São realmente gente muito sábia, os homens! Não deixarão ninguém para guardar Messua enquanto não tiverem os ouvidos cheios das lorotas de Buldeo. E eu... estou ficando tão preguiçoso como eles.

Espertou-se e voltou esgueirando-se até a cabana. Já se encontrava na janela quando sentiu um toque leve no pé.

— Mãe — disse, pois conhecia bem a carícia daquela língua —, o que está fazendo aqui?

— Ouvi meus filhos cantarem pelos bosques e segui aquele que amo mais. Pequena Rã, eu quis ver a mulher que lhe deu leite — prosseguiu Mãe Loba, toda molhada de orvalho.

— Eles a amarraram e querem matá-la. Cortei os laços e ela irá embora com o marido pelo Jângal.

— Eu também os acompanharei. Estou velha, mas ainda tenho dentes.

Mãe Loba ergueu-se sobre as patas traseiras e olhou pela janela dentro da cabana escura. Um minuto depois deixou-se cair sem ruído, e tudo o que disse foi:

— Eu lhe dei o primeiro leite, mas Bagheera tem razão. O Homem, no fim, retorna ao Homem.

— Pode ser — disse Mowgli, com uma expressão de viva contrariedade. — Mas, esta noite, estou bem longe desse caminho. Espere aqui e não deixe que ela a veja.

— *Você* nunca teve medo de *mim*, Rãzinha — disse Mãe Loba, retraindo-se entre o capim alto e escondendo-se, como tão bem sabia fazer.

— E agora — disse Mowgli alegremente, saltando de novo dentro da cabana — estão todos sentados em volta de Buldeo, que conta para eles o que não aconteceu. Quando tiver terminado de tagarelar, eles dizem que certamente virão aqui com a Flor... com fogo para queimar os dois. E então?

— Falei com meu marido — disse Messua. — Khanhiwara fica a quase cinquenta quilômetros daqui, mas em Khanhiwara podemos encontrar os ingleses...

— E a que Alcateia eles pertencem? — perguntou Mowgli.

— Não sei. São brancos. Dizem que governam todo o país e não permitem que se queime ou se espanque ninguém sem testemunhas. Se conseguirmos chegar lá esta noite, viveremos. De outro modo, é morte certa.

— Vivam então. Ninguém passará a barreira esta noite. Mas o que ele está fazendo?

O marido de Messua, de joelhos no chão, estava cavando num canto da cabana com as mãos.

— É sua pequena reserva de dinheiro — respondeu Messua. — Não podemos levar mais nada.

— Ah, sim! É essa coisa que passa de mão em mão e permanece sempre fria. Serve também longe daqui? — perguntou Mowgli.

O homem olhou-o irritado.

— Ele é um tolo, e não um demônio — murmurou. — Com o dinheiro posso comprar um cavalo. Estamos muito machucados para caminhar por longo tempo, e a aldeia estará atrás de nós daqui a uma hora.

— Afirmo que não os seguirão enquanto eu não quiser. Mas a ideia do cavalo é boa, pois Messua está cansada.

O marido levantou-se e amarrou as últimas rupias na cinta. Mowgli ajudou Messua a sair pela janela, e o ar fresco da noite reanimou-a um pouco. Mas o Jângal parecia escuro e terrível, à luz das estrelas.

— Conhecem o caminho que leva a Khanhiwara? — sussurrou Mowgli.

Fizeram sinal de que sim.

— Bem. Lembrem-se, agora, de que não devem ter medo. Também não precisam apressar-se. Só que podem ouvir uma pequena canção no Jângal na frente e atrás de vocês.

— Acha que, não fosse o medo de sermos queimados, nos arriscaríamos a atravessar o Jângal à noite? É melhor ser morto pelas feras que pelos homens — disse o marido de Messua.

Messua olhou para Mowgli e sorriu.

— Afirmo — prosseguiu Mowgli, como se fosse Baloo repetindo pela centésima vez uma velha Lei do Jângal a um filhote desatento —, afirmo que ninguém no Jângal mostrará um dente nem levantará uma pata contra vocês. Nem homem nem fera os deterão até que estejam perto de Khanhiwara. Alguém cuidará de vocês.

Virou-se rapidamente para Messua e disse:

— *Ele* não acredita em mim, mas você acredita, não é?

— Sim, com certeza, meu filho. Homem, fantasma ou lobo do Jângal, acredito em você.

— *Ele* sentirá medo quando ouvir meu povo cantar. Você, informada, compreenderá. Agora vão com calma, pois é inútil apressar-se. As portas da aldeia estão fechadas.

Messua atirou-se soluçando aos pés de Mowgli, mas ele a ergueu rapidamente, com um arrepio. Ela lançou os braços em volta de seu pescoço, dando-lhe todos os nomes mais afetuosos e de bênção que lhe ocorreram, enquanto seu marido, olhando com tristeza a extensão de seus campos, dizia:

— *Se* chegarmos a Khanhiwara e eu conseguir ser ouvido pelos ingleses, moverei contra o Brâmane, o velho Buldeo e todos os outros um processo que devorará esta aldeia até os ossos. Vão pagar-me o dobro pelas minhas colheitas perdidas e meus búfalos mal alimentados. Vou obter uma grande justiça.

Mowgli riu.

— Não sei o que é a justiça, mas volte nas próximas chuvas e verá o que sobrou.

Afastaram-se em direção ao Jângal e Mãe Loba saltou do lugar onde se escondera.

— Siga-os — disse Mowgli — e cuide para que todo o Jângal saiba que os dois devem passar sãos e salvos. Lance um apelo. Agora vou chamar Bagheera.

Um uivo longo e grave elevou-se e logo se extinguiu, e Mowgli viu o marido de Messua hesitar e virar-se, com a intenção de voltar correndo para a cabana.

— Vão em frente — incentivou Mowgli com bom humor. — Eu lhes disse que talvez ouvissem cantos. Esse grito os acompanhará até Khanhiwara. É o apoio do Jângal.

Messua exortou o marido a andar na frente, e a escuridão fechou-se sobre eles e sobre Mãe Loba, enquanto Bagheera se levantava, quase debaixo dos pés de Mowgli, tremendo de alegria com a chegada da noite que enlouquece o povo do Jângal.

— Tenho vergonha de seus irmãos — disse a pantera, ronronando.

— O quê? Não era suave a canção que cantaram para Buldeo? — perguntou Mowgli.

— Muito! Até demais! Fizeram esquecer-me de meu orgulho e, pela fechadura quebrada que me deu a liberdade, saí cantando pelo Jângal como se estivesse namorando na primavera. Não nos ouviu?

— Tinha outras coisas para fazer. Pergunte a Buldeo se a canção lhe agradou. Mas onde estão os Quatro? Não quero que ninguém da Alcateia dos Homens passe pelas portas da aldeia esta noite.

— Para que precisamos dos Quatro, então? — indagou Bagheera, levantando uma pata depois da outra, com os olhos brilhando e o rom-rom mais alto que nunca. — Posso retê-los,

Irmãozinho. Será preciso matar, no fim? As canções e a visão dos homens que subiam nas árvores botaram fogo em meu sangue. O que é o Homem para que nos preocupemos com ele, esse cavador moreno e nu, sem pelos e sem dentes, comedor de terra? Eu o segui o dia inteiro, ao meio-dia, à luz do sol branco. Conduzi-o ao meu gosto, como os lobos fazem com os gamos. Sou Bagheera! Bagheera! Bagheera! Como danço com minha sombra, assim dancei com aqueles homens. Veja!

A grande Pantera saltou como um gatinho salta para apanhar uma folha morta que flutua acima de sua cabeça, desferiu golpes à direita e à esquerda no vazio, fazendo o ar assobiar. Deixou-se cair sem o menor ruído e saltou outra vez, enquanto a espécie de rosnadela ou grunhido que emitia ia crescendo, como o ronco do vapor numa caldeira.

— Sou Bagheera, no Jângal, na noite, e sei qual é a minha força. Quem pode resistir ao meu ataque? Filhote de homem, com um golpe da minha pata posso esmagar sua cabeça como se fosse uma rã morta no verão.

— Tente então — provocou Mowgli no dialeto da aldeia, e *não* na língua do Jângal.

As palavras humanas detiveram subitamente o bote de Bagheera e a obrigaram a sentar-se tremendo, com a cabeça no mesmo nível que a de Mowgli. Mais uma vez Mowgli olhou-a fixamente, como fizera com os lobos jovens rebeldes. Olhou-a no fundo dos olhos de verde-berilo, até que a chama vermelha que parecia brilhar detrás daquele verde extinguiu-se, como a luz de um farol se apaga a vinte milhas no mar. Os olhos da pantera se abaixaram e com eles a cabeça grande, cada vez mais, até que uma língua vermelha áspera veio lamber o peito do pé do menino.

— Irmã, Irmã, Irmã! — sussurrou Mowgli, fazendo-lhe uma carícia rápida e leve no pescoço e nas costas arqueadas. — Acalme-se! Acalme-se! A culpa não foi sua, e sim da noite.

— Sim, foram os aromas da noite — respondeu Bagheera em tom arrependido. — Este ar fala em voz alta para mim. Mas como é que sabe?

O ar em volta de uma aldeia indiana está naturalmente cheio de todos os tipos de aromas e, para criaturas que sentem e pensam quase só com o nariz, os odores são tão enlouquecedores como a música e as bebidas para os seres humanos. Mowgli acariciou Bagheera durante alguns minutos ainda, e ela se deitou no chão, como um gato diante do fogo, com as patas debaixo do peito e os olhos semicerrados.

— Você é do Jângal e *não é* do Jângal — disse Bagheera, por fim. — E eu sou só uma pantera-negra. Mas lhe quero bem, Irmãozinho.

— Faz tempo que estão conversando debaixo da árvore — comentou Mowgli, sem prestar atenção nas últimas palavras. — Buldeo deve ter contado um monte de histórias. Eles logo virão para tirar a mulher e o marido da armadilha e jogá-los na Flor Vermelha. Encontrarão a armadilha aberta. Ah! Ah!

— Bem melhor, ouça — disse Bagheera. — A febre que eu tinha no sangue já se acalmou. Deixe que me encontrem lá dentro. Poucos ainda terão coragem de sair de casa depois de se defrontarem comigo. Não será a primeira vez que ficarei numa jaula. E não creio que me amarrem com cordas.

— Seja prudente, então — respondeu Mowgli, rindo, pois começava a sentir-se tão atrevido como a pantera, que se esgueirou para dentro da cabana.

— Uh! — arfou Bagheera. — Este lugar cheira horrivelmente a Homem. Mas há aqui uma cama igual à que me davam para dormir nas jaulas do rei em Oodeypore. Vou me deitar.

Mowgli ouviu as molas da cama rangerem debaixo do peso do grande animal.

— Pela fechadura quebrada que me deu a liberdade, vão pensar que capturaram uma grande caça. Venha sentar-se ao meu lado, Irmãozinho. Seremos dois a desejar-lhes boa caçada.

— Não. Tenho outra ideia na cabeça. A Alcateia dos Homens não deve saber que tomei parte nesse jogo. Cace sozinha. Não quero vê-los.

— Como quiser — respondeu Bagheera. — Ah, estão vindo.

A conferência debaixo da figueira, no outro extremo da aldeia, tornava-se cada vez mais ruidosa. Terminou entre alaridos selvagens, e uma avalancha de homens e mulheres rolou na rua, agitando porretes, bambus, foices e facas. Buldeo e o Brâmane caminhavam na frente e a multidão os seguia de perto, gritando:

— Abaixo a feiticeira e o feiticeiro! Vejamos se as moedas em brasa os farão confessar! Queimem a cabana sobre a cabeça deles! Vamos ensinar-lhes a abrigar lobos-demônios! Não, a porretada primeiro! Tochas! Mais tochas! Buldeo, aqueça o cano do mosquete!

Uma pequena dificuldade surgiu com a tranca da porta. Tinha sido presa solidamente, porém a multidão arrancou-a à força, e a luz das tochas inundou o quarto onde, estendida sobre a cama, com as patas cruzadas pendendo displicentemente para o lado, negra como o abismo e terrível como um demônio, Bagheera esperava. Houve meio minuto de silêncio desesperado, enquanto as primeiras filas da multidão abriam caminho para a saída com unhadas e empurrões.

Nesse instante, Bagheera levantou a cabeça e bocejou, com minúcia, cuidado e ostentação, como costumava bocejar para insultar alguém de sua raça. As franjas dos lábios se arreganharam e retraíram. A língua vermelha enrolou-se. A mandíbula abaixou-se cada vez mais até mostrar metade da garganta fumegante. Os caninos formidáveis apareceram até o limite das gengivas e depois bateram juntos, os superiores e os inferiores, com o barulho metálico de linguetas de aço que voltam ao seu lugar nas bordas de um cofre-forte.

Um momento depois a rua estava deserta. Bagheera saltara pela janela e se encontrava ao lado de Mowgli, enquanto uma maré humana gritava e se atropelava em pânico e com pressa de chegar à sua cabana.

— Eles não farão o menor movimento até o dia nascer — observou Bagheera tranquilamente. — E agora?

O silêncio da sesta parecia ter surpreendido a aldeia. Mas, prestando atenção, podia-se ouvir o barulho de caixas pesadas de guardar grãos arrastadas sobre o chão batido para escorar as portas. Bagheera tinha razão: a aldeia não se moveria até o dia nascer. Mowgli sentou-se e pensou, e seu rosto tornava-se cada vez mais sombrio.

EDUARDO FEITO

— O que fiz? — perguntou Bagheera finalmente, saltando para acariciar seus pés.

— Nada que não seja bom. Agora fique de olho neles até chegar o dia. Eu vou dormir.

Mowgli voltou correndo ao Jângal, deixou-se cair como morto numa rocha e dormiu todo aquele dia e também a noite seguinte.

Quando acordou, Bagheera estava ao seu lado e havia a seus pés um gamo que acabara de abater. A Pantera observou-o, curiosa, todo o tempo que ele trabalhou com a faca, comeu e bebeu. Por fim virou-se de lado, apoiando o queixo nas mãos.

— O homem e a mulher chegaram sãos e salvos às imediações de Khanhiwara — disse Bagheera. — Sua mãe mandou o aviso por Chil, o Abutre. Encontraram um cavalo antes da meia-noite, depois de serem libertados, e assim puderam ir bem depressa. Isso não é bom?

— É bom — disse Mowgli.

— E sua Alcateia dos Homens, na aldeia, não se mexeu até que o sol estivesse alto, esta manhã. Então comeram e voltaram rapidamente para casa.

— Eles viram você, por acaso?

— Provavelmente. Eu estava rolando na poeira à porta da aldeia, ao amanhecer, e também posso ter cantado uma pequena canção para mim mesma. Agora, Irmãozinho, não há mais nada a fazer. Venha caçar comigo e com Baloo. Ele encontrou novas colmeias que deseja mostrar-lhe e queremos todos vê-lo voltar entre nós, como antes. Pare de me fixar com esse olhar que me assusta. O homem e a mulher não serão jogados na Flor Vermelha e tudo vai bem no Jângal. Não é verdade? Vamos esquecer a Alcateia dos Homens.

— Eles serão esquecidos em pouco tempo. Onde Hathi vai comer esta noite?

— Onde lhe agrada. Quem pode responder pelo Silencioso? Por quê? O que Hathi pode fazer que não possamos?

— Peça a ele e a seus três filhos que venham encontrar-se comigo.

— Mas, realmente e com toda a franqueza, Irmãozinho, não é... não é conveniente ir dizer a Hathi "Venha" ou "Vá".

Lembre-se de que ele é o Senhor do Jângal e antes que a Alcateia dos Homens o fizesse mudar a expressão de seu rosto ensinou-lhe as Palavras-Chaves do Jângal.

— Não importa. Tenho agora uma Palavra-Chave para ele. Peça que venha encontrar-se com Mowgli, a Rã, e, se ele não o escutar na primeira vez, peça que venha pela Destruição dos Campos de Bhurtpore.

— A Destruição dos Campos de Bhurtpore — repetiu Bagheera duas ou três vezes para ter certeza. — Estou indo. O pior que pode acontecer é Hathi ficar com raiva, e darei a caça de uma lua para ouvir uma Palavra-Chave que faça o Silencioso obedecer.

A Pantera partiu, deixando Mowgli a fincar furiosamente a faca na terra. Mowgli, em sua vida, nunca tinha visto sangue humano até o instante em que notou e, o que significava muito mais para ele, sentiu o cheiro do sangue de Messua nas cordas com que a amarraram. Messua tinha sido boa para ele e, por pouco que soubesse amar, amava Messua tão profundamente quanto odiava o resto do gênero humano. Mas, por mais que tivesse aversão aos homens, à sua conversa, à sua crueldade e à sua covardia, não poderia, em troca do que o Jângal ofereceu-lhe, tirar uma vida humana e sentir outra vez o cheiro horrível de sangue em suas narinas. Seu plano era mais simples, porém mais amplo. E ria ao pensar que fora um dos contos do velho Buldeo, à noite, debaixo da figueira, que lhe dera a ideia.

— *Era* realmente uma Palavra-Chave — cochichou Bagheera em seu ouvido. — Estavam pastando ao lado do rio e obedeceram como se fossem bois. Veja! Já estão vindo.

Hathi e os três filhos apareceram sem o menor ruído, conforme seu costume. A lama do rio ainda estava úmida em seus flancos e Hathi mastigava pensativo o caule verde de uma bananeira nova que acabara de arrancar com as presas. Mas cada linha de seu corpo enorme mostrava a Bagheera, que sabia ver as coisas quando deparava com elas, que não era mais o Senhor do Jângal dirigindo-se a um filhote de homem, mas um ser que se apresentava com medo diante de outro que não tinha medo. Seus três filhos balançavam-se lado a lado atrás do pai.

Mowgli mal ergueu a cabeça quando Hathi desejou-lhe “Boa caçada”. Deixou-o bambolear, balançar-se e erguer uma pata depois da outra durante muito tempo antes de falar e, quando abriu a boca, virou-se para Bagheera, e não para os elefantes.

— Vou contar uma história que ouvi do caçador que você caçou hoje — começou Mowgli. — Trata-se de um elefante velho e sábio que caiu numa armadilha. A estaca afiada que havia no fundo marcou-o desde o calcanhar até o topo do ombro, deixando uma cicatriz branca.

Mowgli estendeu o braço e, enquanto Hathi se virava, uma longa cicatriz branca apareceu ao luar em seu flanco cinzento escuro, como se tivesse sido deixada por um chicote de ferro quente.

— Os homens vieram tirá-lo da armadilha para levá-lo — continuou Mowgli —, mas ele rompeu as cordas, porque era forte, e escapou, ficando longe até que a ferida sarasse. Então voltou, cheio de cólera, aos campos desses caçadores, durante a noite. E me lembro agora de que tinha três filhos. Isso ocorreu há muitas e muitas chuvas, e bem distante daqui, nos campos de Bhurtpore. O que aconteceu a esses campos no tempo da colheita, Hathi?

— Foram colhidos por mim e meus três filhos — disse Hathi.

— E a lavra que segue a colheita?

— Não houve.

— E o que sucedeu aos homens que viviam das colheitas verdes daquele terreno? — perguntou ainda Mowgli.

— Foram embora.

— E às cabanas onde esses homens dormiam?

— Fizemos os tetos em pedaços e o Jângal engoliu as paredes.

— E o que mais?

— O Jângal invadiu tanta terra boa de leste a oeste quanto posso percorrer em duas noites e de norte a sul quanto posso percorrer em três noites. Fizemos o Jângal engolir cinco aldeias e, nessas aldeias e em seus territórios, tanto nas pastagens como nas terras de cultivo, não existe hoje um homem que tire do solo seu sustento. Assim foi a Destruição dos Campos de Bhurtpore que fizemos, eu e meus três filhos. E agora lhe pergunto, filhote de homem, como a notícia chegou até você? — indagou Hathi.

— Foi um homem que me contou. E agora percebo que até Buldeo pode dizer a verdade às vezes. Foi uma coisa benfeita, Hathi da cicatriz branca. Mas na segunda vez será melhor ainda, pois haverá um homem para dirigir. Você conhece a aldeia da Alcateia dos Homens que me expulsou? Seus habitantes são preguiçosos, insensíveis e cruéis. Brincam com sua boca e não matam os mais fracos para alimentar-se, mas como passatempo. Quando estão fartos, são capazes de jogar seus próprios filhos na Flor Vermelha. Vi isso com meus olhos. Não é bom que continuem vivendo aqui. Eu os odeio.

— Mate então — disse o mais novo dos três filhos de Hathi, arrancando um tufo de capim com a tromba, batendo-o nas pernas dianteiras para limpar a terra e jogando-o longe, enquanto seus olhinhos vermelhos lançavam olhares furtivos para um lado e para outro.

— O que eu faria com ossos brancos? — respondeu Mowgli com raiva. — Sou por acaso um filhote de lobo para brincar ao sol com um crânio esfolado? Matei Shere Khan e sua pele está apodrecendo na Roca do Conselho. Mas... mas não sei para onde Shere Khan foi e meu estômago continua vazio. Agora quero algo que possa ver e tocar. Deixe o Jângal invadir a aldeia, Hathi!

Bagheera estremeceu e se agachou. Podia entender, se as coisas piorassem, uma investida rápida na rua da aldeia, com golpes à direita e à esquerda na multidão, ou uma agressão ousada aos homens que estivessem arando, no crepúsculo. Mas o projeto de eliminar intencionalmente uma aldeia inteira dos olhos dos homens e dos animais o assustava. Compreendia agora por que Mowgli a mandara procurar Hathi. Só o Elefante, com seus longos anos de vida, podia planejar e conduzir uma guerra semelhante.

— Vamos fazer que fujam como fugiram os homens dos campos de Bhurtpore, até que só a água da chuva trabalhe

S. Tresilian

onde eles trabalhavam e o barulho dessa chuva nas folhas frondosas substitua o barulho das rocas de fiar... até que Bagheera e eu possamos viver na casa do Brâmane e o gamo venha beber na fonte atrás do templo. Deixe o Jângal começar sua invasão, Hathi!

— Mas eu... mas nós não temos nenhuma desavença com eles, e é preciso sentir a raiva vermelha de uma grande dor para destruir os abrigos onde os homens dormem — disse Hathi, indeciso.

— Vocês são os únicos Comedores de Ervas do Jângal? Traga toda a sua gente. Deixe que o Cervo, o Javali e o *nilghai* se encarreguem disso. Vocês não precisam mostrar um palmo de pele antes que os campos estejam devastados. Deixe o Jângal invadir todas as coisas, Hathi!

— Não teremos de matar? Minhas presas estavam vermelhas na Destruição dos Campos de Bhurtpore e não gostaria de despertar de novo o cheiro que senti então.

— Eu também não. Não quero nem mesmo que seus ossos fiquem na terra arrasada. Deixem que vão procurar novos covis. Eles não podem permanecer aqui. Vi e senti o sangue da mulher que me deu de comer, da mulher que, sem mim, eles teriam matado. Só o cheiro da erva nova na soleira de suas portas poderá eliminar aquele cheiro. Ele queima minha boca. Deixe o Jângal invadir tudo, Hathi!

— Ah! — exclamou Hathi. — Era assim que a cicatriz produzida pela estaca me queimava a pele, até o dia em que vimos suas aldeias desaparecerem debaixo do renascer da primavera. Agora compreendo. Sua guerra será nossa guerra. Faremos o Jângal invadir todas as coisas.

Mowgli teve tempo somente para recuperar o fôlego — ele tremia da cabeça aos pés de raiva e de ódio — e o lugar ocupado pelos Elefantes estava vazio. Bagheera contemplava-o com horror.

— Pela fechadura quebrada que me deu a liberdade — disse por fim a Pantera-Negra, era *você* aquela coisinha nua por quem falei no Conselho, quando éramos todos jovens? Senhor do Jângal, quando minhas forças me abandonarem, fale por mim, fale por Baloo, fale por todos nós. Somos filhotes diante de você. Raminhos que estalam debaixo de seus pés. Crias que perderam a mãe.

A ideia de Bagheera como cria que perdeu a mãe divertiu muito Mowgli. Desatou a rir, tomou fôlego, depois soluçou e riu de novo, tanto que foi obrigado a pular numa lagoa para acalmar-se. Então se pôs a nadar em círculos, mergulhando nos clarões da lua para reaparecer no escuro, como a Rã da qual trazia o nome.

Neste ínterim Hathi e os três filhos partiram separados, cada um para um dos pontos cardeais, e se afastaram em silêncio pelos vales, a um quilômetro e meio de distância. Caminharam sem parar durante dois dias, o que dava mais de noventa e cinco quilômetros de Jângal. Cada passo e cada ondulação de suas trombas foram observados, registrados e comentados por Mang, Chil, o Povo Macaco e todos os pássaros. Depois se puseram a pastar, e pastaram tranquilamente durante mais ou menos uma semana. Hathi e os filhos se parecem com Kaa, a Serpente da Roca. Nunca andam com pressa antes que seja necessário.

No fim desse tempo, sem que ninguém soubesse de onde vinha, espalhou-se no Jângal o rumor de que neste ou naquele vale podia-se encontrar alimento e água bem melhores. Os Javalis, que, naturalmente, iriam até o fim do mundo por uma boa comida, puseram-se em movimento primeiro, empurrando-se uns aos outros sobre as rochas. Os Cervos os seguiram, com as pequenas Raposas selvagens que vivem dos animais mortos e dos moribundos que as manadas deixam. Os *nilghais* de ombros largos moveram-se em coluna paralela aos Cervos, e os Búfalos selvagens dos pântanos vieram atrás dos *nilghais*.

A menor suspeita seria suficiente para fazer voltar atrás os animais dispersos e desgarrados que pastavam, vagueavam, bebiam e voltavam a pastar. Mas, sempre que ocorria um alarme, surgia alguém para acalmá-los. Uma vez era Ikki, o Porco-Espinho, que trazia notícias de que comida boa podia ser encontrada pouco mais adiante. Outra vez via-se Mang, com gritos de incentivo, voar baixo numa clareira para mostrar que não havia nada a temer. Ou então era Baloo, com a boca cheia de raízes, que caminhava balançando-se ao longo de uma coluna hesitante e, meio brincando, meio ameaçando, fazia-a retomar o caminho correto.

Muitos animais recuaram, fugiram ou desistiram de continuar, porém a maioria decidiu ir adiante. Cerca de dez dias mais tarde a situação era esta: os Cervos, os Javalis e os *nilghais* concentravam-se num círculo de treze a dezessete quilômetros de raio, enquanto os Comedores de Carne travavam escaramuças nas bordas. No centro do círculo ficava a aldeia ao redor da qual as colheitas amadureciam. No meio das colheitas faziam a guarda homens sentados no que eles chamam de *machans* — plataformas semelhantes a pombais, feitas de tábuas postas em cima de quatro estacas —, para espantar os pássaros e outros ladrões. Então não era mais necessário atrair os Cervos, porque os Comedores de Carne estavam logo atrás deles e os forçaram a andar sempre para a frente e para o centro.

Foi numa noite escura que Hathi e os três filhos se esgueiraram fora do Jângal e arrancaram com a tromba as estacas dos *machans*. Estas caíram como caules quebrados de cicuta em flor, enquanto os homens projetados no chão ouviam o bramir surdo dos elefantes. Então a vanguarda dos exércitos de cervos apavorados precipitou-se nas pastagens e nos campos arados da aldeia. O Javali fuçador, de casco cortante, acompanhava-os, e o que o Cervo deixava de pé ele devastava. De tempos em tempos um alarme de lobos assustava as manadas, que corriam desesperadamente para todos os lados, pisoteando a cevada nova e destruindo os diques dos canais de irrigação. Antes de despontar a aurora, a pressão sobre a parte externa do círculo diminuiu num ponto. Os Comedores de Carne retiraram-se e deixaram aberta uma passagem em direção ao sul, pela qual os gamos escapavam em bandos. Outros animais, mais ousados, permaneciam nas moitas, para terminar a refeição na noite seguinte.

Mas o trabalho estava praticamente feito. Quando os aldeões, já de dia, olharam os campos, viram suas colheitas perdidas. Significava a morte para eles se não fossem embora, pois viviam de um ano para outro tanto mais ameaçados pela fome quanto mais perto deles ficava o Jângal. Quando os

Búfalos famintos foram mandados para o pasto, ao encontrarem as pastagens destruídas pela passagem dos Cervos, dispersaram-se pelo Jângal e se juntaram aos companheiros selvagens. E, ao cair do crepúsculo, três ou quatro pôneis que pertenciam à aldeia jaziam mortos nas estrebarias, com a cabeça esmagada. Só Bagheera podia ter assentado patadas como aquelas e só a Bagheera podia ter ocorrido a ideia insolente de arrastar suas carcaças para o meio da rua.

Os aldeões não tiveram coragem de acender fogueiras nos campos naquela noite. Assim, Hathi e os três filhos foram colhendo o que restava. E onde Hathi colhe é inútil voltar a pôr o pé. Os homens decidiram viver do trigo reservado para as sementes até chegarem as chuvas e depois procurar trabalho como empregados enquanto não conseguissem refazer-se do ano perdido. Mas, no momento em que o negociante de grãos pensava em seus cestos cheios de trigo e calculava o preço que poderia obter com a venda, as presas afiadas de Hathi começavam a arrancar um canto de sua cabana de barro e a furar os grandes cestos de vime, cobertos de esterco de vaca, onde a mercadoria preciosa estava guardada.

Quando descobriram essa última perda, foi a vez de o Brâmane falar. Invocou seus deuses, sem receber resposta. Poderia ser, dizia, que os habitantes da aldeia tivessem ofendido involuntariamente algum dos deuses do Jângal, pois não havia dúvida de que o Jângal estava contra eles. Então mandaram buscar o chefe da tribo mais próxima de Gonds Nômades — caçadores pequenos, espertos e de pele muito escura que viviam no coração do Jângal e cujos antepassados descendiam da raça mais antiga da Índia. Eram os proprietários aborígines da terra. Ofereceram ao Gond a melhor acolhida com o pouco que ainda restava. Ele ficou sobre uma perna só, com o arco na mão e duas ou três flechas envenenadas enfiadas no tufo de cabelos que lhe coroava o crânio, com uma expressão mesclada de pavor e desprezo, diante dos aldeões ansiosos e de seus campos devastados.

Eles queriam saber se os deuses — os deuses antigos — estavam irritados com eles e que sacrifícios convinha oferecer-lhes. O Gond não disse nada, mas apanhou um ramo de *Karela*, a trepadeira que produz o fruto amargo da cabaça silvestre, e o entrelaçou na porta do templo, diante da imagem pintada de vermelho do ídolo indiano de olhos arregalados. Depois fez com a mão um sinal no espaço, em direção à estrada de Khanhiwara, e retornou ao seu Jângal, seguindo com os olhos os animais que o percorriam. Ele sabia que, quando o Jângal se põe em movimento, só os homens brancos são capazes de detê-lo.

Não era preciso perguntar a intenção de seu gesto. A cabaça silvestre ia crescer onde eles haviam adorado o seu deus. Só lhes restava pôr-se a salvo, e quanto antes melhor.

Mas uma aldeia não rompe tão facilmente suas amarras. Seus habitantes permaneceriam ali enquanto restassem alguns alimentos de verão. Tentaram apanhar nozes no Jângal, porém olhos em chamas os espiavam, sombras se moviam diante deles em pleno meio-dia, e quando, amedrontados, voltavam correndo às paredes de suas cabanas, no tronco das árvores ao lado das quais tinham passado somente cinco minutos antes a casca pendia em tiras, arrancada pelas garras de uma pata poderosa.

Quanto mais se trancavam na aldeia, mais atrevidas se tornavam as criaturas selvagens que saltavam e mugiam nos pastos à beira do Waingunga. Não tinham tempo de reerguer nem de consertar as paredes dos fundos de seus estábulos vazios que davam para o Jângal, pois os Javalis as destruíam de novo. As trepadeiras de raízes nodosas precipitavam-se atrás deles, estreitando em seu abraço o terreno que acabavam de conquistar, seguidas pelo capim espesso e pontudo, como as lanças de um exército de duendes que perseguisse o inimigo em retirada.

Os homens solteiros foram os primeiros a fugir, espalhando perto e longe a notícia de que a aldeia estava condenada. Quem poderia lutar contra o Jângal, diziam eles, ou os deuses do Jângal, quando até a Cobra da aldeia abandonara a cova debaixo da plataforma, à sombra da figueira? O pequeno comércio que mantinham com o mundo externo ia se reduzindo à medida que se extinguiam as trilhas batidas através da clareira. Por fim, os barridos de Hathi e dos três filhos pararam de perturbá-los à noite, porque não havia mais nada para destruir. As colheitas em cima da terra e as sementes debaixo dela tinham desaparecido igualmente. Os campos mais distantes já perdiam sua forma. Era tempo de ir a Khanhiwara contar com a caridade dos ingleses.

Segundo o costume dos nativos, adiaram a partida de um dia para outro. Logo as primeiras chuvas os surpreenderam e os tetos ao abandono deram passagem a torrentes de água. As terras destinadas às pastagens foram inundadas até o tornozelo e toda a vegetação renasceu exuberante depois dos calores do verão. Então homens, mulheres e crianças puseram-se a andar na lama, debaixo da chuva quente e cegante da manhã, e se voltaram, num impulso natural, para lançar um olhar de adeus às suas casas.

Quando a última família passava as portas da aldeia, retardada pelos fardos pesados, ouviu-se o estrépito de vigas e tetos de palha ruindo atrás dos muros. Viram então uma tromba brilhante, escura, parecida com uma serpente, erguer-se por um momento e espalhar as palhas encharcadas. Ela desapareceu e ouviu-se novo estrondo seguido por um barrido furioso. Hathi acabava de arrancar os tetos das cabanas como se colhem nenúfares na água e foi espetado por uma viga que caía. Só precisava disso para desencadear toda a sua força, pois, de todos os animais do Jângal, o Elefante Selvagem é o que mais destrói quando está enfurecido. Deu uma patada numa parede de barro, que se esboroou com o golpe e se transformou em lama amarela sob as torrentes de chuva. Em seguida girou sobre si mesmo e lançou-se pelas ruas estreitas barrindo, apoiando-se nas cabanas à direita e à esquerda, destroçando as portas vacilantes e demolindo os tetos, enquanto os três filhos se enraiveciam atrás dele, como em outro tempo, na Destruição dos Campos de Bhurtpore.

— O Jângal vai engolir estes restos — disse uma voz calma entre os destroços. — Agora é preciso deitar abaixo o muro externo.

Mowgli, enquanto a chuva escorria-lhe nos ombros e braços nus, saltou de um muro que estava caindo como um búfalo cansado.

— Cada coisa a seu tempo — bufou Hathi. — Ah, em Bhurtpore minhas presas estavam vermelhas. Contra o muro externo, meus filhos! Com a cabeça! Todos juntos! Agora!

Os quatro empurraram lado a lado. O muro externo balançou, rachou e caiu. Os aldeões, mudos de horror, viram as cabeças ferozes sujas de lama dos devastadores aparecerem pelas brechas. Então fugiram, sem teto e sem alimento, vale abaixo, enquanto a aldeia, feita em pedaços, revolvida e pisoteada, desmanchava-se atrás deles.

Um mês depois, o lugar era um outeiro cheio de covas, coberto de vegetação tenra, verde e nova. E, no fim das chuvas, o Jângal rugia exuberante onde seis meses antes o arado revolvia a terra.

A CANÇÃO DE MOWGLI CONTRA OS HOMENS

Soltarei contra vocês as trepadeiras de pés velozes.
Chamarei o Jângal para acabar com suas linhas.
Os tetos desabarão diante de vocês,
As vigas de suas casas cairão
E o *Karela*, o *Karela* amargo,
Cobrirá tudo.

Às portas destes seus conselhos meu povo cantará,
Nas soleiras de seus celeiros os Morcegos se pendurarão.
A serpente montará guarda
Nas suas lareiras abandonadas,
Porque o *Karela*, o *Karela* amargo,
Dará frutos onde vocês dormiram.

Não verão os meus golpes, só os ouvirão e imaginarão.
À noite, antes que a lua se levante, mandarei cobrar meu [imposto
E o lobo será o seu pastor
Perto de um marco divisório removido,
Porque o *Karela*, o *Karela* amargo
Germinará onde vocês amaram.

Colherei em seus campos antes de vocês com minhas hordas.
Seguirão meus ceifeiros colhendo o pão que está perdido
E os cervos serão seu gado
Num campo não cultivável,
Porque o *Karela*, o *Karela* amargo,
Cobrirá com suas folhas os lugares onde vocês construíram.

Soltei contra vocês as trepadeiras de pés nodosos,
Mandei o Jângal invadir seus limites.
As árvores reinarão em seus prados.
As vigas de suas casas cairão
E o *Karela*, o *Karela* amargo,
Cobrirá tudo.

Os Cães Vermelhos*

Pelas nossas noites límpidas e belas,
Pelas noites de corrida rápida,
Das belas incursões ao longe,
Da boa caçada, da astúcia segura.

Pelos aromas puros da aurora,
Antes que o orvalho desapareça.
Pelos galopes na névoa e pela presa que foge às cegas.
Pelos gritos de nossos companheiros
Quando o *Sambhur* se vira e espera na defensiva.

Pelos riscos e tumultos da noite.
Pelo sono diurno na entrada da toca.
É a caçada, e vamos para a luta.
Ladrem! Ladrem!

Foi após a invasão do Jângal que começou o período mais agradável da vida de Mowgli. Tinha a paz de consciência que provém do ajuste de contas. Todo o Jângal era seu amigo, pois sentia um pouco de medo dele. As coisas que fez, viu e ouviu, vagando de um povo para outro, com ou sem os quatro companheiros, dariam assunto para muitas histórias tão longas quanto esta. Assim, o leitor nunca saberá como escapou do Elefante enfurecido de Mandla, o qual matou vinte e dois bois que puxavam onze carros de moedas de prata destinados ao Tesouro do governo e espalhou na poeira as rupias cintilantes; nem como combateu Jacala, o Crocodilo, numa noite longa, nos pântanos do

* Do original inglês "*Red Dog*", conto integrante do livro *The Second Jungle Book.*

norte, e quebrou sua faca de caça nas escamas do monstro; nem como encontrou outra faca, nova e mais comprida, no pescoço de um homem que tinha sido morto por um javali feroz, e como perseguiu o javali e o matou como preço justo pela faca; nem como, durante a Grande Fome, foi surpreendido entre os rebanhos de Cervos que emigravam e quase esmagado por eles; nem como salvou Hathi, o Silencioso, de ser capturado numa cova com uma estaca afiada no fundo; nem como, no dia seguinte, caiu ele mesmo numa armadilha engenhosamente dissimulada para leopardos, e como Hathi quebrou os grandes troncos de madeira que se amontoaram em cima dele; nem como ordenhou as búfalas bravias nos pântanos; nem como...

Mas é preciso contar uma história de cada vez.

Pai Lobo e Mãe Loba haviam morrido, e Mowgli rolara uma pedra grande para a boca da caverna e cantara sobre eles o Canto da Morte. Baloo ficara muito velho e mal podia andar, e até Bagheera, cujos nervos eram de aço e os músculos de ferro, parecia mais lenta para matar. Akela, por causa da idade, mudara do cinza para o branco de leite. Tinha as costelas salientes, caminhava como se fosse de madeira e Mowgli caçava para ele. Mas os lobos jovens, os filhos da Alcateia dispersa de Seoni, cresciam e se multiplicavam. Quando atingiram o número de quarenta, todos de cinco anos, sem comando, com voz cheia e patas sem pelo, Akela disse a eles que deviam juntar-se, obedecer à Lei e correr sob as ordens de um chefe, como convinha ao Povo Livre.

Mowgli não estava diretamente interessado nesse assunto, pois, como ele mesmo dizia, já havia comido frutas azedas e conhecia as árvores de onde pendiam. Mas quando Fao, filho de Faona (seu pai, nos tempos de chefia de Akela, era o indicador de pistas), conquistou numa série de lutas o direito de conduzir a Alcateia segundo a Lei do Jângal, e, quando as velhas convocações e cantos ressoaram novamente debaixo das estrelas, Mowgli, recordando-se do passado, voltou à Roca do Conselho. Quando queria falar, a Alcateia esperava que ele terminasse e seu lugar na Roca era ao lado de Akela, acima de Fao. Foram dias de boas caçadas e bom sono.

S. Tresilian

Nenhum estranho ousava penetrar nas florestas que pertenciam ao povo de Mowgli, como chamavam a Alcateia. Os lobos jovens tornavam-se gordos e fortes, e traziam muitos filhotes para a inspeção. Mowgli não faltava a nenhuma cerimônia de inspeção, pois se lembrava da noite em que uma Pantera-Negra comprara para a Alcateia uma criança morena e nua, e o longo apelo "Olhem, olhem bem, Lobos!" fazia pulsar seu coração. No resto do tempo embrenhava-se no Jângal com os quatro irmãos, para conhecer, tocar, ver e sentir coisas novas.

Uma tarde, no crepúsculo, enquanto caminhava sem pressa pelas colinas para trazer a Akela metade de um gamo que havia caçado, com os quatro lobos nos calcanhares, lutando um pouco, fazendo travessuras e rolando um sobre o outro por pura alegria de viver, Mowgli percebeu um grito que não tinha ouvido desde os tempos tristes de Shere Khan. Era o que chamam no Jângal de *Pheeal*, espécie de guincho sinistro que o chacal solta quando caça seguindo um tigre ou quando há caça graúda em vista. O leitor imagine um misto de ódio, triunfo, medo e desespero, com um grito estridente de escárnio, e terá uma ideia pálida do *Pheeal*, que se ergueu, baixou, oscilou e vibrou ao longe, do outro lado do Waingunga. Os Quatro pararam imediatamente, rosnando e com o pelo arrepiado. A mão de Mowgli dirigiu-se para a faca e se deteve. O sangue afluiu ao seu rosto e as sobrancelhas se contraíram.

— Nenhum Listrado ousaria vir caçar aqui — disse.

— Esse não é o grito do batedor do tigre — respondeu Irmão Cinzento. — Trata-se de caça graúda. Ouça!

O grito ressoou de novo, meio soluçante, meio zombador, como se o chacal tivesse lábios flexíveis como o homem. Mowgli respirou fundo e correu para a Roca do Conselho, adiantando-se no caminho aos lobos da Alcateia que chegavam com pressa. Fao e Akela estavam sentados juntos sobre a Roca e, abaixo deles, com os nervos tensos, viam-se os outros. As mães e os lobinhos voltavam rápido para suas tocas, porque, quando o uivo do *Pheeal* ecoa, não convém que os fracos fiquem fora.

Não se ouvia mais nada além do murmúrio do Waingunga na escuridão e das brisas do entardecer entre as copas das árvores, quando, de repente, do outro lado do rio, elevou-se o uivo de um lobo. Não era lobo da Alcateia, porque esses estavam todos reunidos na Roca. O uivo foi adquirindo um tom de desespero.

— *Dhole!*[1] — proferia gemendo. — *Dhole*! *Dhole*! *Dhole*!

Passados alguns minutos, ouviu-se um ruído de passos cansados entre as rochas e um lobo magro, com os flancos estriados de sangue, a pata direita dianteira imprestável e a boca branca de espuma, lançou-se no meio do círculo e veio deitar-se, ofegante, aos pés de Mowgli.

---

[1] Espécie de cão selvagem feroz do sul da Ásia, que vive em bandos altamente gregários.

— Boa caçada! A que Alcateia pertence? — indagou Fao com gravidade.

— Boa caçada! Sou Won-tolla — foi a resposta.

Queria dizer que era um lobo solitário, dos que ganham a vida para si, para a companheira e para os filhotes, no fundo de uma caverna isolada, como fazem muitos lobos do sul. Won-tolla significa independente, um lobo que não pertence a nenhuma Alcateia. Respirava com dificuldade e seu coração batia com tanta força que seu corpo sacudia-se da cabeça aos pés.

— Quem está andando por aí? — perguntou Fao, porque é a pergunta que todo o Jângal faz, depois do *Pheeal*.

— O *dhole*, o *dhole* do Decão,[2] o Cão Vermelho, o Matador! Subiram do sul para o norte, dizendo que o Decão está vazio e matando tudo em sua passagem. Na lua nova éramos cinco: minha companheira, eu e três filhotes. Ela ensinava-lhes a caçar nas planícies, a esconder-se para abater o gamo, como fazemos os que caçamos em campo aberto. À meia-noite ouvi que ainda estavam juntos, ladrando com grande alarido na trilha. Quando a brisa da manhã soprou, encontrei-os rígidos na relva, os quatro, Povo Livre, os quatro que eu tinha na lua nova! Então fiz uso do Direito de Sangue e encontrei os *dholes*.

— Quantos eram? — perguntou Mowgli de pronto, enquanto a Alcateia rosnava raivosamente.

— Não sei. Três deles não matarão mais. Mas, no fim, eles me perseguiram como a um gamo, forçado a correr sobre três patas. Veja, Povo Livre!

Estendeu a pata mutilada, escurecida pelo sangue coagulado. Trazia, além disso, mordidas cruéis nos flancos e feridas no pelo dilacerado do pescoço.

— Coma — disse Akela, deixando a carne que Mowgli trouxera para ele.

O Forasteiro lançou-se imediatamente sobre ela.

---

[2] Planalto que se estende pela maior parte do território centro-sul do subcontinente indiano.

— Esta oferta não será perdida — respondeu humildemente, quando satisfez um pouco a fome. — Restaure-me as forças, Povo Livre, e também matarei. Minha caverna, que estava cheia quando era lua nova, agora está vazia, e a Dívida de Sangue ainda não foi inteiramente paga.

Fao ouviu seus dentes estalarem num fêmur e rosnou com ar de aprovação.

— Vamos precisar dessas mandíbulas. Os filhotes dos *dholes* estavam com eles?

— Não, não. Todos eram caçadores vermelhos, cães adultos da Alcateia, grandes e fortes, embora no Decão só se alimentem de lagartos.

O que Won-tolla contou significava que o *dhole*, o Cão Vermelho, o cão-caçador do Decão, pusera-se em movimento para matar, e os lobos sabiam que até o tigre abandona para os *dholes* sua presa fresca. Eles caçam correndo em linha reta pelo Jângal, abatendo e fazendo em pedaços tudo o que encontram. Embora não tenham o tamanho de um lobo nem sejam tão astutos como ele, são muito fortes e em grande número. Os *dholes*, por exemplo, só começam a chamar-se um bando quando se reúnem cem, enquanto quarenta lobos já formam uma Alcateia respeitável. As corridas errantes de Mowgli o tinham levado à beira das altas esplanadas cheias de relva do Decão, e vira os *dholes* dormir, brincar e coçar-se sem temor entre as pequenas covas e as moitas que utilizam como tocas. Desprezava-os e os odiava porque não tinham o mesmo cheiro do Povo Livre, porque não viviam em cavernas e, sobretudo, porque tinham pelo entre os dedos da pata, enquanto os pés dele e de seus amigos eram limpos. Mas sabia, pois Hathi lhe havia dito, que coisa terrível é um bando de *dholes* quando caça. O próprio Hathi afasta-se do seu caminho. E, até que sejam todos mortos, ou a caça se torne rara, seguem sempre em frente.

Akela também devia saber alguma coisa sobre os *dholes*, porque disse em voz baixa a Mowgli:

— É melhor morrer no meio da Alcateia que sem chefe e sozinho. Esta será uma bela caçada, e também a última em que tomarei parte. Mas, no tempo que dura a vida do homem, você ainda terá muitas noites e muitos dias à sua frente, Irmãozinho. Vá para o norte, fique por lá e, se algum de nós ainda estiver vivo depois da passagem dos *dholes*, levar-lhe-á notícias do resultado da luta.

— Ah! — disse Mowgli muito sério —, devo então ir para os pântanos apanhar peixes pequenos e dormir numa árvore, ou devo pedir ajuda aos *Bandar-log* e trincar nozes, enquanto a Alateia combate embaixo?

— É uma luta de morte — respondeu Akela. — Você nunca enfrentou o *dhole*, o Matador Vermelho. Até mesmo o Listrado...

— *Aowa! Aowa!* — exclamou Mowgli um pouco aborrecido. — Já matei um listrado e estou certo de que Shere Khan deixaria sua própria companheira como pasto para os *dholes*, se tivesse pressentido o cheiro de um bando deles a três montanhas de distância. Agora ouça. Tive um lobo como pai e uma loba como mãe, e também um velho lobo cinzento (não muito sábio e agora branco de velhice) como pai e mãe ao mesmo tempo. Por isso digo — e ergueu a voz —, digo que, quando os *dholes* vierem, se vierem, Mowgli e o Povo Livre são da mesma raça para esta caçada. E afirmo pelo Touro que me comprou, pelo Touro que Bagheera pagou por mim nos velhos tempos que vocês da Alcateia esqueceram. Digo para que as Árvores e o Rio ouçam e se lembrem, se eu esquecer. Digo que esta faca será para a Alcateia como um dente, e me parece que ela está bem afiada. Esta é a Palavra que eu tinha para dizer e que não me pertence mais.

— Você não conhece os *dholes*, homem que fala como os lobos — gritou Won-tolla. — Quero somente pagar a Dívida de Sangue que tenho com eles, antes que me façam em pedaços. Os *dholes* avançam lentamente, matando tudo em seu caminho. Mas, em dois dias, recuperarei um pouco as forças e retornarei para saldar a Dívida de Sangue. Quanto a vocês, Povo Livre, aconselho-os a ir para o norte e contentar-se com pouco durante certo tempo, até que os *dholes* tenham passado. Não há nada a ganhar nesta caçada.

— Ouçam o Forasteiro! — exclamou Mowgli, rindo. — Povo Livre, devemos ir para o norte viver de lagartixas e ratos, com medo de tropeçar nos *dholes*! Teremos de deixar que matem tudo em nosso território de caça, enquanto nos escondemos no norte, até que eles queiram restituir o que nos pertence. O *dhole* é um cão, um filhote de cão, vermelho, de barriga amarela, sem toca e com pelo entre cada dedo da pata. Suas ninhadas são de seis a oito de cada vez, como as do Chikai, o pequeno rato saltador. Sem dúvida temos de fugir, Povo Livre, e ir mendigar os restos das presas mortas dos povos do norte. Vocês conhecem o ditado: "No norte, os parasitas; no sul, os piolhos". *Nós* somos o Jângal. Escolham, escolham. É uma bela caçada! Em nome da Alcateia, de toda a Alcateia, em nome do covil e da ninhada, pela caça daqui e de outros lugares, pelo lobo que guia a companheira e os filhotes na caverna, está decidido: lutaremos!

A Alcateia respondeu com um uivo profundo, cujo estrondo ressoou na noite como a queda de uma árvore.

— Está decidido! Lutaremos! — gritaram todos.

— Fiquem com eles — ordenou Mowgli aos quatro companheiros. — Vamos precisar de todos os dentes. Fao e Akela farão os preparativos para a batalha. Eu vou contar os cães.

— Será a sua morte! — exclamou Won-tolla, erguendo-se pela metade. — O que pode fazer essa criatura, que nem pelo tem, contra os Cães Vermelhos? Até o Listrado, lembre-se...

— Você é realmente de outro lugar — interrompeu Mowgli. — Conversaremos quando os *dholes* estiverem mortos. Boa caçada para todos!

Mowgli mergulhou apressadamente na escuridão, presa de tal excitação que mal olhava onde punha os pés. A consequência natural foi que tropeçou e caiu ao comprido sobre os grandes anéis de Kaa, num lugar onde a serpente píton espreitava uma trilha de cervos, à beira do rio.

— *Kssha!* — silvou Kaa, irritada. — É digno de alguém do Jângal correr fazendo tanto barulho com os pés e deitar a perder assim a caçada de uma noite inteira, quando a caça prometia ser tão boa?

— A culpa foi minha — admitiu Mowgli, levantando-se. — Era justamente você que eu procurava, Cabeça Chata, mas toda vez que nos encontramos está mais grossa e com

Eduardo Feito

um braço meu a mais de comprimento. Não existe no Jângal ninguém como você: sábia, venerável, forte, a mais bela Kaa.

— Aonde quer chegar com *esses* elogios? — A voz de Kaa tornou-se mais amável. — Não faz uma lua, um Homenzinho armado com uma faca atirava pedras em minha cabeça e me provocava com insultos dignos de um gato selvagem porque eu dormia ao relento.

— Sim, e espantou para os quatro ventos os cervos que Mowgli perseguia. E a mesma Cabeça Chata tinha o ouvido muito duro para ouvir Mowgli silvar e pedir para deixar o caminho livre — respondeu Mowgli com muita calma, sentando-se entre os anéis de várias cores.

— Agora esse mesmo Homenzinho vem com palavras melosas e aduladoras para esta Cabeça Chata, dizendo que é sábia, forte e bela, e ele acaba acreditando e faz um lugar, assim, para esse Homenzinho que atirava pedras nela, e... Está à vontade agora? Bagheera pode oferecer-lhe um lugar tão cômodo para descansar?

Como de costume, Kaa formara uma espécie de rede macia debaixo do peso de Mowgli. Tateando na escuridão, o menino encolheu-se na curva flexível do pescoço que parecia um cabo, até que a cabeça de Kaa descansasse em seu ombro. Então contou para ela tudo o que acontecera no Jângal naquela noite.

— Sábia posso ser — observou Kaa no fim do relato —, mas surda sou com certeza. Senão teria ouvido o *Pheeal*. Não admira que os comedores de erva estejam agitados. Quantos são os *dholes*?

— Ainda não vi. Vim correndo para encontrá-la. Você é mais velha que Hathi. Mas ah! Kaa — aqui Mowgli vibrou de alegria —, que bela caçada será! Poucos de nós verão outra lua.

— *Você* também vai tomar parte nisso? Lembre-se de que é homem e a Alcateia o rejeitou. Deixe que o lobo ajuste suas contas com o cão. *Você* é homem.

— As nozes do ano passado são terra preta este ano — replicou Mowgli. — É verdade que sou homem, mas creio ter dito esta noite que sou lobo. As Árvores e o Rio são minhas testemunhas. Pertenço ao Povo Livre, Kaa, até que os *dholes* tenham passado.

— Povo Livre! — resmungou Kaa. — Ladrões livres! E você se ligou a eles por um nó de morte, em memória de lobos que não existem mais. Esta não é uma boa caçada.

— Dei minha palavra. As Árvores sabem, o Rio também sabe. Enquanto os *dholes* não passarem, minha palavra não voltará para mim.

— *Ngssh!* Se é assim, as coisas mudam de figura. Pensei em levá-lo comigo aos pântanos do norte, mas palavra dada, mesmo a palavra de um filhote de homem nu, sem pelo, é palavra dada. Agora eu, Kaa, digo...

— Reflita bem, Cabeça Chata, antes de se ligar você também pelo nó da morte. Não preciso que me dê sua palavra, pois sei bem que...

— Assim seja — replicou Kaa. — Não lhe darei minha Palavra. Mas o que pretende fazer quando os *dholes* vierem?

— Eles devem atravessar o Waingunga a nado. Pensei em esperá-los com a faca na mão nos lugares mais rasos, com a Alcateia atrás de mim. E assim, a facadas e a mordidas, poderemos desviá-los rio abaixo, ou refrescar um pouco suas gargantas.

— Os *dholes* não se desviam de seu caminho e têm as gargantas quentes — respondeu Kaa. — Não haverá Homenzinho nem filhotes de lobo quando a caçada terminar, mas somente ossos secos.

— *Alala!* Se tivermos de morrer, morreremos. Será uma caçada muito boa. Mas meu coração é jovem e não vi muitas chuvas. Não sou sábio nem forte. Tem um plano melhor, Kaa?

— Vi centenas e centenas de chuvas. Hathi ainda não tinha perdido suas presas de leite e meu rasto já era grande na poeira. Pelo Primeiro Ovo! Sou mais velha que muitas árvores e vi tudo o que o Jângal fez.

— Mas *esta* é uma caçada nova — disse Mowgli. — Nunca antes os *dholes* cruzaram nosso caminho.

— O que acontece já aconteceu. O que será não é nada mais que um ano esquecido lá atrás. Fique quieto enquanto conto meus anos.

Durante uma longa hora Mowgli ficou deitado entre os anéis, enquanto Kaa, com a cabeça imóvel rente ao chão, lembrava tudo o que tinha visto e conhecido desde o dia em que saíra do ovo. A luz parecia desvanecer-se em seus olhos, tornando-os semelhantes a opalas velhas. E, de tempos em tempos, ela assentava pequenos golpes com a cabeça à direita e à esquerda, como se estivesse caçando em sonho. Mowgli cochilava tranquilamente, pois sabia que não há nada melhor do que dormir antes de ir caçar, e podia pegar no sono a qualquer hora do dia ou da noite.

Depois sentiu Kaa alongar-se e inchar debaixo dele. A serpente enorme se dilatava, silvando com o ruído de uma espada que sai de uma bainha de aço.

— Repassei todas as estações mortas — disse Kaa, por fim —, e as grandes árvores, os velhos elefantes e as rochas que eram nuas e ásperas antes que o musgo viesse crescer nelas. *Ainda* está vivo, Homenzinho?

— A lua acaba de desaparecer — respondeu Mowgli. — Não entendo...

— *Hssh!* Volto a ser Kaa. Eu sabia que só havia passado pouco tempo. Agora vamos ao rio e lhe mostrarei o que deve ser feito contra os *dholes*.

A serpente dirigiu-se em linha reta como flecha para a corrente principal do Waingunga e mergulhou pouco acima da água que cobria a Roca da Paz, sempre com Mowgli ao seu lado.

— Não, não nade. Vou deslizar rapidamente. Suba em minhas costas, Irmãozinho.

Mowgli ajeitou o braço esquerdo em volta do pescoço de Kaa, deixou o braço direito cair ao longo do corpo e juntou os pés esticados. Então Kaa pôs-se a subir a corrente como só ela podia fazer, e a água da onda levantada formou uma espécie de renda de espuma em volta do pescoço de Mowgli, enquanto seus pés balançavam-se no remoinho provocado pelos flancos da serpente. Um quilômetro e meio ou dois acima da Roca da Paz, o Waingunga se estreita numa garganta de paredes de mármore com vinte e cinco a trinta metros de altura, e a corrente desliza como por um canal de moinho por cima e pelo meio de todos os tipos de pedras ameaçadoras.

Mowgli, porém, não se preocupava com aquilo. Nenhuma água no mundo poderia amedrontá-lo por um momento sequer. Examinava as paredes da garganta e farejava o ar com apreensão, porque sentia um cheiro azedo e adocicado, parecido com o de um grande formigueiro em dia quente. Instintivamente abaixou-se na água, só levantando a cabeça de vez em quando para respirar, e Kaa veio lançar a âncora, com dupla torção da cauda, em volta de uma rocha submersa, sustendo Mowgli no oco de um anel, enquanto a água corria impetuosa.

— Esta é a morada da Morte! — exclamou o rapaz. — Por que viemos aqui?

— Elas dormem — respondeu Kaa. — Hathi não se desvia para evitar o Listrado, mas Hathi e o Listrado evitam os *dholes* e, segundo dizem, nada afasta os *dholes* do seu caminho. Entretanto, para quem o Povo Pequeno das Rocas daria passagem? Diga-me, Senhor do Jângal, quem é o Senhor do Jângal?

— Elas — sussurrou Mowgli. — Esta é a morada da Morte. Vamos embora.

— Não, observe bem, porque elas estão dormindo. Nada mudou desde o tempo em que eu não tinha ainda o comprimento de seu braço.

As rochas rachadas e corroídas daquela garganta do Waingunga serviam, desde o começo do Jângal, de morada para o Povo Pequeno das Rocas, para as abelhas negras selvagens da Índia, sempre atarefadas e ferozes. E, como Mowgli sabia muito bem, todo rasto desviava num raio de oitocentos metros daquele ponto. Havia séculos o Povo Pequeno fixara-se ali, formando enxames de fenda em fenda, sem se cansar de construir novas colmeias. Vestígios de mel seco manchavam o mármore branco, enquanto altos, profundos e pretos, os favos sobrepunham-se na escuridão das grutas. Nem homem, nem animal, nem fogo, nem água as molestaram jamais.

A garganta, em todo o seu comprimento, parecia coberta dos dois lados por cortinas cintilantes de veludo negro. Mowgli, ao vê-las, mergulhou na água, pois eram milhões de abelhas que dormiam. Havia também massas informes, festões e outras formas penduradas na rocha que pareciam troncos de árvores podres. Eram favos velhos dos anos anteriores, ou colônias novas construídas à sombra da garganta protegida dos ventos. Massas enormes de detritos esponjosos e podres haviam rolado e permaneciam suspensas entre as árvores e trepadeiras que aderiam à superfície rochosa. Mowgli ouviu mais de uma vez o murmúrio e o deslizamento dos favos cheios de mel que se desprendiam e caíam em alguma parte nas galerias escuras, e depois o alvoroço de asas irritadas e o gotejamento monótono do mel perdido escorrendo até chegar à beira de uma saliência ao ar livre e pingando lentamente entre os galhos pequenos.

Num lado do rio havia uma pequena praia, com menos de um metro e meio de largura, onde os detritos de inumeráveis anos se acumularam. Ali se encontravam abelhas mortas, zangãos, favos vazios, asas de mariposas saqueadoras que se perderam atraídas pelo mel, tudo amontoado formando um finíssimo pó negro. Só o cheiro desagradável daqueles restos era suficiente para espantar qualquer ser que não tinha asas e não sabia o que era o Povo Pequeno.

Kaa subiu de novo a corrente até chegar a um banco de areia na entrada da garganta.

— Aqui está a caça desta estação — disse. — Veja!

À beira do rio jaziam os esqueletos de um casal de cervos novos e de um búfalo. Mowgli verificou que nem lobo nem chacal havia tocado nos ossos, que estavam em posição natural sobre o solo.

— Ultrapassaram a linha. Não conheciam a Lei, e o Povo Pequeno os matou — murmurou Mowgli. — Vamos embora antes que elas acordem.

— Não despertam antes do amanhecer — observou Kaa. — Agora vou contar-lhe uma história. Há muitas e muitas chuvas, um gamo perseguido veio do sul até aqui. Não conhecia o Jângal e uma Alcateia grudava em seus calcanhares. Cego de terror, saltou no rio. A Alcateia seguia-o com a vista, correndo obstinadamente atrás dele, sem prestar atenção para onde ia. O sol estava alto e o Povo Pequeno reunia-se numeroso e demonstrava grande irritação. Foram muitos os da Alcateia que saltaram no Waingunga, mas já estavam mortos ao tocarem a água. Os que não saltaram também morreram sobre as rochas. Só o gamo ficou vivo.

— Como?

— Porque chegou primeiro, correndo para salvar a vida, e saltou antes que o Povo Pequeno estivesse alerta, e porque já se encontrava no rio quando elas se juntaram para matar. Mas a Alcateia que vinha atrás se perdeu completamente sob o peso do Povo Pequeno.

— O gamo ficou realmente vivo? — repetiu Mowgli, devagar.

— Pelo menos não foi *então* que ele morreu, embora ninguém o esperasse, ao cair, para recebê-lo sobre um corpo vigoroso que o protegesse da violência da água, como certa Cabeça Chata velha, gorda, surda e amarela esperaria um Homenzinho... sim, mesmo que todos os *dholes* do Decão estivessem em seu rasto. O que acha disso?

A cabeça de Kaa repousava perto do ouvido de Mowgli. Passou algum tempo antes que o menino respondesse.

— É como puxar os bigodes da Morte, mas, Kaa, você é, na verdade, a mais sábia de todos no Jângal.

— Muitos disseram isso. Agora preste atenção. Se os *dholes* o seguirem...

— Com certeza vão me seguir. Ah! Ah! Tenho muitos espinhos pequenos debaixo da língua para fincar na pele deles.

— Se o seguirem furiosos e cegamente, sem olhar para nenhum lado, a não ser para seus ombros, aqueles que não morrerem lá em cima cairão na água aqui ou mais embaixo, pois o Povo Pequeno se levantará e os cobrirá. As águas do Waingunga sempre têm fome e eles não contarão com Kaa para mantê-los na superfície. Os que sobreviverem serão arrastados até os lugares mais rasos próximos de Seoni, e ali a sua Alcateia poderá atirar-se em suas gargantas.

— *Ahai! Eowawa!* Melhor que isso só as chuvas na estação de seca. Agora só faltam a corrida pequena e o salto. Vou me apresentar aos *dholes*, de modo que me sigam bem de perto.

— Observou bem as rochas acima de sua cabeça, do lado da terra?

— Não, na verdade. Não me havia ocorrido.

— Vá ver. É terreno podre, irregular e cheio de buracos. Um de seus pés desajeitados colocado sem ver bem onde, e seria o fim da caçada. Ouça. Vou deixá-lo aqui e só por sua causa vou avisar a Alcateia para que saiba onde deve esperar os *dholes*. Quanto a mim, não tenho nada a ver com *nenhum* lobo.

Quando Kaa não gostava de alguém conhecido sabia mostrar-se mais desagradável que qualquer outro habitante do Jângal, a não ser talvez Bagheera. Nadou rio abaixo e, ao chegar diante da Roca, deparou com Fao e Akela, que ouviam os ruídos da noite.

— *Hssh!* Cães — silvou com ar jovial. — Os *dholes* descerão a corrente. Se não tiverem medo, poderão matá-los nas partes mais rasas.

— Quando eles virão? — perguntou Fao.

— E onde está o meu filhote de homem? — acrescentou Akela.

— Virão quando vierem — respondeu Kaa. — Esperem e verão. Quanto ao *seu* filhote de homem, de quem aceitou a Palavra expondo-o assim à morte, *seu* filhote de homem está *comigo* e, se ainda não está morto, não é mérito seu, cão descorado. Espere aqui os *dholes* e alegre-se por lutarmos ao seu lado, o filhote de homem e eu.

Kaa voltou a subir a corrente com rapidez e se deteve de novo no meio da garganta, com os olhos fixos no alto, na linha dos penhascos. Viu logo a cabeça de Mowgli projetar-se contra as estrelas. Em seguida ouviu-se um assobio no ar e o baque nítido e seco de um corpo que caía de pé na água. Um instante mais tarde o menino repousava outra vez entre os anéis do corpo de Kaa.

— Não é difícil saltar à noite — observou Mowgli tranquilamente. — Pulei duas vezes mais alto para me divertir. Mas o lugar lá em cima é ruim, com arbustos baixos e barrocas profundas, cheias de Povo Pequeno. Empilhei pedras grandes na beira de três barrocas. Quando vier correndo, eu as farei rolar para baixo, e o Povo Pequeno se erguerá furioso atrás de mim.

— Esta é uma conversa de homem, e de homem astuto — comentou Kaa. — Você é muito sábio, mas o Povo Pequeno vive *sempre* enfurecido.

— Não, ao anoitecer, todas as asas de perto e de longe descansam algum tempo. Será ao anoitecer que me divertirei com os *dholes*, porque é de dia que eles combatem melhor. Agora estão seguindo o rasto de sangue de Won-tolla.

— Como Chil não abandona um boi morto, os *dholes* não abandonam um rasto de sangue — sentenciou Kaa.

— Então vou dar a eles um rasto novo, feito com seu próprio sangue, se puder, e poeira para comer. Vai ficar aqui, Kaa, até que eu volte com meus *dholes*?

— Sim, mas e se o matarem no Jângal ou o Povo Pequeno o apanhar antes que salte no rio?

— Quando chegar o dia de amanhã, caçaremos para o dia de amanhã — disse Mowgli, citando um provérbio do Jângal. — Quando eu estiver morto, será tempo de cantar o Canto da Morte. Boa caçada, Kaa!

Mowgli largou o braço do pescoço da serpente e desceu a garganta como um tronco numa enchente, dirigindo-se para a margem distante, onde a corrente era menos veloz, e rindo alto de pura felicidade. Não havia nada de que Mowgli gostasse mais, como ele mesmo dizia, que "puxar os bigodes da Morte" e fazer o Jângal saber que ele era o seu senhor. Muitas vezes, com a ajuda de Baloo, roubara ninhos de abelhas em árvores isoladas e sabia que o Povo Pequeno detesta o cheiro do alho silvestre. Por isso colheu um feixe dessa planta e o amarrou com um laço de casca. Depois seguiu o rasto de sangue de Won-tolla, que dos covis corria em direção ao sul, por mais de oito quilômetros, olhando as árvores, com a cabeça inclinada para um lado e rindo enquanto as olhava.

— Já fui Mowgli, a Rã — dizia para si mesmo. — Depois declarei que sou Mowgli, o Lobo. Agora devo ser Mowgli, o Macaco, antes de me tornar Mowgli, o Gamo. No fim serei outra vez Mowgli, o Homem. Oh!

E passou o dedo pela lâmina de sua faca.

S. TRESILIAN

O rasto de Wontolla, marcado por manchas de sangue escuro, penetrava numa floresta cerrada de árvores frondosas que se perdia em direção ao nordeste e se tornava cada vez mais rala até cerca de três quilômetros das Rocas das Abelhas. Da última árvore à vegetação baixa das Rocas das Abelhas estendia-se um espaço livre onde não havia abrigo para esconder um lobo. Mowgli caminhou rapidamente debaixo das árvores, calculando as distâncias de um galho para outro, subindo de tempos em tempos num tronco e experimentando saltar de árvore em árvore, até chegar ao terreno descoberto, que estudou com o maior cuidado durante uma hora. Depois voltou, retomou o rasto de Won-tolla onde o tinha deixado, acomodou-se numa árvore que possuía um galho saliente a cerca de dois metros e meio do solo e permaneceu ali, tranquilamente, afiando a faca na sola dos pés.

Pouco antes do meio-dia, quando o sol estava muito quente, ouviu um ruído de patas no solo e sentiu o cheiro abominável do bando de *dholes* que seguiam implacavelmente o o rasto de Won-tolla. Vistos de cima, os cães vermelhos não pareciam ter metade do tamanho de um lobo. Mowgli, porém, sabia de que força suas patas e mandíbulas eram dotadas. Observou a cabeça pontuda de um cão baio que vinha à frente farejando a pista e gritou:

— Boa caçada!

O animal levantou a cabeça e seus companheiros pararam atrás dele. Eram dezenas e dezenas de cães vermelhos, com rabos pendentes, ombros sólidos, costas mais fracas e bocas sanguinolentas. Os *dholes* são geralmente um povo silencioso e não têm bons modos mesmo em seu Jângal natal. Deviam ser mais de duzentos reunidos abaixo dele, porém Mowgli podia ver que os líderes farejavam ansiosamente a pista de Won-tolla e procuravam arrastar a Alcateia para a frente. Isso não devia acontecer, senão chegariam aos covis em plena luz do dia, e Mowgli queria prendê-los ao redor da árvore até o anoitecer.

— Quem lhes deu permissão para vir aqui? — perguntou.

— Todas as florestas são nossas — foi a resposta.

O *dhole* que a deu mostrou os dentes brancos. Mowgli, do alto da árvore, olhou para ele sorrindo e imitou com perfeição o chio agudo de Chikai, o rato saltador do Decão, dando a entender aos *dholes* que não tinha por eles maior consideração que por Chikai. A Alcateia rodeou o tronco e o chefe latiu cheio de raiva, chamando Mowgli de macaco das árvores. Como resposta Mowgli esticou uma das pernas e retorceu os dedos do pé nu bem em cima da cabeça do chefe. Era mais que o suficiente para despertar em toda a Alcateia um furor cego. Os que têm pelo entre os dedos dos pés não gostam de ser lembrados disso. Mowgli puxou a perna quando o chefe saltava para mordê-lo e disse gentilmente:

— Cão, cão vermelho! Volte ao Decão para comer lagartos. Vá fazer companhia a Chikai, seu irmão, cão, cão, cão vermelho. Há pelo entre todos os dedos de sua pata.

E remexeu os dedos dos pés pela segunda vez.

— Desça daí, ou vai morrer de fome, macaco sem pelo! — urrou a Alcateia.

Era justamente o que Mowgli queria. Deitou-se ao longo do galho, com o rosto apoiado na cortiça e o braço direito livre, e lá de cima disse à Alcateia o que pensava e sabia dela, de seus modos, costumes, fêmeas e filhotes. Não existe no mundo linguagem mais rancorosa e ofensiva que aquela que o Povo do Jângal usa para expressar seu desprezo. Se o leitor pensar por um momento, verá que deve ser assim. Como Mowgli havia dito a Kaa, tinha debaixo da língua muitos espinhos pequenos, e aos poucos, com um cálculo preciso, levou os *dholes* do silêncio aos rosnados, depois aos urros e por fim aos clamores roucos de raiva espumante. Eles tentaram revidar suas provocações, mas era como se um filhote tentasse responder a Kaa em seu furor, e todo o tempo a mão direita de Mowgli apertava o cabo de sua faca, pronta para agir, enquanto seus pés permaneciam presos em volta do galho.

O grande cão baio, chefe da Alcateia, saltara diversas vezes no ar, porém Mowgli não ousava arriscar um golpe em falso. Por fim, com as forças aumentadas pelo furor, o *dhole* pulou a mais de dois metros acima do solo. Então a mão de Mowgli espichou-se como a cabeça de uma serpente que vive nas árvores e o agarrou pela pele do pescoço. O galho sacudiu-se de tal modo com o peso do animal que Mowgli quase foi arrastado ao chão. Mas não soltou a presa e, palmo a palmo, içou até o galho a fera que pendia de sua mão como um chacal afogado. Com a mão esquerda apanhou a faca e cortou-lhe a cauda vermelha peluda. Depois arremessou o *dhole* de volta ao solo.

Não precisava de outra coisa. Os *dholes* não seguiriam mais o rasto de Won-tolla antes de matar Mowgli ou de serem mortos por ele. Viu-os instalarem-se em círculo, com um tremor nas ancas, o que significava que se dispunham a ficar ali. Então subiu para uma forquilha mais alta, encostou confortavelmente as costas e adormeceu.

Acordou três ou quatro horas depois e contou os cães da Alcateia. Estavam todos ali, mudos, com o pelo eriçado, a garganta seca e os olhos frios como o aço. O sol começava a baixar. Em meia hora o Povo Pequeno das Rocas terminaria seu trabalho e, como já foi dito, o *dhole* não combate bem no crepúsculo.

— Eu não precisava de guardas tão fiéis — disse Mowgli polidamente, pondo-se em pé num galho. — Vou me lembrar disso. Vocês são *dholes* verdadeiros, mas, em minha opinião, muito numerosos da mesma espécie. Por esse motivo não devolverei sua cauda ao grande comedor de lagartos. Não está contente, Cão Vermelho?

— Eu mesmo vou arrancar seu estômago — urrou o chefe, arranhando o pé da árvore.

— Sim, mas pense nisto, rato sábio do Decão. Daqui por diante vão nascer muitas ninhadas de pequenos cães vermelhos sem cauda, sim, com toquinhos de carne viva, que arderão quando a areia estiver quente. Volte para casa, Cão Vermelho, e grite que um macaco lhe fez isso. Não quer ir? Então venha comigo e o farei muito sábio.

Mowgli saltou, ao jeito dos *Bandar-log*, para a árvore próxima e desta para a seguinte, depois para outra, seguido pela Alcateia de cabeças famintas levantadas. De vez em quando fingia cair e os *dholes* atropelavam-se uns aos outros em sua pressa de serem os primeiros a matá-lo. Era um espetáculo curioso: o rapaz saltando pelos galhos mais altos, com a faca brilhando à luz do sol que declinava e, embaixo, a matilha silenciosa, com pelagem vermelha e em fogo, que o seguia de perto em grupo compacto.

Ao chegar à última árvore, pegou o alho e com ele esfregou o corpo cuidadosamente, enquanto os cães lançavam uivos de escárnio.

— Macaco com língua de lobo, acha que assim vai esconder seu cheiro? — disseram. — Nós o seguiremos até a morte.

— Tome sua cauda — gritou Mowgli, atirando-a no caminho que acabava de percorrer.

A Alcateia, instintivamente, correu atrás dela.

— E agora sigam-me até a morte.

Deslizou pelo tronco da árvore e correu como o vento, de pés descalços, em direção às Rocas das Abelhas, antes que os *dholes* entendessem o que ia fazer.

Eles soltaram um latido profundo e se lançaram em seu galope paciente e regular que acaba vencendo, no fim, qualquer outra criatura que corre. Mowgli sabia que, em bando, sua velocidade era mais lenta que a dos lobos, senão jamais arriscaria uma corrida de mais de três quilômetros em terreno descoberto. Os *dholes* estavam convencidos de que se apoderariam do menino e ele se sentia seguro de que os controlaria de acordo com sua vontade. Seu único cuidado consistia em manter vivo o furor deles para impedir que abandonassem a perseguição muito cedo. Corria com passo regular, uniforme e com grande elasticidade, enquanto o chefe sem cauda ia a menos de cinco metros de seus calcanhares. O resto da Alcateia vinha atrás ao longo talvez de quatrocentos metros, louco e cego pela fúria do massacre. Assim o menino conservou sua distância, confiando em seu ouvido e reservando o último esforço para a investida sobre as Rocas das Abelhas.

O Povo Pequeno adormecera ao cair do crepúsculo, porque não era a estação das flores que se abrem tarde. Mas, quando as primeiras passadas de Mowgli soaram no solo oco, o menino ouviu um som como se a terra inteira estivesse zumbindo. Então correu como nunca havia corrido em sua vida e deu um pontapé em uma, duas, três pilhas de pedras, atirando-as nas barrocas escuras de onde saía um cheiro doce. Ouviu um ruído forte semelhante ao rugido do mar ao invadir uma caverna, viu com o canto do olho o ar ficar escuro atrás dele e avistou a corrente do Waingunga lá embaixo e, na água, uma cabeça chata em forma de diamante. Saltou, então, recorrendo a toda a sua força, com os dentes do *dhole* sem cauda tentando morder no vazio seu ombro e, de pés juntos, caiu em segurança no rio, triunfante e sem fôlego. Não tinha uma picada no corpo, porque o cheiro do alho manteve o Povo Pequeno a distância nos poucos segundos que esteve entre as abelhas.

Quando reapareceu na superfície da água, os anéis de Kaa o sustinham, enquanto coisas estranhas caíam da beira do penhasco: grandes enxames, ao que parecia, de abelhas amontoadas, que desciam como prumos de sonda. Mas, antes que o enxame tocasse a superfície da água, as abelhas revoavam para cima e o corpo de um *dhole* rodopiava em direção à corrente, que o arrastava. Acima da cabeça, Mowgli e Kaa ouviam uivos curtos de furor abafados por um ruído forte semelhante ao de vagalhões, o zumbido das asas do Povo Pequeno das Rocas.

Alguns *dholes* também caíram nas aberturas que se comunicavam com as cavernas subterrâneas, e ali se debatiam asfixiados e mordiam o vazio entre os favos de mel tombados. No fim eram levantados, mesmo quando já estavam mortos, pelas ondas de abelhas que se erguiam debaixo deles, e atirados num buraco no rio, indo rolar sobre montes de restos negros. Outros deram um salto muito curto e caíram entre as árvores dos penhascos, e as abelhas cobriam o corpo deles até fazer seu vulto desaparecer. Mas a maioria deles, enlouquecida pelas picadas, atirou-se no rio e, como Kaa havia dito, as águas do Waingunga estão sempre com fome.

Kaa manteve Mowgli firme até o menino recuperar o fôlego.

— Não podemos permanecer aqui — disse ele. — O Povo Pequeno está alvoroçado de verdade. Venha.

Nadando ao nível da água e mergulhando o mais que podia, Mowgli desceu o rio, com a faca na mão.

— Devagar, devagar — aconselhou Kaa. — Um só dente não pode matar cem, a menos que seja de uma cobra. Muitos *dholes* atiraram-se na água quando viram o Povo Pequeno levantar-se.

— Assim haverá mais trabalho para minha faca. Uau! Como o Povo Pequeno nos segue!

Mowgli mergulhou de novo. A superfície da água estava coberta de abelhas selvagens que zumbiam irritadas e picavam o que podiam encontrar.

— Nunca se perdeu nada guardando silêncio — disse Kaa, pois nenhum ferrão podia atravessar suas escamas. — E você tem a noite inteira à sua frente para esta caçada. Está ouvindo como elas gritam?

Quase metade da Alcateia tinha visto a armadilha na qual seus companheiros caíram e, voltando-se rapidamente de lado, atiraram-se na água, no lugar onde a garganta se alongava em margens íngremes. Seus gritos de raiva e ameaças ao "macaco das árvores" que os tinha conduzido à vergonha misturavam-se aos uivos e grunhidos daqueles que o Povo Pequeno havia punido.

Permanecer na margem significava morte certa e cada *dhole* sabia disso. A Alcateia foi arrastada pela corrente até os redemoinhos profundos da Lagoa da Paz. Mas ali também o Povo Pequeno enfurecido seguiu os *dholes* e os forçou a retornar à água. Mowgli podia ouvir a voz do chefe sem cauda exortando os companheiros a manterem-se firmes até não restar mais um lobo em Seoni. Mas não perdeu tempo em escutar.

— Alguém está matando na escuridão atrás de nós — rosnou um *dhole*. — Há sangue na água.

Mowgli tinha mergulhado como uma lontra e puxado para debaixo da água um *dhole* que tentava opor resistência antes que pudesse abrir a boca, e círculos escuros surgiram na superfície, quando o corpo, virando de lado, veio à tona. Os *dholes* tentaram voltar, porém foram impedidos pela força da corrente, e o Povo Pequeno picava-os na cabeça e nas orelhas, enquanto na escuridão crescente ouvia-se o grito de desafio da Alcateia de Seoni elevar-se cada vez mais alto e ameaçador. Mowgli mergulhou de novo e mais um *dhole* desapareceu para reaparecer morto, e um novo clamor subiu da retaguarda, uns gritando que era melhor ir para a margem, outros pedindo ao chefe que os levasse de volta ao Decão e outros enfim desafiando Mowgli a mostrar-se, para matá-lo.

— Eles vêm para a luta com intenções diferentes e muitas vozes — disse Kaa. — O resto é com seus irmãos, lá embaixo. O Povo Pequeno volta a dormir. As abelhas nos perseguiram longe. Eu também vou voltar, porque não sou da mesma raça dos lobos. Boa caçada, Irmãozinho, e lembre-se de que os *dholes* mordem baixo.

Um lobo veio correndo sobre três patas ao longo da margem do rio, saltando de cima para baixo, com a cabeça voltada para o chão, arqueando o dorso e depois dando pulos e batendo com as duas patas no ar, como se estivesse brincando com seus filhotes. Era Won-tolla, o Forasteiro, que, sem dizer palavra, continuava seu jogo horrível correndo ao lado dos *dholes*. Havia muito tempo que estes estavam na água, cansados de nadar, com o peso dos pelos encharcados, a cauda peluda ensopada como esponja, tão exaustos e trêmulos que também se calavam, observando o par de olhos em brasa que se moviam diante deles.

— Má caçada esta! — resmungou um deles, ofegante.

— Boa caçada, ao contrário! — gritou Mowgli, vindo à tona com ousadia ao lado da fera, cravando-lhe a longa faca atrás do ombro e empurrando-o com firmeza para evitar a dentada mortal.

— É você, filhote de homem? — indagou Won-tolla da margem.

— Pergunte aos mortos, Forasteiro — respondeu Mowgli. — Não viu nenhum descer pela corrente? Enchi de lama a boca desses cães. Enganei-os em plena luz do dia e seu chefe perdeu a cauda. Mas ainda restam alguns para você. Para onde quer que os leve?

— Vou esperar — disse Won-tolla. — Tenho a noite inteira diante de mim.

Cada vez se ouviam mais perto os uivos dos lobos de Seoni.

— Pela Alcateia, por toda a Alcateia combatemos!

Uma curva do rio conduziu os *dholes* entre as areias e os lugares rasos em frente dos covis de Seoni.

Então perceberam o seu erro. Deveriam ter saltado em terra oitocentos metros acima, para enfrentar os lobos em terreno seco. Agora era tarde demais. Na margem via-se uma fileira de olhos em chamas e, com exceção do grito horrível do *Pheeal* que não parara desde o pôr do sol, nenhum ruído se ouvia no Jângal. Parecia que Won-tolla os atraíra para subirem à margem ali.

— Deem a volta e ataquem! — ordenou o chefe dos *dholes*.

A Alcateia inteira lançou-se para a praia, patinhando e debatendo-se na água rasa. A superfície do Wainganga tornou-se branca e espumante, e as vagas grandes abriam-se dos dois lados como diante da proa de um barco. Mowgli seguiu a investida, esfaqueando e cortando os *dholes* que corriam ajuntados confusamente pela margem como uma onda.

Começou, então, a longa batalha. Violenta, indecisa, ora fracionando-se, ora ampliando-se ou restringindo-se ao longo da areia vermelha e úmida, ao redor e em cima das raízes entrelaçadas das árvores, dentro e fora dos arbustos e das touceiras de capim, porque os *dholes* ainda eram dois contra um. Mas encontraram lobos que lutavam por tudo o que fazia a força da Alcateia, não só os caçadores altos de peito largo e caninos brancos, mas também as *lahinis* de olhos apreensivos, como são chamadas as lobas das cavernas, que combatiam pelos filhotes. Aqui e ali eram atacados e mordidos nos flancos por lobinhos de um ano, com o primeiro pelo ainda meio lanoso, grudados a suas mães.

Um lobo, como é sabido, salta na garganta ou morde nas costas, enquanto um *dhole* morde de preferência na barriga. Assim, quando os *dholes* lutavam fora da água e tinham de levantar a cabeça, os lobos levavam vantagem. Em terreno seco os lobos sofriam. Na água ou na terra, a faca de Mowgli não descansava um instante. Os Quatro abriram caminho para chegar ao seu lado. Irmão Cinzento, agachado entre os joelhos do menino, protegia seu estômago, enquanto os outros o guardavam nas costas e nos lados, ou o cobriam com o corpo quando o choque de um *dhole*, que se atirava urrando contra a lâmina firme, derrubava-o no chão.

Os outros que combatiam formavam uma massa confusa e desordenada, uma multidão compacta e ondulante que se movia da direita para a esquerda e da esquerda para a direita ao longo da margem do rio, e também girava lentamente ao redor do seu próprio centro. Aqui se erguia um monte de corpos em movimento, que se inflava como uma bolha na água de um torvelinho e depois estourava, deitando fora quatro ou cinco cães mutilados, cada um deles esforçando-se para voltar ao centro. Ali um lobo sozinho, sufocado debaixo de dois ou três *dholes*, arrastava-os penosamente com ele e era subjugado aos poucos. Lá um lobinho de um ano era erguido no ar pela pressão dos que o rodeavam, embora tivesse sido morto no início do combate, enquanto sua mãe, louca de raiva, andava em volta espalhando mordidas. No meio do conflito sucedia que um lobo e um *dhole*, esquecendo o resto, manobravam para cravar seus dentes primeiro, até serem repentinamente arrastados por uma onda de combatentes furiosos.

Uma vez Mowgli cruzou com Akela, que levava um *dhole* de cada lado e apertava os maxilares quase sem dentes no lombo de um terceiro. Outra vez viu Fao com os dentes cravados na garganta de um *dhole*, puxando o animal relutante até os lobinhos de um ano para que acabassem com ele. Mas o grosso da batalha era um tumulto cego e asfixiante no escuro: por toda parte, em volta, atrás e acima de Mowgli, uma confusão de golpes, tropeços, tombos, ganidos, gemidos e dentadas.

À medida que a noite avançava, o movimento giratório crescia de intensidade. Os *dholes* cansados temiam atacar os lobos mais vigorosos, mas ainda não ousavam abandonar o terreno. Mowgli sentia que a luta chegava ao fim e se contentava em atacar os inimigos apenas para deixá-los fora de combate. Os lobinhos começavam a ousar. De vez em quando havia tempo para respirar e passar uma palavra a um companheiro. O simples brilho da faca era suficiente, às vezes, para fazer um *dhole* recuar.

— A carne está bem perto do osso — bufou Irmão Cinzento. O sangue saía-lhe por vinte ferimentos.

— Mas ainda falta lascar o osso — replicou Mowgli. — *Eowawa!* É *assim* que fazemos no Jângal.

A lâmina correu como uma chama ao longo dos flancos de um *dhole* cujas ancas desapareciam sob o peso de um lobo que o tinha agarrado.

— Ele é meu — rosnou o lobo pelas narinas contraídas. — Deixe-o para mim.

— Ainda está com a barriga vazia, Forasteiro? — perguntou Mowgli.

Won-tolla estava ferido cruelmente, porém suas garras haviam paralisado o *dhole*, que não podia virar-se para atingi-lo.

— Pelo Touro que me comprou — exclamou Mowgli com um sorriso amargo —, é o sem-cauda.

Era realmente o grande chefe de pelo baio.

— Não é sensato matar filhotes e *lahinis* — continuou Mowgli filosoficamente, limpando o sangue que cobria seus olhos —, a não ser que mate também o Forasteiro. E, se não me engano, agora é Won-tolla que o matará.

Um *dhole* saltou para socorrer seu chefe, mas, antes que seus dentes tocassem as costas de Won-tolla, a faca de Mowgli fincava-se em sua garganta e Irmão Cinzento encarregava-se do resto.

— É assim que fazemos no Jângal — repetiu Mowgli.

Won-tolla não disse uma palavra. Só os seus maxilares foram se apertando cada vez mais na espinha do *dhole*, enquanto este ia perdendo aos poucos a vida. O *dhole* estremeceu, sua cabeça caiu e ele não se mexeu mais. Won-tolla abaixou-se sobre ele.

— *Huh!* A Dívida de Sangue está paga — disse Mowgli. — Entoe a canção, Won-tolla.

— Ele não caçará mais — disse Irmão Cinzento. — Também Akela guarda silêncio há algum tempo.

— O osso está lascado — trovejou Fao, filho de Faona. — Eles estão fugindo. Matem, exterminem, caçadores do Povo Livre!

Um atrás do outro os *dholes* retiravam-se das areias escuras e ensanguentadas para salvar-se no rio ou no Jângal espesso, mais acima ou mais abaixo, onde o caminho lhes parecia mais livre.

— A dívida! A dívida! — gritou Mowgli. — Que eles paguem a dívida! Eles mataram o Lobo Solitário! Não deixem escapar nenhum.

Ele voava em direção ao rio, com a faca na mão, para impedir que qualquer *dhole* ousasse atirar-se na água, quando de um monte de nove cadáveres viu erguerem-se a cabeça e o peito de Akela. Mowgli caiu de joelhos ao lado do Lobo Solitário.

— Eu não disse que seria minha última luta? — arquejou o lobo. — Foi uma bela caçada. E você, Irmãozinho?

— Estou vivo e matei muitos.

— Muito bem. Estou morrendo e gostaria... gostaria de morrer ao seu lado, Irmãozinho.

Mowgli apoiou em seus joelhos a cabeça com cicatrizes horríveis e passou os braços em volta do pescoço dilacerado.

— Já passou muito tempo desde os velhos dias de Shere Khan, quando um filhote de homem rolava nu na poeira — tossiu Akela.

— Não, não, sou um lobo. Sou da mesma raça do Povo Livre — gemeu Mowgli. — Não é por minha vontade que sou homem.

— Você é homem, Irmãozinho, lobinho que cuidei. Você é homem, senão a Alcateia teria fugido diante dos *dholes*. Devo-lhe a vida e hoje você salvou a Alcateia, assim como certa vez o salvei. Esqueceu? Agora todas as dívidas estão pagas. Volte para a sua gente. Digo-lhe mais uma vez, pupila de meus olhos, esta caçada terminou. Volte para a sua gente.

— Não voltarei jamais. Caçarei sozinho no Jângal. Já disse.

— Depois do verão vêm as chuvas e depois das chuvas a primavera. Vá embora antes que o obriguem a partir.

— Quem me obrigará?

— Mowgli obrigará Mowgli. Volte para a sua gente. Volte para o Homem.

— Quando Mowgli obrigar Mowgli, então irei — respondeu o menino.

— Nada mais tenho a dizer — prosseguiu Akela. — Irmãozinho, pode erguer-me sobre minhas patas? Também fui chefe do Povo Livre.

Mowgli afastou os corpos empilhados e com muito cuidado e carinho colocou Akela sobre suas patas, com os braços em volta dele. O Lobo Solitário respirou fundo e começou o Canto da Morte que um chefe de Alcateia deve cantar quando vai morrer. A voz foi adquirindo força aos poucos, elevou-se gradualmente, ressoando ao longe acima do rio, até chegar ao "Boa Caçada!" final. Então Akela desprendeu-se de Mowgli por um instante, deu um salto e caiu para trás, morto, sobre sua última e mais temível matança.

Mowgli sentou-se com a cabeça entre os joelhos, sem prestar atenção em nada, enquanto os últimos *dholes*, alcançados pelas *lahinis* implacáveis, sucumbiam debaixo de seus golpes. Aos poucos os gritos foram se extinguindo e os lobos voltaram mancando, com seus ferimentos endurecidos, para contar os mortos.

Quinze lobos da Alcateia e meia dúzia de *lahinis* jaziam ao longo do rio. Dos outros não havia nenhum que não estivesse ferido. Mowgli não se mexeu até a brisa fresca da aurora. Então sentiu o focinho úmido e vermelho de Fao em sua mão, e Mowgli recuou para mostrar-lhe o corpo esquálido de Akela.

— Boa caçada! — disse Fao, como se Akela ainda estivesse vivo.

E, dirigindo-se aos outros por cima de seu ombro ferido:

— Uivem, cães! Um lobo morreu esta noite.

Mas da Alcateia de duzentos *dholes* combatentes, Cães Vermelhos do Decão, que se gabavam de que nenhum ser vivo no Jângal ousava bater-se com eles, nem um só voltou ao Decão para levar a notícia.

A canção de Chil

Esta é a canção que Chil cantou quando os abutres desceram um depois do outro à beira do rio, no fim da grande batalha. Chil é amigo de todo o mundo, mas é uma criatura que tem coração de gelo, porque sabe que, no fim, quase todos no Jângal vêm a ele.

Estes eram meus companheiros que saíam à noite.
(Chil! Olhem para Chil!)
Agora vou avisá-los do fim do combate.
(Chil! Vanguarda de Chil!)
Eles me falaram lá de cima sobre a presa morta há pouco,
Eu os alertei lá de baixo sobre o gamo na planície.
Este é o fim de toda pista: eles não falarão mais.

Aqueles que deram o grito de caça, aqueles que seguiram rápido.
(Chil! Olhem para Chil!)

Aqueles que obrigaram o *Sambhur* a virar-se e o encurralaram quando passou.

(Chil! Vanguarda de Chil!)

Aqueles que ficaram por último atrás da pista, aqueles que correram na frente,

Aqueles que se esquivaram do chifre abaixado, aqueles que venceram.

Este é o fim de toda pista: eles não acompanharão mais.

Estes eram meus companheiros. É uma pena que tenham morrido.

(Chil! Olhem para Chil!)

Vou agora consolá-los, porque conheci sua coragem.

(Chil! Vanguarda de Chil!)

Flancos feridos e olhos encovados, bocas abertas e sangrando,

Descansam enleados, encolhidos e solitários, mortos sobre os mortos.

Este é o fim de toda pista, e aqui os meus serão alimentados.

A CORRIDA DA PRIMAVERA*

O Homem retorna ao Homem! Gritem o desafio pelo Jângal!
Aquele que era nosso irmão vai embora.
Ouça agora e julgue, Povo do Jângal,
Responda: quem o fará voltar atrás? Quem o deterá?

O Homem retorna ao Homem! Ele está chorando no Jângal:
Aquele que foi nosso irmão sofre profundamente.
O Homem retorna ao Homem! (Nós o amávamos no Jângal!)
E na pista do Homem não podemos segui-lo mais.

Dois anos depois da grande batalha contra os Cães Vermelhos e da morte de Akela, Mowgli devia contar aproximadamente dezessete anos. Parecia ter mais, pois os exercícios duros, a alimentação excelente e os banhos sempre que o calor e a poeira o incomodavam lhe haviam dado força e desenvolvimento acima de sua idade. Podia balançar-se com uma só mão num galho mais alto durante meia hora, quando percorria o caminho das árvores. Podia deter um gamo novo a meio galope, agarrá-lo pelos chifres e atirá-lo no chão. Podia inclusive derrubar os enormes javalis azuis selvagens que vivem nos pântanos do norte. O Povo do Jângal, acostumado a temê-lo por sua inteligência, agora o temia também por sua força. E, quando ele se dedicava tranquilamente a seus assuntos, o simples rumor de que se aproximava fazia esvaziar todas as trilhas do bosque. Entretanto, seus olhos não perderam a ternura. Nem mesmo quando lutava eles emitiam chamas como os de Bagheera.

---

* Do original inglês "*The Spring Running*", conto integrante do livro *The Second Jungle Book*.

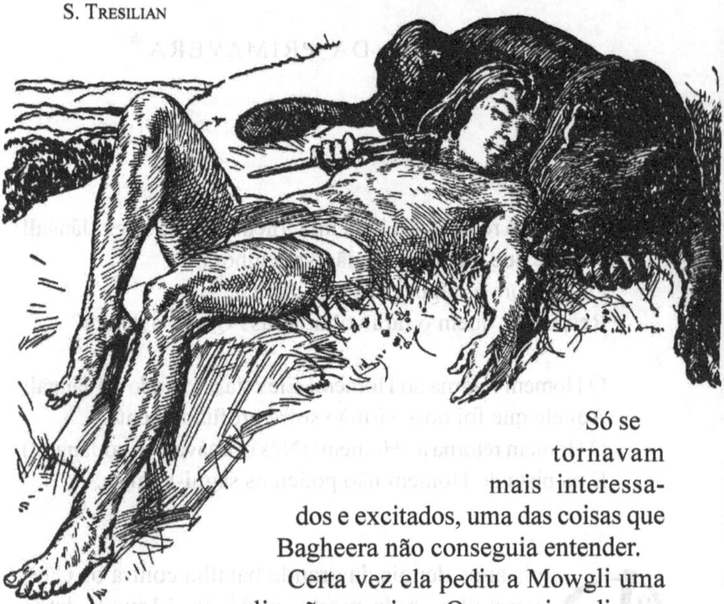

Só se tornavam mais interessados e excitados, uma das coisas que Bagheera não conseguia entender. Certa vez ela pediu a Mowgli uma explicação para isso. O rapaz riu e disse:

— Quando erro um golpe, fico furioso. Quando devo andar dois dias com o estômago vazio, fico mais furioso ainda. Meus olhos não lhe dizem isso?

— Sua boca pode ter fome — respondeu Bagheera —, mas seus olhos não dizem nada. Caçando, comendo ou nadando, eles sempre permanecem iguais, como uma pedra na chuva ou no sol.

Mowgli fixou na Pantera os olhos displicentes debaixo dos cílios longos e, como sempre, ela inclinou a cabeça. Bagheera reconhecia o seu chefe.

Os dois estavam deitados no alto, na encosta de uma colina que dominava o Waingunga, e a neblina da manhã estendia-se abaixo deles em faixas brancas e verdes. À medida que o sol se erguia, ela se convertia em ondas borbulhantes de um mar de púrpura e ouro. Depois se dissipava, batida pela luz, enquanto os raios vinham estriar obliquamente a relva seca sobre a qual Mowgli e Bagheera descansavam.

A estação fria chegava ao fim, as folhas e as árvores pareciam velhas e murchas, e, quando o vento soprava, ouvia-se um sussurro acompanhado de um estalido seco por toda parte. Uma folha pequena rodopiava batendo furiosamente num galho, como faz uma folha solitária surpreendida por uma corrente de ar. Ela despertou Bagheera, que farejou o ar da manhã com um ronquido profundo e abafado, deitou-se de costas e se pôs a golpear com as patas dianteiras a pequena folha que se movia em cima de sua cabeça.

— A estação está mudando — disse. — O Jângal se põe em movimento. O Tempo da Fala Nova se aproxima. Esta folha sabe. É muito bom!

— O capim está seco — respondeu Mowgli, arrancando um tufo. — O próprio *olho-da-primavera* (florzinha com cálice em forma de trombeta de cor vermelha cerosa, que cresce no meio do capim) ainda não está aberto e... Bagheera, é conveniente que a Pantera-Negra se deite assim de costas e dê tapas no ar com suas patas como se fosse um gato selvagem?

— *Aowh!* — fez Bagheera, que parecia estar pensando em outras coisas.

— Pergunto-lhe se é conveniente que a Pantera-Negra boceje, tussa, solte ganidos e se deite assim. Lembre-se de que você e eu somos os Senhores do Jângal.

— Sim, é verdade, filhote de homem.

Bagheera endireitou-se rapidamente, sentou-se e sacudiu a poeira dos flancos pretos irregulares, pois estava mudando a pele do inverno.

— Certamente somos os Senhores do Jângal. Quem pode dizer que é tão forte como Mowgli? Quem pode dizer que é tão sábio?

Havia na voz uma entonação estranha, que fez Mowgli virar-se para ver se por acaso a Pantera-Negra não estava zombando dele. Na verdade, o Jângal está cheio de palavras que soam de um jeito e significam outra.

— Eu dizia que somos, sem dúvida, os Senhores do Jângal — repetiu Bagheera. — Fiz alguma coisa errada? Eu não sabia que o filhote de homem não se deitava mais no chão. Será que voa, então?

Mowgli sentou-se com os cotovelos apoiados nos joelhos e contemplou, através do vale, a luz do dia que despontava. Em algum recanto dos bosques situados abaixo um pássaro ensaiava, com voz rouca e aflautada, as primeiras notas de sua canção de primavera. Era somente o primeiro indício do gorjeio alegre e impetuoso que cantaria mais tarde, porém Bagheera o ouviu.

— Eu dizia que o Tempo da Fala Nova está próximo — relembrou a Pantera, açoitando os flancos com a cauda.

— Estou ouvindo — respondeu Mowgli. — Mas por que, Bagheera, todo o seu corpo treme? O sol está quente.

— É Ferao, o Pica-Pau Vermelho — continuou Bagheera. — *Ele* não esqueceu. Agora eu também devo recordar meu canto.

E se pôs a ronronar e cantarolar, ouvindo o que saía e interrompendo-se com ar cada vez menos satisfeito.

— Não há caça à vista — observou Mowgli.

— Irmãozinho, você é surdo dos *dois* ouvidos? Isso não é um grito de caça, e sim minha canção, que preparo para quando precisar dela.

— Tinha me esquecido. Eu a reconhecerei quando vier o Tempo da Fala Nova, pois então você e os outros correrão para longe e me deixarão sozinho.

Mowgli falava com a voz irritada.

— Na verdade, Irmãozinho — começou Bagheera —, nós nem sempre...

— Eu digo que sim — replicou Mowgli, erguendo o indicador, irado. — Vocês vão correr lá longe, sim! E eu, que sou o Senhor do Jângal, tenho de andar sozinho. O que aconteceu, na estação passada, quando eu quis colher canas-de-açúcar nos campos de uma Alcateia de Homens? Tive de enviar um mensageiro — mandei você — pedir a Hathi que viesse, certa noite, colher para mim com a tromba a planta doce.

— Ele só veio duas noites mais tarde — observou Bagheera, baixando um pouco a cabeça — e arrancou daquela planta doce mais do que qualquer filhote de homem no mundo poderia consumir durante todas as noites de chuvas. Não foi por culpa minha.

— Ele não veio na noite em que mandei chamá-lo. Não, andava correndo e soltando barridos e rugidos pelos vales, ao clarão da lua. Seu rasto era como o de três elefantes juntos, porque não se escondia entre as árvores. Dançava, à luz da lua, diante das casas da Alcateia dos Homens. Eu o vi e, mesmo assim, ele não quis vir onde eu estava. E sou o Senhor do Jângal!

— Era o Tempo da Fala Nova — explicou a Pantera, sempre muito humilde. — Talvez, Irmãozinho, daquela vez você não o tenha chamado com a Palavra-Chave certa. Ouça agora Ferao e alegre-se.

O mau humor de Mowgli pareceu ter-se dissipado. Deitou-se com a cabeça sobre os braços e os olhos fechados.

— Não sei, nem me interessa saber — respondeu, sonolento. — Vamos dormir, Bagheera. Meu coração está pesado. Faça um travesseiro para a minha cabeça.

A Pantera deitou-se soltando um suspiro, pois ouvia Ferao ensaiar e reensaiar sua canção para a primavera, ou o Tempo da Fala Nova, como a chamam.

No Jângal indiano as estações passam de uma para outra quase sem transição. Parecem apenas duas: a estação das chuvas e a estação seca. Mas, olhando atentamente, o leitor notará que, debaixo das torrentes de chuvas, das nuvens de poeira e das vegetações carbonizadas, é possível descobrir as quatro sucedendo-se na ordem habitual. A primavera é a mais bela, porque sua missão não é recobrir campos vazios e nus de folhas e flores novas, mas arrastar para a frente e eliminar os restos meio verdes, que se prendem, não querem morrer, e que o inverno brando deixou viver, e fazer que a terra envelhecida, mas não totalmente desnuda, sinta-se nova e jovem outra vez. E ela executa esse trabalho tão bem que não existe no mundo primavera igual à do Jângal.

Chega um dia em que as coisas parecem cansadas, e até os aromas que se dispersam no ar pesado mostram-se velhos e usados. É algo que não pode ser explicado, mas é sentido. Depois vem outro dia — na aparência nada mudou — em que todos os odores são aparentemente novos e deliciosos, em que o Povo do Jângal sente seus bigodes estremecerem até as raízes e o pelo de inverno desprende-se dos flancos em mechas longas e sujas. Então, às vezes, chove um pouco e todas as árvores, moitas, bambus, musgos e plantas de folhas cheias de suco despertam com um rumor de crescimento que quase pode ser ouvido, e debaixo dele corre noite e dia algo como um zumbido profundo. É o rumor da primavera, uma vibração intensa que não vem das abelhas, nem da água que cai, nem do vento na copa das árvores, mas é o murmúrio de um mundo caloroso e feliz.

Até aquele ano, Mowgli sempre sentira grande prazer com as mudanças de estação. Era ele quem, geralmente, descobria o primeiro *olho-da-primavera* escondido no meio das pastagens e o primeiro aglomerado de nuvens primaveris, que não têm nada parecido no Jângal. Podia-se ouvir sua voz em todos os lugares úmidos cheios de flores e de claridade das estrelas, unindo-se ao coro das rãs grandes ou arremedando as corujas pequenas que piam nas noites brancas.

Como todo o seu povo, ele escolhia a primavera para suas saídas e ia de um lugar a outro pelo simples prazer de correr no ar morno trinta, quarenta ou cinquenta milhas entre as horas do crepúsculo e da estrela da manhã. Depois voltava, sem fôlego, rindo e coroado de flores estranhas. Os Quatro não o seguiam nessas correrias malucas pelo Jângal, mas iam cantar canções com outros lobos. Os habitantes do Jângal estão muito ocupados na primavera, e Mowgli podia ouvi-los grunhir, guinchar ou sibilar, conforme a sua espécie. Suas vozes, nessa estação, são diferentes das de outras épocas do ano, e essa é uma das razões pelas quais a primavera é chamada no Jângal de Tempo da Fala Nova.

Mas naquela primavera, como dissera Bagheera, Mowgli sentia dentro de si um coração novo. Desde o dia em que vira os brotos do bambu adquirirem uma cor escura com manchas, passou a esperar a manhã em que os cheiros mudariam. Mas, quando chegou a manhã, quando Mao, o Pavão, resplandecendo de bronze, azul e ouro, proclamou-a bem alto através das matas nevoentas, e Mowgli abriu a boca para repetir o grito, as palavras estrangularam-se em sua garganta, e ele sentiu-se invadido da ponta dos pés à raiz dos cabelos por uma sensação de tristeza profunda, de tal modo que se examinou atentamente para ver se não tinha pisado num espinho.

Mao cantou os odores novos. Os outros pássaros repetiram o grito. E, das rochas do Waingunga, Mowgli ouviu a voz rouca de Bagheera, alguma coisa entre o grito de uma águia e o relincho de um cavalo. Sobre a cabeça de Mowgli, nos galhos cobertos de brotos, houve guinchos e uma debandada de *Bandar-log*. Ele permaneceu de pé no lugar onde estava, com o peito inflado, pronto para responder a Mao, porém o tórax ia se contraindo à medida que o ar escapava, expulso pelo sentimento de infelicidade.

Olhou ao redor, mas não viu nada além dos *Bandar-log*, que fugiam através das árvores, e Mao, que dançava embaixo, nos declives, com a cauda aberta em todo o seu esplendor.

— Os cheiros mudaram — gritava Mao. — Boa caçada, Irmãozinho! Por que não responde?

— Irmãozinho, boa caçada! — grasnou Chil, o Abutre, e sua companheira, que desciam juntos pelo ar em voo rápido. Os dois passaram tão perto de Mowgli que, ao roçá-lo, um tufo de penas brancas se desprendeu.

Uma chuva leve de primavera — chuva de elefante, como eles a chamam — caiu sobre o Jângal num círculo de pouco menos de um quilômetro, deixou para trás as folhas novas molhadas e se mexendo, e terminou com um duplo arco-íris e algumas trovoadas. O zumbido da primavera explodiu durante um minuto, depois se calou. Mas todos os habitantes do Jângal pareceram falar ao mesmo tempo. Todos, menos Mowgli.

— Não comi nada ruim — disse para si mesmo. — A água que bebi era boa. Minha garganta não arde, nem parece contrair-se, como no dia em que mordi a raiz com manchas azuladas que Oo, a Tartaruga, me disse que era boa para comer. Mas sinto o peito oprimido e, sem motivo, tratei muito mal Bagheera e os outros, que são o Povo do Jângal e meu povo. Além disso, agora sinto calor e frio alternadamente, mais tarde não sinto calor nem frio, mas fico irritado com qualquer coisa que não consigo entender. *Huhu!* É hora de fazer uma corrida de primavera. Esta noite vou atravessar as montanhas, fazer uma corrida até os pântanos do norte e voltar. Tenho caçado há muito tempo com grande facilidade. Os Quatro irão comigo, pois estão ficando gordos como vermes brancos.

Chamou, mas nenhum dos Quatro respondeu. Estavam longe, fora do alcance da voz, cantando as canções da primavera — *A canção da lua* e *A canção do Sambhur* — em companhia dos lobos da Alcateia. Na primavera, os habitantes do Jângal quase não fazem diferença entre o dia e a noite. Lançou o uivo agudo de chamado, e só recebeu como resposta o miado zombeteiro do pequeno gato selvagem malhado, que se esgueirava entre os galhos à procura dos primeiros ninhos de pássaros. Ao ouvi-lo estremeceu de raiva e tirou a meio sua faca. Em seguida adotou um ar altivo, embora não houvesse ali ninguém para vê-lo, e desceu a passos largos e muito sério a encosta da colina, com o queixo no ar e as sobrancelhas franzidas. Mas ninguém de seu povo perguntou-lhe nada, pois estavam todos ocupados com seus próprios assuntos.

— Sim — pensou Mowgli consigo, embora soubesse no fundo do coração que não tinha razão. — Que venha o *Dhole* Vermelho do Decão ou que a Flor Vermelha dance entre os bambus, e todo o Jângal correrá choramingando aos pés de Mowgli e lhe dará grandes nomes como se fosse um elefante. Mas agora, só porque o *olho-da-primavera* está vermelho e Mao sente necessidade de exibir suas patas sem penas numa dança de primavera, o Jângal fica louco como Tabaqui. Pelo Touro que me comprou, sou ou não o Senhor do Jângal? Silêncio! O que estão fazendo aí?

Dois lobos novos da Alcateia desciam uma trilha a meio galope, em busca de uma clareira para lutar. (Convém lembrar que a Lei do Jângal proíbe o duelo onde a Alcateia possa vê-lo.) Tinham os pelos do pescoço eriçados como arame e ladravam furiosamente, armando o bote para a primeira mordida. Mowgli saltou à sua frente e agarrou ambos pela garganta, esperando derrubá-los, como havia feito diversas vezes de brincadeira ou nas caçadas da Alcateia. Mas ainda não tinha intervindo num duelo de primavera. Os dois lobos saltaram para a frente, puseram-no de lado com tanta violência que ele caiu e, sem perder tempo com palavras, rolaram no chão, engalfinhados.

Mowgli ainda não havia tocado o chão e já estava de pé, com a faca na mão e os dentes à mostra. E nesse instante mataria os dois, sem motivo, simplesmente porque lutavam quando ele os queria em paz, embora a Lei confira a todos os lobos pleno direito de combater livremente. Dançou em volta deles, com os ombros arcados e a mão trêmula pronta a desferir um golpe duplo assim que a primeira fúria do ataque tivesse passado. Mas, enquanto esperava, a força pareceu abandoná-lo, a ponta da faca foi baixando e ele a recolocou na bainha, e ficou a observar.

— Na certa comi veneno — suspirou, por fim. — Depois que dispersei o Conselho com a Flor Vermelha, depois que matei Shere Khan, ninguém na Alcateia teve coragem de atirar-me ao solo. E estes são dos últimos lobos da Alcateia, caçadores de segunda. Minha força me abandonou e vou morrer. Oh, Mowgli, por que não matou os dois?

A luta continuou até que um dos lobos safou-se, e Mowgli permaneceu sentado sozinho sobre a terra removida e manchada de sangue, olhando ora para a faca, ora para seus braços e pernas, enquanto a sensação de infelicidade, até então desconhecida, inundava-o como a água cobre um tronco de árvore flutuante.

Naquela noite matou cedo e comeu pouco, a fim de estar em forma para a corrida de primavera. Comeu sozinho, porque todo o Povo do Jângal estava longe, cantando ou lutando. Era uma noite branca esplêndida, como costumam dizer. Toda a vegetação parecia ter crescido um mês desde a manhã. O galho que no dia anterior ainda estava coberto de folhas amarelas deixava a seiva correr quando Mowgli o quebrou. Os musgos encrespavam-se fofos e quentes debaixo de seus pés. O capim novo não cortava ao ser tocado. E todas as vozes do Jângal reboavam como harpa de cordas graves dedilhada pela lua — a lua cheia da Fala Nova, que espalhava em abundância sua luz sobre as rochas e poças de água, deslizava entre o tronco da árvore e o cipó e a filtrava entre milhões de folhas.

Esquecendo-se de seu abatimento, Mowgli entoou um canto de alegria quando se pôs a caminho. Sua corrida mais parecia o voo de um pássaro, pois escolhera a descida longa que leva aos pântanos do norte pelo coração do Jângal, onde o solo elástico amortecia o ruído de seus passos. Um homem criado entre os homens teria tropeçado a cada passo no incerto clarão da lua, mas os músculos de Mowgli, treinados por anos de exercício, levavam-no como se fosse uma pena. Quando um tronco podre ou uma pedra escondida rolava debaixo de seus pés, retomava o equilíbrio sem esforço e não reduzia a velocidade. Quando se cansava de correr no solo, erguia as mãos como os macacos para o cipó mais próximo, e parecia mais flutuar que subir para os galhos mais finos, e dali seguia pelo caminho das árvores, até mudar de ideia, e novamente descia ao solo, descrevendo uma longa curva entre as folhagens.

Havia cavidades quentes e silenciosas, cercadas por rochas úmidas, onde Mowgli mal podia respirar, tão fortes eram os aromas das flores noturnas e dos botões que se abriam ao longo das trepadeiras; avenidas escuras onde o luar formava no solo faixas brilhantes, situadas tão regularmente como se fossem pavimento de mármore na nave de uma igreja; moitas úmidas onde a vegetação nova subia até seu peito, como se quisesse lançar os braços em volta da cintura; e topos de colinas coroadas de rochas partidas, onde ele saltava de pedra em pedra sobre as tocas das raposas pequenas assustadas.

Às vezes ouvia, ao longe, o *chug-drug* apagado de um porco selvagem afiando as presas num tronco. Mais tarde cruzava o caminho de um animal enorme solitário que arranhava e arrancava a casca de uma árvore, com espuma no focinho e chamas nos olhos. Ou desviava ao ouvir o som de chifres chocando-se entre grunhidos sibilantes, e passava como um raio por um grupo de *Sambhurs* furiosos que ziguezagueavam aqui e ali, de cabeça baixa, listrados de sangue que, ao clarão da lua, parecia escuro. Ou ainda, à beira de um charco, ouvia Jacala, o Crocodilo, mugir como um touro; ou separava um casal de serpentes venenosas, mas, antes que conseguissem picá-lo, já estava longe, do outro lado do cascalho cintilante, mergulhado de novo no coração do Jângal.

Assim correu, às vezes gritando, às vezes cantando para si mesmo, como se fosse naquela noite a criatura mais feliz do Jângal, até que o aroma das flores avisou-o de que se aproximava dos pântanos, região que ficava fora dos limites de seus territórios de caça.

Aqui ainda, um homem criado entre os homens ter-se-ia afundado até o pescoço depois de três passos. Mas os pés de Mowgli pareciam ter olhos e, sem pedir ajuda aos da cabeça, faziam-no saltar de moita em moita, de uma pedra oscilante a outra. Dirigiu-se ao meio do pântano, espantando os patos na corrida, e sentou-se num tronco de árvore coberto de musgo que emergia da água escura. O pântano estava todo desperto em volta dele, pois, na primavera, o Povo dos Pássaros dorme com sono muito leve e, durante toda a noite, vai e vem em bandos inteiros. Mas nenhum deles fez o menor caso de Mowgli, sentado entre os caniços altos, cantarolando canções sem palavras e examinando a planta dos pés duros e bronzeados para ver se, por acaso, não havia espinho cravado. Parecia ter deixado para trás, no seu Jângal, toda a sensação de infelicidade que experimentara e começava uma canção a plenos pulmões, quando tudo voltou, dez vezes pior que antes.

Dessa vez Mowgli sentiu medo.

— A mesma coisa aqui! — disse a meia-voz. — Seguiu-me.

E olhou por cima do ombro para ver se a *Coisa* não estava atrás dele.

— Não há ninguém aqui.

Os ruídos da noite continuavam no pântano, mas nem animal nem pássaro falavam com ele, e de novo a sensação de tristeza aumentou.

— Com certeza comi veneno — disse com a voz apavorada. — Devo ter comido veneno sem perceber e estou perdendo as forças. Senti medo, mas não era *eu* que o sentia. Mowgli teve medo quando os lobos lutavam. Akela, ou mesmo Fao, teria separado os dois, mas Mowgli teve medo. É um sinal seguro de que comi veneno. Mas quem se importa, no Jângal? Cantam, uivam, lutam e correm em bandos debaixo da lua, e eu, ai de mim, estou morrendo nos pântanos, por causa do veneno que comi.

Sentiu tanta pena de si mesmo que quase se pôs a chorar.

— Depois — continuou — eles me encontrarão estendido na água escura. Não, vou voltar ao meu Jângal e morrer na Roca do Conselho. E Bagheera, a quem quero bem, se não estiver gritando no vale, talvez vigie um pouco o que sobrar de mim, com receio de que Chil me trate como fez com Akela.

Uma lágrima quente e grossa veio rebentar-se em seu joelho. E, por mais infeliz que estivesse, Mowgli sentiu-se feliz por estar tão infeliz, se é possível compreender esse tipo de felicidade ao avesso.

— Como Chil, o Abutre, fez com Akela — repetiu — na noite em que salvei a Alcateia dos Cães Vermelhos.

Permaneceu tranquilo por um instante, refletindo sobre as últimas palavras do Lobo Solitário, das quais o leitor se lembra, sem dúvida.

— Akela me disse muitas coisas estranhas antes de morrer. Quando alguém morre suas ideias mudam. Ele me disse... Mesmo assim, *sou* do Jângal!

Em sua exaltação, ao recordar-se da batalha à beira do Waingunga, Mowgli gritou as últimas palavras, e entre os caniços a búfala levantou-se sobre os joelhos e disse, bufando:

— É um homem!

— Uh! — exclamou Mysa, o Búfalo Selvagem (Mowgli podia ouvi-lo mover-se no charco) —, não é um homem. É o lobo sem pelo da Alcateia de Seoni. Em noites como esta ele corre de um lado para outro.

— Uh! — exclamou também a búfala, abaixando a cabeça para pastar. — Pensei que era um homem.

— Eu digo que não. Ei, Mowgli, há algum perigo? — mugiu Mysa.

— Ei, Mowgli, há algum perigo? — repetiu o rapaz, debochando. — Mysa não sabe pensar em outra coisa: há algum perigo? Mas com Mowgli que corre para cá e para lá no Jângal à noite, vigiando, ninguém se importa.

— Como ele fala alto! — observou a búfala.

— É assim que gritam aqueles que, depois de arrancar o capim, não sabem como comê-lo — respondeu Mysa, com desprezo.

— Por menos que isso — gemeu Mowgli, baixinho —, por menos que isso, nas últimas chuvas, eu tiraria Mysa do charco cutucando-lhe a garupa e, montando-o, faria que atravessasse o pântano com uma rédea de junco.

Esticou a mão para quebrar um dos caniços frondosos, porém a deixou cair com um suspiro. Mysa continuou a ruminar imperturbável, enquanto a planta longa pôs-se a estalar onde a búfala pastava.

— Não quero morrer *aqui* — disse Mowgli, irritado. — Mysa, que é do mesmo sangue de Jacala e do Porco, caçoaria de mim. Vou ao outro lado do pântano ver o que acontece. Nunca fiz uma corrida de primavera como esta, quente e fria ao mesmo tempo. Coragem, Mowgli!

Não pôde resistir à tentação de deslizar entre os bambus até Mysa e cutucá-lo com a ponta da faca. O grande touro saiu gotejando do charco como uma bomba que explode, enquanto Mowgli ria tanto que teve de sentar-se.

— Agora pode contar que o lobo sem pelo da Alcateia de Seoni o levou uma vez para pastar, Mysa — gritou.

— Lobo, *você*? — bufou o touro, batendo com os pés na lama. — Todo o Jângal sabe que foi pastor de gado manso, um pirralho como aqueles que gritam na poeira, lá embaixo, do lado das colheitas. *Você*, do Jângal! Que caçador se arrastaria como serpente entre sanguessugas e, com uma brincadeira infame, uma brincadeira de chacal, me faria passar vergonha diante da minha búfala? Venha para terra firme, e eu... e eu...

Mysa espumava de raiva, pois, de todos os habitantes do Jângal, talvez seja o que tem o pior gênio.

Mowgli observou-o bufar e arfar, com os olhos que nunca mudam. Quando conseguiu fazer-se ouvir através dos pingos de lama, perguntou:

— Que Alcateia de Homens existe por aqui, perto dos pântanos, Mysa? Esta parte do Jângal é nova para mim.

— Vá para o norte, então — berrou o búfalo furioso, pois Mowgli o espetara severamente. — Foi uma brincadeira digna de um pastor de gado nu. Vá contá-la na aldeia que fica na extremidade do pântano.

— As Alcateias dos Homens não gostam das histórias do Jângal, e não creio, Mysa, que um arranhão a mais ou a menos em seu couro seja motivo para reunir um conselho. Mas vou dar uma olhada nessa aldeia. Vou, sim. Calma, agora. O Senhor do Jângal não vem todas as noites guardá-lo enquanto pasta.

Apertou o passo no solo instável à beira do pântano, sabendo que Mysa não o atacaria ali e, correndo, ria ao pensar na cólera do búfalo.

— Minhas forças ainda não me abandonaram completamente — disse consigo. — Pode ser que o veneno não tenha penetrado até o osso. Há uma estrela lá embaixo.

Observou-a entre suas mãos semicerradas.

— Pelo Touro que me comprou, é a Flor Vermelha, a Flor Vermelha ao lado da qual eu dormia antigamente, antes mesmo de vir à Alcateia de Seoni. Agora que a vi não irei adiante.

O pântano terminava numa planície vasta onde piscava uma luz. Havia muito tempo que Mowgli não se interessava pelo que os homens faziam, mas, naquela noite, o brilho da Flor Vermelha impeliu-o a seguir adiante.

— Vou dar uma olhada — pensou — para ver se a Alcateia de Homens mudou.

Esquecendo-se de que não estava mais no seu Jângal, onde podia fazer o que queria, caminhou desatento sobre a relva banhada pelo orvalho até a cabana onde a luz cintilava. Três ou quatro cães latiram dando o alarme, porque se encontrava nos arredores de uma aldeia.

— Oh! — disse Mowgli, sentando-se sem fazer ruído, depois de enviar um profundo uivo de lobo que silenciou os cães. — O que tiver de acontecer acontecerá. Mowgli, o que ainda tem a fazer nos covis da Alcateia dos Homens?

Esfregou a boca com a mão no ponto onde uma pedra o atingira anos antes, no dia em que a outra Alcateia de Homens o expulsara.

A porta da cabana abriu-se e, na soleira, apareceu uma mulher que sondava a escuridão. Um menino chorou e a mulher disse-lhe por cima de seu ombro:

— Durma. Foi só um chacal que acordou os cães. Daqui a pouco vai amanhecer.

Mowgli, na relva, começou a tremer como se tivesse febre. Conhecia bem aquela voz, mas, para certificar-se, chamou baixinho, surpreso ao verificar com que facilidade a palavra humana voltava aos seus lábios:

— Messua! Messua!

— Quem chama? — perguntou a mulher, com leve tremor na voz.

— Já me esqueceu? — respondeu Mowgli, sentindo a garganta seca enquanto falava.

— Se é *você*, qual é o nome que lhe dei? Diga!

Havia fechado a porta pela metade e apertava o peito com a mão.

— Nathoo! Olá, Nathoo! — respondeu Mowgli.

Pois, como o leitor se lembra, era o nome que Messua lhe deu na primeira vez que veio à Alcateia dos Homens.

— Venha, meu filho — convidou ela.

Mowgli caminhou em direção à luz e se encontrou frente a frente com Messua, a mulher que fora boa para ele e cuja vida salvara na Alcateia dos Homens havia tanto tempo. Estava mais velha e tinha os cabelos grisalhos. Mas os olhos e a voz continuavam os mesmos. Mulher que era, esperava reencontrar Mowgli como o havia deixado, e seus olhos moviam-se incrédulos do peito à cabeça do rapaz, que batia no alto da porta.

— Meu filho — balbuciou e, caindo a seus pés: — Não é mais meu filho. É um deus jovem da floresta. Ai!

De pé, à luz vermelha do lampião, alto, forte e belo, os longos cabelos pretos a caírem sobre seus ombros, a faca pendurada no pescoço e a cabeça coroada com uma guirlanda de jasmim branco, ele poderia facilmente ser confundido com um deus selvagem das lendas do Jângal. A criança, meio adormecida num berço, levantou-se e começou a gritar, assustada. Messua virou-se para acalmá-la, enquanto Mowgli permanecia imóvel, contemplando os cântaros de água, as panelas, a cesta para guardar o pão e todos os outros utensílios que os homens usam, e se surpreendeu em reconhecê-los tão bem.

— O que quer comer ou beber? — murmurou Messua. — Tudo o que há aqui é seu. Nós lhe devemos a vida. Mas você é mesmo aquele a quem chamei Nathoo, ou é um deus?

— Sou Nathoo — respondeu Mowgli. — Estou muito longe dos lugares onde moro. Vi esta luz e vim até aqui. Não sabia que ia encontrá-la.

— Depois que chegamos a Khanhiwara — disse Messua timidamente —, os ingleses estavam dispostos a nos ajudar contra os aldeões que queriam queimar-nos. Lembra-se?

— Claro, não me esqueci.

— Mas, quando a lei inglesa tinha tudo preparado, fomos à aldeia daquela gente perversa e não encontramos mais ninguém.

— Disso também me lembro — disse Mowgli, com um tremor na narina.

— O meu homem, então, começou a trabalhar nos campos, e acabamos adquirindo um pouco de terra aqui, pois era na verdade um homem muito forte. Não é tão rica como a da outra aldeia, mas nós dois não precisamos mais de muita coisa.

— Onde está o homem que cavava no chão quando tinha medo, naquela noite?

— Morreu, há um ano.

— E ele? — perguntou Mowgli, apontando o dedo para a criança.

— É meu filho, que nasceu há duas chuvas. Se você é um deus, dê a ele o Favor do Jângal, para que possa andar em segurança no meio do seu... do seu povo, como nos protegeu naquela noite.

Ela pegou nos braços a criança, que, esquecendo o medo, esticou a mão para brincar com a faca pendurada no peito de Mowgli. E Mowgli afastou os dedos pequenos com muito cuidado.

— Se você é Nathoo que o tigre levou — prosseguiu Messua com um soluço na voz —, este é seu irmãozinho. Dê-lhe a bênção de irmão mais velho.

— Ai de mim! O que sei do que chama bênção? Não sou um deus nem seu irmão, e... Mãe, mãe, meu coração está muito pesado.

Ele tremia ao depositar a criança no chão.

— É natural — disse Messua, muito atarefada com as panelas. — Isso acontece porque anda correndo pelos pântanos, à noite. Não há dúvida, a febre penetrou até seus ossos.

Mowgli sorriu um pouco à ideia de que alguma coisa do Jângal pudesse fazer-lhe mal.

— Vou acender o fogo e você beberá leite quente. Tire a coroa de jasmins. Seu cheiro é muito forte para um lugar tão pequeno como este.

Mowgli sentou-se, murmurando, com o rosto entre as mãos. Todos os tipos de sensações estranhas, que nunca havia experimentado, percorriam-no agora, como se estivesse envenenado, e sentia-se atordoado e indisposto. Bebeu o leite quente em tragos lentos, enquanto Messua dava-lhe de tempos em tempos pequenas palmadas no ombro, sem saber se era seu filho Nathoo de outros tempos ou uma criatura maravilhosa do Jângal, porém contente em senti-lo ao menos de carne e osso.

— Filho — disse ela por fim, e seus olhos se enchiam de orgulho —, alguém já lhe disse que é o mais belo de todos os homens?

— O quê? — exclamou Mowgli, que, naturalmente, nunca tinha ouvido nada semelhante.

Messua riu afetuosamente de felicidade. Para ela, a expressão do rosto de Mowgli era suficiente.

— Sou, então, a primeira? Está bem, embora seja raro que uma mãe diga estas coisas ao filho. Você é muito bonito. Nunca vi homem igual a você.

Mowgli torceu a cabeça, procurando olhar-se por cima de seu ombro musculoso. E Messua riu novamente, e tanto, que Mowgli, sem saber por que razão, foi forçado a rir com ela, e a criança corria de um para outro rindo também.

— Não, não ria de seu irmão — disse Messua, apertando o bebê ao peito. — Quando tiver só a metade de sua beleza, nós o casaremos com a filha mais nova de um rei e montará grandes elefantes.

Mowgli não conseguia entender uma palavra em três daquela conversa. O leite quente produzia seu efeito depois de

S. Tresilian

uma longa corrida e, assim, acomodou-se e um minuto depois dormia profundamente. Messua afastou os cabelos de seus olhos e colocou uma coberta em cima dele. Sentia-se feliz. Segundo o costume do Jângal, ele dormiu o resto da noite e todo o dia seguinte, porque seu instinto, que nunca adormecia completamente, advertia-o de que não tinha nada a temer. Despertou enfim de um salto que fez a cabana tremer, pois a coberta que lhe cobria o rosto fizera-o sonhar com armadilhas. E permaneceu de pé, com a mão na faca, girando os olhos ainda pesados de sono, pronto para qualquer luta.

Messua sorriu e colocou a refeição da tarde à sua frente. Eram somente alguns bolos simples, cozidos sobre fogo cheio de fumaça, um pouco de arroz e tamarindos azedos em conserva, o suficiente para sustentá-lo até que pudesse abater a caça da noite. O cheiro do orvalho nos pântanos abriu-lhe o apetite e o deixou impaciente. Desejava terminar sua corrida de primavera, porém a criança insistia em permanecer em seus braços e Messua queria pentear seus longos cabelos de um preto azulado. Ela cantava, ao penteá-lo, pequenas canções infantis ingênuas, ora chamando Mowgli de filho, ora pedindo-lhe que desse à criança um pouco de seu poder sobre o Jângal.

A porta da cabana estava fechada, porém Mowgli ouviu um ruído que conhecia bem, e viu Messua abrir a boca com uma expressão de horror, enquanto uma grande pata cinzenta arranhava debaixo da porta e Irmão Cinzento, fora, soltava um ganido abafado, no qual havia arrependimento, ansiedade e medo.

— Fique fora e espere. Vocês não vieram quando os chamei — disse Mowgli na língua do Jângal, sem virar a cabeça.

A grande pata cinzenta desapareceu.

— Não traga... não traga seus... seus servidores com você — implorou Messua. — Eu... nós sempre vivemos em paz com o Jângal.

— Ele vem em paz — respondeu Mowgli, levantando-se. — Pense naquela noite na estrada de Khanhiwara. Havia muitos lobos na frente e atrás de você. Mas vejo que, mesmo na primavera, o Povo do Jângal nem sempre esquece. Mãe, vou embora.

Messua afastou-se humildemente. Pensava que ele era realmente um deus da floresta. Mas, quando a mão do jovem tocou a porta, a mãe que havia dentro dela atirou-a no pescoço de Mowgli, abraçando-o diversas vezes.

— Volte! — murmurou no ouvido dele. — Filho ou não, volte, porque eu o amo. Veja, ele também está triste.

A criança chorava porque o homem da faca brilhante ia embora.

— Volte outra vez — repetiu Messua. — De noite ou de dia esta porta nunca estará fechada para você.

A garganta de Mowgli palpitava, como se todos os nervos estivessem tensos, e sua voz parecia sair à força quando respondeu:

— Voltarei, com certeza. E agora — prosseguiu, afastando a cabeça do lobo que lhe fazia festa no limiar —, tenho uma pequena queixa a fazer-lhe, Irmão Cinzento. Por que não vieram os Quatro quando os chamei, há tanto tempo?

— Há tanto tempo? Foi na noite passada. Eu... nós estávamos cantando no Jângal as Canções Novas, porque é o Tempo da Fala Nova. Não se lembra?

— Sim, sim, eu sei.

— Assim que as Canções foram cantadas — continuou Irmão Cinzento, sério —, segui seu rasto. Adiantei-me aos outros para vir mais depressa. Mas, Irmãozinho, o que fez? Por que comeu e dormiu na Alcateia dos Homens?

S. TRESILIAN

— Se tivessem vindo quando chamei, isso não teria acontecido — respondeu Mowgli, acelerando o passo.

— E agora, o que vai acontecer? — perguntou Irmão Cinzento.

Mowgli ia responder, quando uma jovem vestida de branco desceu uma trilha que vinha dos arredores da aldeia. Irmão Cinzento desapareceu de vista num instante e Mowgli escondeu-se sem fazer ruído num campo com plantação alta. Ela chegara quase ao alcance da mão, quando os caules verdes e ainda quentes se fecharam sobre o rosto do rapaz, e ele desapareceu como uma sombra. A jovem soltou um grito, pensando que era um fantasma, e depois suspirou profundamente. Mowgli afastou os caules com as mãos e a seguiu com o olhar até a perder de vista.

— Agora não sei — disse ele, por sua vez, suspirando. — *Por que* não vieram quando os chamei?

— Nós o seguimos... nós o seguimos — murmurou Irmão Cinzento, lambendo o calcanhar de Mowgli. — Nós o seguimos sempre, a não ser no Tempo da Fala Nova.

— E me seguiriam até a Alcateia dos Homens? — indagou Mowgli bem baixinho.

— Não o segui na noite em que nossa antiga Alcateia o expulsou? Quem o acordou quando dormia nas colheitas?

— Sim, mas faria outra vez?

— Não o segui esta noite?

— Sim, mas outra vez, e outra vez ainda, e talvez mais outra, Irmão Cinzento?

Irmão Cinzento permaneceu calado. Quando abriu a boca, resmungou para si mesmo:

— A Pantera-Negra disse a verdade.

— E o que ela disse?

— Que o Homem acaba retornando ao Homem. E Raksha, nossa mãe, também disse.

— Foi também o que Akela falou, na noite dos Cães Vermelhos — murmurou Mowgli.

— E Kaa, que é mais sábio que todos nós, falou a mesma coisa.

— E o que você diz, Irmão Cinzento?

— Eles o expulsaram uma vez, com insultos. Feriram sua boca com pedras. Mandaram Buldeo matá-lo. Queriam jogá-lo na Flor Vermelha. Foi você, e não eu, que os tratou como maus e insensatos. Foi você, e não eu — pois eu segui o meu povo —, que lançou o Jângal em cima deles. Foi você, e não eu, que cantou contra eles canções mais amargas que a nossa contra os Cães Vermelhos.

— Pergunto o que *você* pensa.

Conversavam enquanto corriam. Irmão Cinzento andou algum tempo a passo miúdo sem responder. Depois falou, e seus saltos pareciam ritmar as palavras:

— Filhote de Homem, Senhor do Jângal, filho de Raksha, meu irmão de covil, embora eu às vezes esqueça na primavera, seu rasto é meu rasto, seu covil é meu covil, sua caça é minha caça, e seu último combate será o meu. Falo também pelos outros Três. Mas o que você dirá ao Jângal?

— Bem pensado. Entre ver uma presa e matá-la não é bom esperar. Vá na frente e reúna todos na Roca do Conselho. Vou explicar a eles o que tenho em mente. Mas talvez não venham. Pode ser que se esqueçam de mim no Tempo da Fala Nova.

— E você nunca se esqueceu de nada? — ladrou Irmão Cinzento virando a cabeça, enquanto corria a galope, e Mowgli o seguia, pensativo.

Em qualquer outra estação a notícia teria reunido todos os habitantes do Jângal, com os pelos do pescoço eriçados, mas nesses dias eles estavam ocupados caçando, lutando, matando e cantando. Irmão Cinzento corria de um para outro, gritando:

— O Senhor do Jângal retorna para os homens. Venham à Roca do Conselho.

E os animais, felizes, respondiam somente:

— Ele voltará de novo nos calores do verão. As chuvas o reconduzirão ao covil. Venha correr e cantar conosco, Irmão Cinzento.

— Mas o Senhor do Jângal retorna para os homens — repetia Irmão Cinzento.

— *Eee-Yoawa?* Por acaso o Tempo da Fala Nova se torna menos agradável por isso? — respondiam.

Assim, quando Mowgli, com o coração pesado, subiu o caminho bem conhecido entre as rochas até o lugar onde, anos atrás, fora apresentado ao Conselho, encontrou somente os Quatro, Baloo, que a idade tornara quase cego, e a pesada Kaa de sangue-frio, enrolada em volta do assento vazio de Akela.

— O seu rasto termina então aqui, Homenzinho? — indagou Kaa, quando Mowgli atirou-se ao chão, escondendo o rosto entre as mãos. — Grite o seu grito. Somos do mesmo sangue, você e eu, Homem e Serpente juntos.

— Por que os Cães Vermelhos não me mataram? — gemeu o rapaz. — Minha força me abandonou e não é nenhum veneno. Noite e dia ouço um passo duplo em meu rasto. Quando viro a cabeça, é como se alguém se escondesse naquele instante. Vou olhar atrás das árvores e não há ninguém. Chamo e ninguém responde, mas é como se alguém escutasse e não quisesse responder. Deito-me e não consigo descansar. Corro a corrida da primavera, mas isso não faz que eu me sinta mais calmo. Tomo banho e não me refresco. Matar me desagrada, e não tenho vontade de me bater a não ser para matar. Sinto a Flor Vermelha dentro de mim, meus ossos viraram água e... não sei o que sei.

— Para que tantas palavras? — observou Baloo lentamente, voltando a cabeça para o lado onde Mowgli estava estendido. — Akela não lhe disse, à beira do rio, que o próprio Mowgli reconduziria Mowgli à Alcateia dos Homens? Eu também disse. Mas quem ouve Baloo agora? Bagheera... onde está Bagheera esta noite? Ela também sabe. É a Lei.

— Quando nos encontramos nas Tocas Frias, Homenzinho, eu sabia — disse Kaa, revirando-se um pouco em seus poderosos anéis. — O Homem acaba retornando ao Homem, mesmo que o Jângal não o rejeite.

Os Quatro entreolharam-se e depois fixaram os olhos em Mowgli, confusos, mas prontos a obedecer.

— O Jângal não me rejeita, então? — balbuciou Mowgli.

Irmão Cinzento e os três outros lobos uivaram furiosamente, e começaram a dizer:

— Enquanto vivermos, ninguém se atreverá...

Mas Baloo os interrompeu.

— Eu lhe ensinei a Lei — disse. — Cabe a mim falar e, embora não possa mais ver os rochedos que estão à minha frente, enxergo longe. Pequena Rã, siga seu caminho. Faça seu covil com os de seu sangue, de sua Alcateia e de seu povo. Mas, quando precisar de uma pata, de um dente, de um olho ou quiser transmitir rapidamente uma palavra à noite, lembre-se, Senhor do Jângal, que o Jângal é seu e é só chamar.

— O Jângal Médio também lhe pertence — disse Kaa. — Falo em nome de um povo numeroso.

— Ai de mim, irmãos! — exclamou Mowgli, erguendo os braços com um soluço. — Não sei mais o que faço. Não queria ir embora e me sinto puxado pelos dois pés. Como poderei deixar estas noites?

— Erga os olhos, Irmãozinho — repetiu Baloo. — Não há vergonha nesta caçada. Quando comemos o mel, abandonamos a colmeia vazia.

— Também nós — acrescentou Kaa —, quando trocamos a pele, não podemos vesti-la de novo. É a Lei.

— Ouça, o mais querido de todos para mim — prosseguiu Baloo. — Não há palavra ou vontade que possa retê-lo aqui. Erga os olhos. Quem pode pedir contas ao Senhor do Jângal? Eu o vi brincar entre as pedras brancas neste lugar, quando era uma Rã pequena. Bagheera, que o comprou pelo preço de um touro novo, também o viu. Daquela inspeção só ficamos nós dois, pois Raksha, sua mãe adotiva, morreu, assim como seu pai adotivo. Os lobos velhos da Alcateia já não existem há muito tempo. Você sabe que fim levou Shere Khan. Akela terminou seus dias entre os Cães Vermelhos, quando, não fossem sua sabedoria e sua força, a segunda Alcateia de Seoni também teria perecido. Só restam ossos velhos. Não é, portanto, mais o filhote de homem que pede autorização à Alcateia, mas o Senhor do Jângal que muda de rumo. Quem pode se opor ao homem em seus projetos?

— Mas Bagheera e o Touro que me comprou... — disse Mowgli. — Eu não gostaria...

Suas palavras foram interrompidas por um rugido e pelo ruído de algo que caía nas moitas vizinhas, e Bagheera apareceu, ágil, forte e terrível como sempre.

— *Foi por isto* — disse ela, mostrando a pata dianteira pingando sangue — que não vim antes. A caçada foi longa, mas no meio das moitas jaz morto um touro de dois anos, um touro que lhe devolve a liberdade, Irmãozinho. Todas as dívidas agora estão pagas. Quanto ao resto, a minha palavra é a de Baloo.

A pantera lambeu o pé de Mowgli.

— Lembre-se de que Bagheera lhe quer bem — exclamou, e desapareceu de um salto.

No sopé da colina ela gritou outra vez, por muito tempo e em voz alta:

— Boa caçada em seu novo caminho, Senhor do Jângal! Lembre-se de que Bagheera lhe quer bem.

— Ouviu? — indagou Baloo. — Não há nada mais a acrescentar. Vá agora. Mas antes venha cá. Rãzinha sábia, venha para perto de mim.

— É difícil mudar de pele — observou Kaa, enquanto Mowgli não parava de soluçar, com a cabeça no flanco do urso cego e os braços em volta de seu pescoço. Baloo tentava com delicadeza lamber-lhe os pés.

— As estrelas empalidecem — concluiu Irmão Cinzento, farejando o vento do alvorecer. — Onde vamos dormir hoje? Pois, de agora em diante, seguiremos novas pistas.

* * * * *

Esta é a última história de Mowgli.[1]

A ÚLTIMA CANÇÃO

Esta é a canção que Mowgli ouviu atrás de si no Jângal antes de chegar outra vez à porta de Messua.

[1] Esta é a última história de Mowgli que Kipling escreveu, mas não a última na sequência da vida de Mowgli. A primeira é *O guarda-parques*, publicada em 1893 e a última na sequência.

Baloo

Por amor àquele que mostrou
A uma Rã sábia o caminho do Jângal,
Observe a Lei da Alcateia dos Homens,
Por amor ao velho e cego Baloo.
Antiga ou nova, clara ou confusa,
Siga-a como se fosse a Pista
Durante o dia e durante a noite,
Sem olhar à esquerda ou à direita.
Por amor àquele que o ama,
Mais que a qualquer outro ser com vida,
Quando sua Alcateia o faz sofrer,
Diga: "Tabaqui canta de novo".
Quando sua Alcateia lhe fizer mal,
Diga: "Shere Khan ainda não foi morto".
Quando a faca está pronta para matar,
Observe a Lei e siga o seu caminho.
(Raiz e mel, palma ou botão,
Guardem o filhote da sorte cruel.)
Bosque e Água, Vento e Árvore,
O Favor do Jângal o acompanhe.

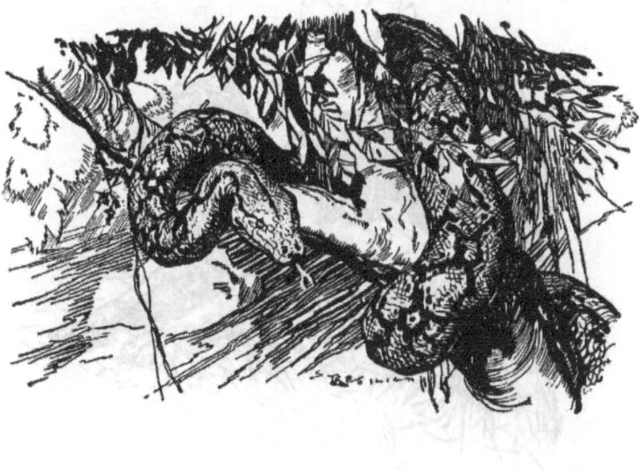

Kaa

A cólera é o ovo do Medo.
Olho sem pálpebra vê melhor.
Veneno de Cobra nada cura,
Mesmo assim fale com a Cobra.
O falar franco lhe dará força,
Cuja companheira é a cortesia.
Não faça nenhuma investida muito longe.
Não apoie sua força em galho podre.
Veja se sua fome quer gamo ou cabra,
Para que o olho não sufoque a garganta.
Depois de comer, se quiser dormir,
Procure uma toca escondida e profunda,
Para que um erro, que você esqueceu,
Não leve seu assassino até o local.
Em todos os pontos cardeais
Lave sua pele e feche sua boca.
(Abismo e fenda e beira de lagoa azul,
O Jângal Médio o segue!)
Bosque e Água, Vento e Árvore,
O Favor do Jângal o acompanhe.

Bagheera

Numa jaula minha vida começou,
Sei bem o que vale o Homem.
Pela fechadura quebrada que me deu a liberdade,
Filhote de Homem, cuidado com a gente de sua raça!
Quando o orvalho perfuma e a luz das estrelas empalidece,
Não escolha a pista confusa do gato selvagem.
Na Alcateia ou no conselho, na caça ou na toca,
Não proclame a trégua com o Homem-Chacal.
Responda com o silêncio quando disserem:
"Vem conosco, a vida é fácil!"
Responda com o silêncio quando pedirem
Sua ajuda para prejudicar o mais fraco.
Não se gabe de sua habilidade como os *Bandar-log*.
Mantenha a calma em cima da presa.
Não permita que chamado, canção ou sinal
Façam-no desviar-se de seu caminho.
(Brumas da manhã ou crepúsculos claros,
Sirvam-no bem, Guardiões dos Cervos!)
Bosque e Água, Vento e Árvore,
O Favor do Jângal o acompanhe.

Os Três

No caminho que deve trilhar
Até os umbrais que tememos,
Onde a Flor Vermelha desabrocha;
Nas noites, quando se deitar,

Aprisionado e longe do céu materno,
Escutando seus amigos passar;
Ao amanhecer, quando acordar,
No duro trabalho ao qual não pode faltar,
Sempre sentindo saudade do Jângal:
Bosque e Água, Vento e Árvore,
Sabedoria, Força e Cortesia,
O Favor do Jângal o acompanhe.

O GUARDA-PARQUES*

O filho único deitou-se e sonhou que sonhava um sonho.
A última cinza apagou-se na fogueira com estalo de uma faísca.
O filho único despertou outra vez e gritou na noite escura:
"Por acaso nasci de mulher e descansei no colo de uma mãe?
Pois sonhei com uma pele felpuda onde fui repousar.
Por acaso nasci de mulher e deitei nos braços de um pai?
Pois sonhei com dentes brancos longos para me defender
[do mal.
Por acaso nasci de mulher e brinquei sozinho?
Pois sonhei com dois companheiros que me mordiam no osso.
Não rompi o pão de cevada e o umedeci no prato?
Pois sonhei com tenros cabritinhos que do estábulo saíam.
Falta uma hora, falta uma hora para a lua aparecer,
Mas posso ver as vigas escuras do teto como se fosse meio-dia.
As cataratas do Lena, onde os rebanhos de cervos vão, distam
[léguas e léguas,
Mas posso ouvir os balidos da corça nova atrás da mãe.
As cataratas do Lena, onde a colheita e a montanha se
[encontram,
[distam léguas e léguas,
Mas posso sentir o cheiro do vento quente e úmido que sussurra
[através dos trigais".

O filho único

* Do original inglês "*In the Rukh*", conto escrito em 1893, antes de Kipling publicar *The Jungle Book.*

Entre os organismos do serviço público que atuam sob as ordens do governo da Índia, nenhum é mais importante que o Departamento de Parques e Florestas. O reflorestamento de toda a Índia está em suas mãos, ou estará, quando o governo tiver o dinheiro necessário. Seus servidores combatem as tempestades de areia e as dunas que mudam de posição, cercando seus lados com trançados de varas, represando sua frente com diques e contendo-as da base ao topo com a ajuda de grama firme e pinheiros altos, de acordo com as normas de Nancy. Eles são responsáveis por toda a madeira das florestas que o Estado possui no Himalaia, assim como pelas encostas nuas que as monções varrem até convertê-las em valos secos e barrancos doentes, cada ferida gritando o dano que o abandono pode produzir. Realizam experiências com batalhões de árvores exóticas e afagam os eucaliptos para que criem raízes e talvez acabem com a febre do Canal.

Nas planícies, o dever principal desses funcionários consiste em manter limpos os cinturões que servem para deter o fogo dentro das reservas florestais, de modo que, quando a seca chegar e o gado passar fome, seja possível abrir totalmente essas reservas aos rebanhos e permitir que os próprios aldeões possam apanhar lenha. Podam e cortam para abastecer os depósitos de combustível ao longo das linhas de estradas de ferro que não usam carvão. Calculam o lucro de suas plantações com uma minúcia que chega a cinco casas decimais. São os médicos e parteiros das florestas colossais de tecas na Alta Birmânia, de borracha nas Matas do Leste e de nozes-de-galha no Sul. E enfrentam sempre o obstáculo da falta de verbas.

Mas, como a atividade do funcionário dos parques obriga-o a permanecer longe das trilhas batidas e das estações regulares, ele aprende sobre muitas coisas além da mata. Aprende a conhecer os habitantes e a organização do Jângal. Encontra o tigre, o urso, o leopardo, o cão selvagem e toda a família dos cervos, não uma vez ou duas após dias de batida, mas a cada passo e no cumprimento de suas obrigações. Passa grande parte de sua vida em cima da sela ou debaixo da lona, como amigo das árvores recém-plantadas, como companheiro de *rangers*[1] rudes e batedores cabeludos, até que seus cuidados se tornam visíveis e os bosques, por sua vez, imprimem sua marca nele. Então deixa de cantar as canções francesas maliciosas que aprendeu em Nancy e se torna silencioso entre os seres silenciosos da vegetação rasteira.

Gisborne, dos Parques e Florestas, estava no serviço havia quatro anos. No início gostava dele sem chegar a compreendê-lo, pelo prazer de viver ao ar livre e a cavalo e porque o revestia de autoridade. Depois passou a detestá-lo furiosamente, e seria capaz de dar o salário de um ano para viver um mês a vida social que a Índia pode proporcionar. Vencida a crise, a floresta voltou a apoderar-se dele, e sentiu-se satisfeito de dedicar a ela seus serviços, de alongar e ampliar seus espaços guarda-fogos, de contemplar a neblina verde de suas plantações novas contrastando com as folhagens mais antigas, de dragar os arroios obstruídos, de acompanhar e fortalecer a floresta em sua batalha final quando ela retrocedia e morria entre o capinzal. Num dia sem brisa, decidia-se a botar fogo nesse capinzal e centenas de animais que viviam ali saíam correndo das chamas pálidas em pleno meio-dia. Mais tarde, a floresta voltava a expandir-se no solo enegrecido em filas ordenadas de plantas novas e Gisborne, contemplando-a, ficava satisfeito.

Seu bangalô, um chalé de dois quartos, coberto de palha e com paredes brancas, erguia-se numa extremidade do grande *rukh*[2] e dominava o panorama. Gisborne não pretendia cultivar um jardim, porque o *rukh* avançava até sua porta, curvando-se em forma de um pequeno bosque de bambus em cima da casa, e, quando montava a cavalo, podia sair da varanda ao centro do bosque sem precisar de carro.

Abdul Gafur, seu gordo copeiro muçulmano, servia-o à mesa quando ele ficava em casa e passava o resto do tempo tagarelando com o pequeno grupo de servidores nativos cujas cabanas ficavam atrás do bangalô. O serviço era feito por dois

---

[1] Um tipo de guarda-florestal.

[2] Termo que designa as reservas florestais da Índia.

criados, um cozinheiro, um carregador de água e um faxineiro, e ninguém mais. Gisborne limpava ele próprio suas armas e não tinha cachorro. Os cães espantavam a caça. Gisborne gostava de poder dizer onde os súditos de seu império iriam beber ao despontar da lua, comer antes de raiar o dia e descansar no calor do dia. Os *rangers* e os guardas-florestais moravam longe, em pequenas cabanas dentro do *rukh*, e só apareciam quando um deles era ferido pela queda de uma árvore ou por um animal selvagem. Gisborne vivia sozinho.

Na primavera, poucas folhas novas brotavam no *rukh* e ele continuava seco e imóvel, sem ser tocado pelo dedo do ano, à espera da chuva. Nessa estação, só aumentavam os gritos e rugidos na escuridão das noites tranquilas: o tumulto de lutas magníficas entre tigres, o bramido de um cervo arrogante ou o corte intenso de madeiras por um javali velho afiando suas presas num tronco de árvore. Nessa época, Gisborne punha totalmente de lado sua arma pouco usada, pois considerava então que era pecado matar.

No verão, durante o forte calor de maio, o *rukh* era envolvido pela neblina e Gisborne permanecia atento para descobrir a primeira espiral de fumaça que denunciasse um incêndio na floresta. Depois vinham as chuvas com estrépito, o *rukh* desaparecia entre as invasões sucessivas de cerração quente, e as folhas largas ressoavam ao longo da noite sob o tamborilar dos grossos pingos de água. Em seguida se ouvia o ruído de água corrente e de vegetação verde suculenta estalando onde o vento a sacudia, enquanto os relâmpagos teciam figuras por trás da densa esteira da folhagem. Então o sol novamente se soltava e o *rukh* se erguia com seus flancos tépidos fumegantes para o céu recém-lavado. Por fim, o calor e o frio seco davam a todas as coisas a cor da pele do tigre que tinham antes.

Assim Gisborne aprendia a conhecer seu *rukh* e sentia-se muito feliz. Seu ordenado chegava todos os meses, mas ele tinha pouquíssima necessidade de dinheiro. As notas de banco iam se acumulando na gaveta onde guardava as cartas de sua terra e a máquina de recarregar cartuchos. Se tirava algum dinheiro dali, era para fazer uma compra no Jardim

Eduardo Feito

Botânico de Calcutá ou para pagar à viúva de um *ranger* uma pequena quantia que o governo da Índia demorava a liberar com a morte do marido.

Pagar era bom, mas a vingança também era necessária, e Gisborne vingava-se quando podia. Numa noite entre muitas outras, chegou um corredor, exausto e ofegante, trazendo-lhe a notícia de que um guarda-florestal jazia morto perto do ribeirão Kani, com um lado da cabeça esmagado como casca de ovo. Gisborne saiu de madrugada à procura do assassino. Somente os viajantes, e de vez em quando alguns jovens militares, são conhecidos no mundo como grandes caçadores. Os agentes das florestas consideram seu *shikar*[3] parte do trabalho diário e ninguém ouve falar disso. Gisborne dirigiu-se a pé ao local do assassinato. A viúva lamentava-se ao lado do corpo estendido sobre um catre, enquanto dois ou três homens examinavam rastos na terra úmida.

— Foi o Vermelho — disse um deles. — Eu pensava que chegaria o momento em que ele atacaria o homem, embora haja caça suficiente mesmo para ele. Deve ter feito isso por pura maldade.

— O Vermelho tem seu covil nas rochas atrás dos salgueiros — comentou Gisborne, que conhecia o tigre suspeito.

— Agora não, *Sahib*, agora não. Ele deve estar furioso, vagando de um lado para outro. Lembre-se de que o primeiro assassinato se converte sempre em três. Nosso sangue os deixa loucos. Talvez esteja atrás de nós neste momento, enquanto conversamos.

— É possível que tenha ido à cabana mais próxima — disse outro. — São só quatro *koss*[4] daqui. Administrador, quem é este?

Gisborne virou-se ao mesmo tempo que os outros. Um homem descia o leito seco do ribeirão, nu, somente com uma tanga na cintura, porém coroado com uma guirlanda de flores brancas de trepadeira. Caminhava tão silenciosamente sobre

---

[3] Caçada com uso de arma de fogo.

[4] Aproximadamente seis quilômetros e meio.

os seixos pequenos que até Gisborne, acostumado ao passo suave dos batedores, sobressaltou-se.

— O tigre que matou foi beber e dorme agora debaixo de uma rocha atrás desta colina — começou ele, sem cumprimentar ninguém.

Sua voz era clara, com uma sonoridade de campainha, totalmente diferente do tom lamuriante habitual dos nativos, e seu rosto, quando o ergueu à luz do sol, poderia ser de um anjo extraviado nos bosques. A viúva cessou suas lamentações sobre o cadáver e arregalou os olhos ao ver o desconhecido, depois retornou ao seu dever de luto com ímpeto redobrado.

— O *Sahib* quer que eu o mostre? — perguntou simplesmente o desconhecido.

— Se tem certeza... — começou Gisborne.

— Certeza absoluta. Não faz uma hora que vi... o cão. Chegou seu tempo de comer carne humana. Ele ainda tem doze dentes sadios na boca perversa.

Os homens que estavam ajoelhados examinando as marcas de passos afastaram-se dissimuladamente com medo de que Gisborne lhes pedisse que o acompanhassem, e o jovem recém-chegado deixou ouvir um pequeno riso entre os dentes.

— Venha, Sahib — gritou ele.

E deu meia-volta, mostrando o caminho ao companheiro.

— Não tão depressa. Não posso andar nesse passo — disse o homem branco. — Pare aí. Seu rosto é novo para mim.

— É bem possível, porque acabei de chegar a esta floresta.

— Veio de que aldeia?

— Não tenho aldeia. Venho daquela direção.

E apontou o braço para o norte.

— É então um nômade?

— Não, *Sahib*. Sou um homem sem casta e, portanto, sem pai.

— Como os homens o chamam?

— Mowgli, *Sahib*. E como o *Sahib* se chama?

— Sou o encarregado deste *rukh*. Gisborne é o meu nome.

— Como? Por aqui dão número às árvores e aos pés de erva?

— Perfeitamente, e fazemos isso para que andarilhos como você não botem fogo neles.

— Eu? Eu não faria mal ao Jângal por nada no mundo. É a minha casa.

Virou-se para Gisborne com um sorriso irresistível e ergueu a mão em sinal de advertência.

— Agora, *Sahib*, devemos andar com um pouco de cautela. Não há necessidade de despertar o cão, embora tenha sono muito pesado. Talvez seja melhor que eu vá na frente sozinho e o traga até o *Sahib* seguindo a direção favorável do vento.

— Por Alá! Desde quando homens nus levam e trazem tigres de um lado para outro como gado? — indagou Gisborne, atônito com a ousadia daquele homem.

O jovem voltou a sorrir com indulgência.

— Nesse caso, venha comigo e atire nele ao seu modo com o grande rifle inglês.

O funcionário dos parques seguiu os passos do guia, escorregou, andou de rastos, escalou e se agachou, sofrendo todos os tormentos de uma aproximação furtiva no Jângal. Estava corado e gotejava suor quando Mowgli, por fim, pediu-lhe para erguer a cabeça e olhar por sobre uma rocha azul e calcinada próxima a uma pequena lagoa na colina. À beira da água, o tigre, estendido e à vontade, limpava com lambidas indolentes sua garra enorme e uma pata dianteira. Era velho, com dentes amarelos e meio esquálido, mas, naquele espaço e em pleno sol, ainda muito imponente.

Gisborne não se deixava levar por falsos escrúpulos de desportista quando se tratava de um devorador de homens. Aquele animal era nocivo e tinha de ser morto o quanto antes. Esperou até recuperar o fôlego, apoiou o rifle sobre a rocha e assobiou. A cabeça da fera virou-se lentamente, a pouco mais de seis metros da boca do rifle, e Gisborne cravou duas balas, uma na omoplata e outra pouco abaixo do olho, como quem cumpre uma tarefa corriqueira da profissão. A tão curta distância, os ossos fortes não constituíam defesa suficiente contra a ação dilacerante das balas.

— Bem, em todo caso, não vale a pena guardar a pele — disse ele, quando a fumaça dissipou-se e a fera esperneava nos últimos estertores da agonia.

— A morte de um cão para um cão! — exclamou Mowgli tranquilamente. — A verdade é que não há nada nessa carniça que mereça ser aproveitado.

— Os bigodes. Não quer levar os bigodes? — perguntou Gisborne, que sabia o valor que os *rangers* dão a essas coisas.

— Eu? Por acaso sou um *shikarri* piolhento do Jângal para rapar um focinho de tigre? Que fique aí. Seus amigos já estão chegando.

Um abutre que descia soltou um grasnado agudo acima da cabeça deles, enquanto Gisborne fazia saltar com um golpe seco fora do rifle os cartuchos vazios e enxugava o rosto.

— Se você não é um *shikarri*, onde aprendeu a conhecer os tigres? — perguntou o funcionário dos parques. — Nenhum batedor teria feito melhor.

— Odeio todos os tigres — respondeu Mowgli secamente. — Deixe-me carregar seu rifle, *Sahib*. Arre, é um belo rifle. Para onde o *Sahib* vai agora?

— Para casa.

— Posso ir junto? Ainda não vi uma casa de homem branco por dentro.

Gisborne regressou ao seu bangalô. Mowgli caminhava a passos largos na frente, sem fazer o menor ruído, com sua pele morena reluzindo ao sol.

Olhou com curiosidade a varanda e as duas cadeiras que se encontravam ali, tocou com receio as cortinas de tiras de bambu e entrou, lançando sempre os olhos para trás. Gisborne desprendeu uma cortina, por causa do sol forte. Ela caiu com estrépito, porém, antes que tocasse a laje da varanda, Mowgli havia saltado fora e permanecia em pé, com o peito arquejante, ao ar livre.

— É uma armadilha — apressou-se em dizer.

Gisborne pôs-se a rir.

— Os homens brancos não preparam armadilhas para outros homens. Ao que parece, você pertence inteiramente ao Jângal.

— Vejo que ela não prende nem tem descaída — disse Mowgli. — Eu... eu nunca vi coisas como essa antes.

Entrou na ponta dos pés e arregalou os olhos ao ver os móveis dos dois aposentos. Abdul Gafur, que servia a mesa para o almoço, olhou-o com repugnância profunda.

— Tanto incômodo para comer e tanto incômodo para deitar-se depois de ter comido — disse Mowgli, sorrindo. — Fazemos melhor no Jângal. É maravilhoso. Há aqui muitas coisas de grande valor. O *Sahib* não tem medo de ser roubado? Nunca vi coisas tão maravilhosas.

Contemplava uma baixela de bronze de Benares, coberta de pó, numa prateleira oscilante.

— Só um ladrão dos que vadiam pelo Jângal seria capaz de roubar aqui — disse Abdul Gafur, colocando ruidosamente um prato sobre a mesa.

Mowgli arregalou os olhos e mirou fixamente o muçulmano de barba branca.

— Em meu país, quando as cabras balem muito alto, cortamos sua garganta — retorquiu-lhe alegremente. — Mas não tenha medo. Estou indo embora.

Deu meia-volta e desapareceu no *rukh.* Gisborne seguiu-o com um sorriso, que terminou num leve suspiro. Não havia grande coisa fora de seu trabalho regular para despertar o interesse do funcionário dos parques, e esse filho da floresta, que parecia conhecer os tigres como outros conhecem os cães, podia ser uma distração para ele.

— É um rapaz admirável — pensou Gisborne. — Ele se parece com as ilustrações do *Dicionário clássico.* Gostaria de fazer dele meu carregador de armas. Não tem graça caçar sozinho, e esse indivíduo seria um *shikarri* perfeito. Estou curioso de saber exatamente quem é.

Naquele entardecer, Gisborne sentou-se na varanda contemplando as estrelas e fumando, enquanto deixava seu pensamento devanear. Uma espiral de fumaça ergueu-se do fornilho de seu cachimbo. Quando se dissipou, Gisborne percebeu a presença de Mowgli sentado com os braços cruzados na borda da varanda. Um fantasma não se teria instalado ali mais silenciosamente. Gisborne assustou-se e deixou o cachimbo cair.

— Não há no *rukh* nenhum homem com quem se possa conversar — disse Mowgli. — Foi por isso que vim.

Apanhou o cachimbo no chão e o devolveu a Gisborne.

— Ah! — exclamou o funcionário dos Parques depois de longa pausa. — Alguma novidade no *rukh*? Encontrou outro tigre?

— Os *nilghais* trocam de pasto na lua nova, segundo o seu costume. Os javalis se alimentam agora perto do ribeirão Kani, porque não querem comer com os *nilghais*, e um leopardo matou uma das javalinas no capinzal da nascente do rio. Não sei mais nada.

— E como soube tudo isso? — indagou Gisborne.

E se inclinou para a frente, cravando a vista naqueles olhos que brilhavam à luz das estrelas.

— Como não saberia? O *nilghai* tem seus usos e costumes, e qualquer criança sabe que o javali não quer comer com ele.

— Pois eu não sabia — disse Gisborne.

— Hum! E o senhor é o encarregado... o encarregado de todo este *rukh*, segundo me disseram os homens das cabanas!

Ele riu para si mesmo.

— Você pode falar e contar histórias de crianças, dizendo que no *rukh* ocorre isto ou aquilo, porque ninguém pode desmenti-lo — replicou Gisborne, irritado com esse riso.

— Quanto à carcaça da javalina, amanhã lhe mostrarei os ossos — respondeu Mowgli, imperturbável. — No que se refere aos *nilghais*, se o *Sahib* ficar sentado onde está, sem fazer nenhum ruído, farei que um *nilghai* venha aqui e, se escutar com atenção, poderá dizer de onde esse *nilghai* veio.

— Mowgli, o Jângal o deixou louco — disse Gisborne. — Quem é capaz de conduzir um *nilghai* para onde quer?

— Quieto. Sente-se aqui e fique em silêncio. Estou indo.

— Meu Deus, este homem é um fantasma! — exclamou Gisborne, porque Mowgli desapareceu na escuridão sem o menor ruído de passos.

O *rukh* estendia-se em grandes dobras de veludo sob a cintilação indecisa de uma poeira de estrelas. O silêncio era tal que a menor brisa errante, ao circular entre as copas das árvores, chegava ao ouvido como a respiração de uma criança dormindo serenamente. Abdul Gafur fazia os pratos tilintarem, na cozinha.

— Não faça barulho aí dentro! — gritou Gisborne.

E se recolheu para escutar, como faz um homem habituado à calma da mata. Para manter no isolamento o respeito a si mesmo, costumava vestir traje de rigor todas as noites para jantar.[5] O peitilho branco engomado produzia um leve estalido rítmico ao compasso da respiração, até que ele mudou um pouco de posição. Então o tabaco do cachimbo um tanto entupido começou a ronronar e ele atirou o cachimbo para longe. Agora, a não ser a brisa da noite, tudo estava quieto no *rukh*.

A uma distância inconcebível e arrastando-se através da escuridão sem limites, subiu o eco fraco, amortecido, do uivo de um lobo. Logo voltou a reinar um silêncio que pareceu durar horas intermináveis. Por fim, quando suas pernas, abaixo dos joelhos, haviam perdido a sensibilidade, Gisborne ouviu algo que podia passar por um ruído de ramos quebrados ao longe, atrás das moitas. Ficou em dúvida, até que o ruído repetiu-se uma vez, depois outra.

— Vem do oeste — murmurou. — Há alguma coisa vindo dali.

O ruído foi aumentando. Um estalido depois de outro, uma investida depois de outra, acompanhados do grunhido rouco de um *nilghai* perseguido de perto, fugindo presa de um terror pânico, sem se preocupar com a direção que tomava.

Um vulto emergiu por entre os troncos das árvores, deu meia-volta, voltou a girar em sentido contrário, grunhindo, e, depois de bater com os cascos no solo nu, saltou quase ao alcance da mão de Gisborne. Era um *nilghai* macho, pingando orvalho e arrastando em sua cernelha um talo de trepadeira arrancado em sua fuga, com os olhos brilhantes refletindo as luzes da casa. O animal deteve-se ao ver o homem, depois fugiu contornando as bordas do *rukh* até sumir na escuridão.

---

[5] Os membros do Império da rainha Vitória tinham o costume de vestir-se para o jantar com casaco preto e camisa engomada quando se encontravam longe da pátria.

O primeiro pensamento que veio à mente confusa de Gisborne foi a inconveniência de trazer à força o grande macho azul do *rukh* para submetê-lo a uma inspeção e fazê-lo correr na noite, que lhe pertencia por direito.

Quando ainda olhava com os olhos atônitos, uma voz suave disse-lhe ao ouvido:

— Ele veio da nascente do rio, onde dirigia a manada. Veio do oeste. O *Sahib* acredita agora, ou terei de trazer a manada inteira para ser contada? O *Sahib* é o responsável por este *rukh*.

Mowgli voltou a sentar-se na varanda, com a respiração um pouco acelerada. Gisborne olhava para ele com a boca aberta.

— Como fez isso? — perguntou.

— O *Sahib* viu. O macho deixou-se guiar, como se guia um búfalo. Ah! Ah! Ele terá uma bela história para contar quando voltar à manada.

— Esse estratagema é novo para mim. Você pode, então, correr tão rápido quanto o *nilghai*?

— O *Sahib* viu. Se o *Sahib* desejar, a qualquer momento, saber mais sobre os movimentos da caça, eu, Mowgli, estarei aqui. É um bom *rukh* e pretendo ficar.

— Fique então e, se precisar de uma refeição, meus criados a servirão.

— Aceito a oferta, pois aprecio os alimentos cozidos — respondeu Mowgli prontamente. — Ninguém pode dizer que não como carne cozida ou assada igual a qualquer outro homem. Virei para a refeição. Agora, de meu lado, prometo que o *Sahib* dormirá em segurança à noite em sua casa e que nenhum ladrão entrará para levar seus ricos tesouros.

A conversa terminou por si mesma com a partida brusca de Mowgli. Gisborne permaneceu muito tempo sentado, fumando. O resultado de suas reflexões foi que tinha finalmente encontrado em Mowgli o *ranger* e o guarda-florestal ideal que ele e o Departamento sempre procuraram.

— Terei de colocá-lo, de um modo ou de outro, a serviço do governo. Um homem capaz de guiar um *nilghai* deve saber mais sobre o *rukh* que cinquenta outros. Esse homem é um prodígio, um *lusus naturæ.*[6] Ele será um guarda-florestal se eu conseguir que se fixe em um lugar — disse Gisborne.

A opinião de Abdul Gafur era menos favorável. Confidenciou a Gisborne, no momento de se deitar, que os estranhos que vinham de Deus-sabe-onde tinham mais probabilidade de ser ladrões profissionais, e que a ele, pessoalmente, não agradavam os indivíduos sem casta e nus, que não se dirigiam de maneira adequada aos brancos. Gisborne riu e ordenou-lhe que se retirasse para seus aposentos, o que Abdul Gafur fez resmungando. Tarde da noite ele se levantou da cama e surrou sua filha de treze anos. Ninguém soube o motivo da discussão, mas Gisborne ouviu o choro.

Nos dias seguintes, Mowgli vinha e ia embora como uma sombra. Estabelecera-se com seus utensílios domésticos rústicos perto do bangalô, porém na orla do *rukh,* num lugar onde Gisborne, ao sair à varanda para respirar ar fresco, via-o às vezes sentado ao luar, com a testa apoiada nos joelhos ou deitado ao comprido na reentrância de um galho de árvore, grudado firmemente a ele como fazem à noite alguns animais. Dali Mowgli dirigia-lhe uma saudação e lhe desejava um sono tranquilo, ou então, descendo da árvore, contava-lhe histórias prodigiosas sobre os costumes dos animais do *rukh.* Certa vez entrou nas estrebarias e o encontraram contemplando os cavalos com vivo interesse.

— Este é um sinal incontestável de que um dia ou outro ele roubará um deles — declarou Abdul Gafur intencionalmente. — Por que, se ele vive ao redor desta casa, não arranja um emprego honesto? Não, prefere vadiar de cima para baixo como um camelo perdido, virando a cabeça dos imbecis e fazendo a mandíbula dos insensatos se abrir com os relatos de sua loucura.

Desse modo, Abdul Gafur dava ordens duras a Mowgli quando os dois se encontravam, mandando-o buscar água ou depenar as galinhas, e Mowgli obedecia rindo com indiferença.

---

[6] Capricho da natureza.

— Ele não pertence a nenhuma casta — dizia Abdul Gafur. — É capaz de fazer qualquer coisa. Cuide, *Sahib*, para que ele não passe dos limites. Uma serpente é uma serpente, e um cigano do Jângal é ladrão até o último suspiro.

— Neste caso, cale-se — respondeu Gisborne. — Permito-lhe corrigir os membros de sua casa, contanto que não faça muito barulho, porque conheço seus hábitos e costumes. Você não conhece os meus. O homem é, sem dúvida, um pouco maluco.

— Na verdade, muito maluco — replicou Abdul Gafur. — Mas veremos o que sucederá.

Poucos dias depois, os assuntos de seu cargo levaram Gisborne a percorrer o *rukh* durante três dias. Abdul Gafur, velho e obeso, ficou em casa. Não apreciava dormir em choças de *rangers* e tinha a propensão de arrecadar, em nome de seu patrão, contribuições de cereais, óleo e leite de pessoas para as quais essa liberalidade era onerosa.

Gisborne partiu a cavalo de madrugada, um pouco contrariado por não encontrar na varanda o homem dos bosques para acompanhá-lo. Gostava dele. Agradavam-lhe sua força, sua agilidade, o silêncio de seus passos e seu sorriso sempre pronto a abrir-se, sua ignorância de todas as formas de cerimônias e saudações, o encanto infantil das histórias (nas quais Gisborne acreditava agora) que ele contava sobre o que os animais selvagens faziam no *rukh*. Depois de cavalgar uma hora por entre a folhagem, Gisborne ouviu um farfalhar atrás dele: era Mowgli que corria a passos miúdos junto ao seu estribo.

— Temos pela frente três dias de trabalho nas novas plantações de árvores — disse Gisborne.

— Bom — disse Mowgli. — É sempre excelente cuidar das árvores novas. Elas oferecerão abrigo mais tarde, se os animais as deixarem em paz. Precisamos expulsar os javalis mais uma vez.

— Mais uma vez? Como? — perguntou Gisborne, sorrindo.

— Sim. Na noite passada eles remexiam a terra com o focinho e afiavam as presas entre os salgueiros novos, e os enxotei dali. Por isso não estava na varanda esta manhã. É preciso impedir que os javalis andem deste lado do *rukh*.

Temos de obrigá-los a permanecer abaixo da nascente do ribeirão Kani.

— Um homem capaz de pastorear as nuvens poderia fazer isso. Mas, Mowgli, se, como diz, você é pastor no *rukh* sem ganhar nada, sem pagamento...

— Este *rukh* é do *Sahib* — disse Mowgli, erguendo os olhos com vivacidade.

Gisborne agradeceu com um sinal de cabeça e continuou:

— Não seria melhor trabalhar com remuneração do governo? Este paga uma pensão para quem lhe presta serviço por muitos anos.

— Pensei nisso — disse Mowgli — ss, mas os *rangers* vivem em choças de portas fechadas e, para mim, tudo isso se parece muito com uma armadilha. No entanto, penso...

— Pense bem, então, e me diga mais tarde. Paremos aqui para a primeira refeição.

Gisborne desceu do cavalo, tirou a refeição da manhã dos alforjes de fabricação caseira, e verificou que faria calor naquele dia no *rukh*. Mowgli estava deitado ao lado dele na relva, olhando fixamente para o céu.

Um instante depois, murmurou com indolência:

— *Sahib*, deu ordem, no bangalô, para sair com a égua branca hoje?

— Não, está gorda e velha, e, além disso, manca um pouco. Por que pergunta?

— Porque alguém a monta neste momento, e a passo acelerado, na estrada que leva à linha do trem.

— Bah, essa estrada fica a dois *koss* daqui. O ruído que você ouve é de um pica-pau.

Mowgli ergueu o antebraço para proteger os olhos do sol.

— A estrada faz uma grande curva a partir do bangalô. A voo de abutre ele está no máximo a um *koss* de distância, e o som voa como os pássaros. Vamos ver?

— Que loucura! Correr um *koss* com este sol para comprovar um ruído na floresta!

— Não, a égua é a égua do *Sahib*. Eu queria somente trazê-la aqui. Se não é a égua do *Sahib*, não tem importância.

Se é, o *Sahib* pode fazer o que quiser. Neste momento está sendo cavalgada a toda a brida.

— E como vai fazer para trazê-la até aqui, louco como é?

— O *Sahib* se esqueceu? Pelo caminho do *nilghai*, e por nenhum outro.

— De pé, então, e corra, já que mostra tanto zelo.

— Ah, não preciso correr.

Estendeu a mão para pedir silêncio e, sempre deitado de costas, chamou três vezes em voz alta, com um grito gorgolejante e intenso, que era novo para Gisborne.

— A égua virá — disse ele por fim. — Esperemos na sombra.

Os longos cílios baixaram sobre os olhos selvagens e Mowgli começou a dormitar no silêncio da manhã. Gisborne esperou pacientemente. Mowgli era certamente louco, mas nunca um funcionário do Departamento de Parques, em sua solidão, poderia desejar companhia mais agradável.

— Ah! Ah! — disse Mowgli preguiçosamente, sem abrir os olhos. — Ele caiu. Bem, a égua chegará primeiro e depois o homem.

Em seguida bocejou, enquanto o pônei reprodutor de Gisborne relinchava. Três minutos mais tarde, a égua branca, com sela e rédea, mas sem cavaleiro, irrompeu na clareira onde estavam sentados e correu até seu companheiro.

— Não está muito suada — disse Mowgli. — Mas, com este calor, o suor aparece facilmente. Daqui a pouco vamos ver o cavaleiro, pois o homem anda com mais lentidão que o cavalo, sobretudo quando o caminhante é gordo e velho.

— Por Alá! Isto é coisa do demônio — exclamou Gisborne, colocando-se de pé de um salto, pois ouviu um grito no Jângal.

— Não se preocupe, *Sahib*. Ele não sofrerá mal algum. Também dirá que é coisa do demônio. Ah! Ouça! O que é isso?

Era a voz de Abdul Gafur na angústia do terror, pedindo aos gritos para seres desconhecidos que tivessem compaixão dele e de seus cabelos brancos.

— Não, não posso dar mais um passo — gemia. — Estou velho e perdi meu turbante. Arre! Arre! Mas caminharei.

Certamente me apressarei. Correrei! Oh, demônios do inferno, sou um muçulmano!

A vegetação rasteira abriu-se e Abdul Gafur apareceu, sem turbante, sem sapatos, com a faixa do peito solta, lama e capim nas mãos fechadas e o rosto afogueado. Viu Gisborne, gritou de novo e se atirou, extenuado e trêmulo, a seus pés. Mowgli contemplava-o com um sorriso afável.

— Isto não é engraçado — disse Gisborne severamente. — O homem vai morrer, Mowgli.

— Ele não morrerá. Somente tem medo. Ele não precisava sair para dar um passeio.

Abdul Gafur gemeu e se levantou, tremendo em todos os seus membros.

— É bruxaria... bruxaria e magia negra — soluçou, buscando algo com sua mão no peito. — Como castigo pelo meu pecado, os demônios vieram açoitando-me pelos bosques. Tudo está acabado. Eu me arrependo. Pegue-as, *Sahib*!

— O que isso quer dizer, Abdul Gafur? — perguntou Gisborne, já adivinhando do que se tratava.

— Coloque-me na cadeia. As notas estão todas aqui. Mas tranque-me bem, para que os demônios não possam seguir-me. Pequei contra o *Sahib* e o sal que comi. Se não fossem esses demônios malditos do bosque, poderia comprar terra longe daqui e viver em paz o resto dos meus dias.

Batia com a cabeça no chão na angústia do desespero e da humilhação. Gisborne virou o maço de notas do banco repetidas vezes. Eram seus salários acumulados nos últimos nove meses, o rolo que se encontrava na gaveta com as cartas e a máquina de recarregar cartuchos. Mowgli contemplava Abdul Gafur, rindo em silêncio para si mesmo.

— Não é preciso que me recoloquem sobre o cavalo. Voltarei para casa caminhando lentamente com o *Sahib*, e então ele poderá enviar-me sob escolta à prisão. O governo castiga esse crime com muitos anos de cadeia — disse o copeiro com expressão de tristeza.

A solidão no *rukh* influi em muitas ideias sobre diversas coisas. Gisborne olhou para Abdul Gafur fixamente. Lembrou-se de que era um servidor excelente, de que seria preciso habituar desde o início um novo copeiro aos costumes da casa e de que, quando muito, sempre seria um rosto novo e uma voz nova.

— Ouça, Abdul Gafur — disse. — Você cometeu um grande erro e perdeu por completo seu *izzat*[7] e sua reputação. Mas acho que esta ideia se apoderou de você de repente.

— Por Alá! Nunca desejei possuir o dinheiro antes. O Maligno me agarrou pela garganta quando o estava olhando.

— Nisso também posso acreditar. Volte portanto para casa e, quando eu retornar, mandarei um mensageiro levar as notas ao banco e não falaremos mais sobre o assunto. Você está velho demais para ficar preso. Ademais, sua família não tem culpa alguma.

Como única resposta, Abdul Gafur soluçou entre as botas de couro de vaca de Gisborne.

— Então não vai me despedir? — indagou soluçando.

— Veremos. Isso dependerá de sua conduta quando retornarmos. Monte na égua e volte para casa devagar.

— E os demônios? O *rukh* está cheio de demônios.

— Não se preocupe, meu pai. Eles não lhe farão mais mal algum, a menos, é claro, que não obedeça às ordens do *Sahib* — disse Mowgli. — Neste caso, talvez o levem até em casa, pelo caminho do *nilghai*.

O maxilar inferior de Abdul Gafur caiu, enquanto ajeitava sua faixa no peito, e ficou olhando atônito para Mowgli.

— São por acaso os demônios *dele*? Seus demônios! E eu que pensava voltar para casa e colocar a culpa neste feiticeiro!

— Foi bem pensado, *Huzrut*,[8] mas antes de preparar uma armadilha é preciso considerar o tamanho da caça que se quer apanhar. Há pouco pensei somente que um homem havia levado um dos cavalos do *Sahib*. Não sabia que sua intenção era me fazer passar por ladrão aos olhos do *Sahib*, senão meus demônios o teriam arrastado até aqui pela perna. Mas ainda não é tarde demais.

---

[7] Honra.

[8] Alteza, título que se dá aos príncipes.

Mowgli interrogou Gisborne com os olhos, mas Abdul Gafur caminhou com pressa até a égua branca, montou em seu dorso e saiu em disparada, fazendo estardalhaço nas veredas e ecos atrás dele.

— Bem feito para ele — disse Mowgli. — Mas cairá de novo da égua se não se agarrar na crina.

— Chegou o momento de me explicar o que tudo isso significa — disse Gisborne com certa rispidez. — Que conversa é essa sobre seus demônios? Como é possível levar e trazer homens para cima e para baixo no *rukh* como gado? Responda.

— O *Sahib* está zangado porque salvei seu dinheiro?

— Não, mas há em toda essa artimanha algo que não me agrada.

— Muito bem. Se eu me levantar agora, em três passos estarei no *rukh*, onde ninguém, nem mesmo o *Sahib*, poderá me encontrar enquanto eu achar conveniente. Como não tenho a intenção de fazê-lo, também não tenho a intenção de falar. Tenha um pouco de paciência, *Sahib*, e um dia vou esclarecer-lhe tudo, pois, se quiser, um dia faremos juntos o cervo andar. Não há nenhuma obra do demônio nisso. Somente... conheço o *rukh* como um homem conhece a cozinha de sua casa.

Mowgli expressava-se como se estivesse falando com uma criança impaciente. Gisborne, intrigado, perplexo e muito contrariado, não disse nada, só fitava o solo e refletia. Quando ergueu os olhos, o homem dos bosques não estava mais ali.

— Não é bom irritar-se entre amigos — disse uma voz calma, do fundo da mata. — Espere até o anoitecer, *Sahib*, quando o ar fica mais fresco.

Deixado assim a si mesmo, abandonado de certo modo no coração do *rukh*, Gisborne rogou pragas e logo se pôs a rir, montou em seu pônei e continuou cavalgando. Visitou a cabana de um *ranger*, deu uma olhada em duas novas plantações, deu algumas ordens para queimar um pedaço de grama seca e se dirigiu a um lugar para acampar de sua escolha, um monte de pedras soltas cobertas por um teto primitivo de galhos e folhas, não muito longe das margens do ribeirão Kani.

Já era o crepúsculo quando chegou à vista de seu local de descanso, e o *rukh* começava a despertar para a vida silenciosa e voraz da noite. Uma fogueira de acampamento oscilava frouxamente sobre o pequeno monte, e a brisa trazia o cheiro de um excelente jantar.

— Hum! — disse Gisborne a si mesmo. — Isto, em todo caso, é melhor que a carne fria. O único homem que pode encontrar-se aqui é Muller e, oficialmente, deve estar inspecionando o *rukh* de Changamanga. Suponho que é por isso que está em meu terreno.

O alemão gigantesco que estava à frente do Departamento dos Parques e Florestas de toda a Índia, o *ranger*-chefe da Birmânia a Bombaim, costumava passar rapidamente como os morcegos, sem avisar, de um lado para outro, aparecendo no lugar onde era menos esperado. Tinha como princípio que as visitas imprevistas, a descoberta de uma negligência no serviço e uma reprimenda de viva voz a um subordinado eram um método infinitamente mais eficaz que longas trocas de correspondência que podiam terminar numa repreensão escrita oficial, que anos depois figuraria como anotação negativa na folha de serviços de um funcionário florestal. Como ele explicava:

— Ze eu falar a meus rapazes como ze fosse um tio alemão, eles dirão: "Foi zó coisa desse felho abominável Muller", e farrão melhor da próxima fez. Mas ze o palerrma do meu zecretárrio escrefer e dizer que Muller, *der* inspector-gerral, não quer entender e está muito aborrezido, isso não funciona, primeirro borque não estou lá, e zegundo borque o idiota que fai me zuzeder no posto talvez diga aos meus melhorres rapazes: "Olhe aqui, meu antezezor foi obrigado a repreendê-lo". Eu lhe digo que os grandes generrais não fazem as árforres crezerrem.

Neste momento, o vozeirão de Muller saía da escuridão que reinava atrás do círculo de luz do fogo.

— Não coloque tanto temperro, filho de Belial![9] — dizia ele ao cozinheiro preferido, inclinando-se sobre o seu ombro. — O molho Worcester é um gondimento e não um fluido. Ah, Gisborne, focê feio parra um jantar pézimo. Onde está zeu acampamento?

E foi ao seu encontro para apertar-lhe a mão.

— Está aqui mesmo, senhor — disse Gisborne. — Eu não sabia que andava por estas bandas.

Muller examinou a boa aparência do jovem.

— *Gut!* Está muito bem! Um cafalo e alguma coisa fria para comer. Quando eu erra jovem costumava acampar azim. Hoje focê fai jantar comigo. Estive no mês pazado no comando parra completar meu relatórrio. Ezcrefi a metade, oh! oh! e deixei a outra metade parra meu zecretárrio, e zaí parra dar um pazeio. É uma eztupidez o goferno ezigir ezes relatórrios. Eu dize isso ao fize-rei em Zimla.

Gisborne abafou um sorriso, lembrando-se das inúmeras histórias que eram contadas sobre os conflitos de Muller com o governo supremo. Era o homem que tinha liberdade para tudo nos departamentos do Estado, porque não havia outro igual como funcionário florestal.

— Ze eu o encontrar, Gisborne, zentado em zeu bangalô prroduzindo relatórrios zobre as blantazões em fez de percorrê-las a cavalo, eu o transferrirrei parra o meio do dezerto de Bikaneer parra reflorestá-lo. Estou farto de relatórrios e de maztigar papel, quando há tanto trabalho para fazer.

— Não há grande perigo de me ver perdendo tempo na redação de meus relatórios anuais. Eu os detesto tanto quanto o senhor.

Neste ponto a conversa desviou para assuntos profissionais. Muller tinha perguntas a fazer, e Gisborne ordens e indicações a receber, até o momento em que o jantar estivesse pronto. Era a refeição mais civilizada que Gisborne fazia depois de muitos meses. Muller não tolerava nenhuma negligência do cozinheiro em seu trabalho, por mais distante que estivesse

[9] O Demônio.

a fonte de suprimentos. Embora a mesa estivesse posta num lugar desabitado, o jantar começou com peixes pequenos de água doce apimentados e terminou com café e conhaque.

— Ah! — exclamou Muller ao final, com um suspiro de satisfação, enquanto acendia um charuto e se deixava cair em sua já gasta cadeira de campo. — Quando fazo meus relatórrios zou lifre-penzador e ateu, mas aqui no *rukh* zou mais que cristão. Zou pagão também.

Fez girar com prazer a ponta do charuto debaixo da língua, apoiou as mãos nos joelhos e contemplou à sua frente, no coração obscuro e oscilante do *rukh*, cheio de ruídos furtivos: pequenos ramos que estalavam como o fogo às suas costas, o suspiro e o sussurro de um galho que o calor curvou e recuperava a posição na noite fria, o murmúrio incessante do ribeirão Kani e o som baixo que se erguia dos planaltos com relvas muito povoadas que cresciam invisíveis por trás de uma ondulação da colina. Muller soltou uma espessa baforada de fumaça e começou a recitar versos de Heine[10] para si mesmo.

— Zim, é muito pom. Muito pom. "Zim, eu fazo milagres e, por Deus, eles também dão certo." Lembro-me dos tempos em que não hafia *rukh* mais alto que zeus joelhos, daqui até as plantazões, e, durante a zeca, o gado comia ozos de animais mortos em toda parte. Agorra as árforres coprrem tudo. Foram plantadas por um lifre-penzador, porque zabia que só a cauza não produz o efeito. Mas as árforres cultuam zeus deuses antigos, "e os deuses cristãos clamam em voz alta". Eles não podem fifer no *rukh*, Gisborne.

Um vulto moveu-se numa das trilhas dos cavalos. Moveu-se, deu um passo para a frente e entrou na área iluminada pelas estrelas.

---

[10] Christian Johann Heinrich Heine (1797-1856) foi o maior poeta alemão do período de transição entre o Romantismo e o Realismo. Seu *Livro das canções*, obra da literatura alemã mais traduzida e famosa, possui rara leveza de formas.

— O que eu dize era ferdade. Silêncio! Aqui temos Fauno[11] em pessoa, que feio fer *der* inspector-gerral. *Himmel*, é o deus! Olhe!

Era Mowgli, com sua grinalda de flores brancas, caminhando com um galho meio desfolhado na mão. Mowgli, receando o fogo e pronto a recuar com um salto à mata ao menor sinal de alerta.

— É um amigo meu — disse Gisborne. — Está me procurando. Olá, Mowgli!

Muller mal teve tempo para respirar e o homem já estava ao lado de Gisborne, gritando:

— Fiz mal em ir embora. Fiz mal, mas não sabia, então, que a fêmea daquele que você matou perto deste rio estava acordada e o procurava. Se soubesse não teria partido. Ela veio seguindo seu rasto de longe, *Sahib*.

— Ele é um pouco louco — disse Gisborne — e fala de todos os animais que vivem por aqui como se fossem seus amigos.

— Naturralmente. Naturralmente. Ze Fauno não os conheze, quem os conhezerrá? — disse Muller seriamente. — O que diz zobre tigres este deus que o conheze tão bem?

Gisborne voltou a acender o charuto e, antes que terminasse de contar a história de Mowgli e suas façanhas, tinha queimado até o fio do bigode. Muller ouviu sem interromper.

— Não é loucurra — disse ele enfim, quando Gisborne fez o relato da maneira como Abdul Gafur foi levado até sua presença. — Não é, de modo algum, loucurra.

— O que é então? Ele me abandonou de mau humor esta manhã, porque lhe pedi para me contar como havia feito. Imagino que o rapaz esteja possuído de uma maneira ou de outra.

— Não, não está pozuído. É algo azombroso. Em gerral, eze tipo de homens morre jofem. E focê diz que zeu criado ladron não lhe dize o que arrastou a égua. O *nilghai*, naturralmente, não podia falar.

---

[11] Uma das divindades mais populares e antigas da mitologia romana, protetor dos agricultores e dos pastores, identificado com o deus grego Pã.

— Não, mas, com a breca, não havia nada ali. Fiquei à escuta e posso distinguir a maioria dos ruídos uns dos outros. Tanto o *nilghai* como o criado chegaram em disparada, loucos de medo.

Como resposta, Muller examinou Mowgli de alto a baixo, da cabeça aos pés, e depois lhe fez sinal para que se aproximasse. Mowgli adiantou-se como um gamo numa trilha suspeita.

— Não há perigo — disse Muller na linguagem da região. — Estenda o braço.

Fez sua mão correr até o cotovelo, que apalpou, e fez com a cabeça um sinal afirmativo.

— É bem o que eu pensava. Agora o joelho.

Gisborne viu-o tocar a rótula e sorrir. Duas ou três cicatrizes brancas, logo acima do tornozelo, chamaram sua atenção.

— Elas são de quando era muito novo? — perguntou.

— Sim — respondeu Mowgli com um sorriso. — São lembranças de amizade dos pequenos.

Em seguida olhou para Gisborne por cima do ombro.

— Este *Sahib* sabe tudo — disse. — Quem é?

— Isso virá depois, meu amigo. E agora, onde eles estão? — indagou Muller.

Mowgli traçou com a mão um círculo no ar em volta de sua cabeça.

— Claro! E é capaz de levar o *nilghai* para onde quiser? Veja! Minha égua está ali, presa à estaca. Pode fazê-la vir até aqui sem assustá-la?

— Se posso fazer a égua do *Sahib* vir sem assustá-la! — repetiu Mowgli, elevando um pouco a voz acima do normal. — Nada mais fácil, se as cordas que prendem as patas estiverem soltas.

— Desprenda as estacas das patas e da cabeça — gritou Muller para o criado.

Assim que elas foram desatadas, a égua, um animal enorme da Austrália, de pelo preto, ergueu a cabeça no ar e endireitou as orelhas.

— Com cuidado! Não quero que ela vá para dentro do *rukh* — disse Muller.

Mowgli permanecia imóvel diante das chamas da fogueira, exatamente com a feição do deus grego que os romances descrevem com riqueza de detalhes. A égua soltou um pequeno relincho, ergueu uma das patas traseiras, descobriu que as cordas estavam soltas, dirigiu-se rapidamente para o seu dono e deixou a cabeça cair em seu peito. Transpirava ligeiramente.

— Ela veio espontaneamente, e meus cavalos fariam o mesmo — bradou Gisborne.

— Vejam se ela está transpirando — disse Mowgli.

Gisborne pousou a mão no costado do animal, úmido de suor.

— É o suficiente — disse Muller.

— É o suficiente — repetiu Mowgli, e um eco repetiu suas palavras de uma rocha situada em suas costas.

— É uma coisa misteriosa, não é? — observou Gisborne.

— Não, é admirrável e nada mais. Extrremamente admirrável. Ainda não acrredita, Gisborne?

— Confesso que não.

— Então não lhe contarrei. Ele dize que algum dia lhe ezplicarrá o que é. Zeria cruel de minha parte ze eu contaze. O que não entendo é que ainda não tenha morrido. Agora ouça, você.

Muller virou-se para Mowgli e retomou o idioma vernáculo:

— Sou o chefe de todos os *rukhs* da Índia e de países do outro lado da Água Escura. Nem mesmo sei quantos homens tenho sob minhas ordens... talvez cinco mil, talvez dez. Sua tarefa será esta: não andar mais à toa pelo *rukh* conduzindo os animais selvagens de um lado para outro por pura diversão ou para se exibir; cumprir minhas ordens, porque sou o governo em questões de Parques e Florestas, e viver neste *rukh* como guarda-florestal; espantar as cabras dos aldeões quando não houver ordem para deixá-las pastar no *rukh*; deixar que entrem quando houver uma ordem; impedir a expansão, como sabe fazer, do javali e do *nilghai* quando se tornam muito numerosos; avisar ao *Sahib* Gisborne quando e em que sentido os tigres se deslocam, e o tipo de caça que anda pela floresta; e informar imediatamente qualquer incêndio que ocorra no *rukh*, pois pode fazê-lo com mais rapidez que qualquer outro. Por esse trabalho receberá cada mês um pagamento em dinheiro e, no fim, quando tiver mulher, gado e talvez filhos, uma pensão. O que me responde?

— É justamente o que eu... — começou Gisborne a dizer.

— Meu *Sahib* me falou, esta manhã, de um serviço desse tipo. Passei o dia caminhando e meditando sobre o assunto e já tenho a resposta. Vou servir, contanto que seja neste *rukh* e não em outro, com o *Sahib* Gisborne e não com outro.

— Assim será. Dentro de uma semana chegará a ordem por escrito na qual o governo se compromete a pagar-lhe uma pensão. Depois disso, você construirá sua cabana no local que Gisborne *Sahib* indicar.

— Eu queria falar com o senhor exatamente sobre esse assunto — disse Gisborne.

— Não hafia nezezidade que me dizeze nada. Bastou-me fer o homem. Não haferrá jamais um guarda-florestal igual a ele. É um milagre. Digo-lhe, Gisborne, que chegará o dia em que descobrrirrá isso. Lefe em conta que ele é irrmão de zangue de todos os animais do *rukh*.

— Eu me sentiria mais tranquilo se pudesse entendê-lo.

— Entenderrá, com o tempo. Digo-lhe que somente uma fez em meu zervizo, e izo há trrinta anos, encontrrei um menino que comezou como este homem. E ele morreu. De fez em quando é mencionado um cazo deze tipo nos relatórrios de rezenzeamento, mas todos morrem. Este homem sobrefifeu, e é um anacronismo, porque é anterrior à Idade do Ferro, e mesmo à Idade da Pedra. Feja zó, ele pertenze aos primeirros tempos da história do homem... é Adão no Parraíso, e agorra zó nos falta uma Efa! Não! Ele é ainda mais felho que essa história para crrianzas, azim gomo o *rukh* é mais antigo que os deuses. Gisborne, a partir deze momento zou um pagão, de uma fez por todas.

Muller passou o resto da longa noite sentado, fumando um charuto atrás do outro e fixando obstinadamente a escuridão, enquanto de seus lábios saíam, uma depois da outra, inúmeras citações, e seu rosto estampava uma admiração sem limites. Depois se encaminhou à sua tenda, porém voltou a sair quase em seguida, com seu majestoso pijama rosa. As últimas palavras que Gisborne ouviu-o dirigir ao *rukh*, no silêncio profundo da noite, foram estas, pronunciadas com grande ênfase:

Emborra mudemos, nos vistamos e adorrnemos,
Focê, o rude, o antigo, é o nobrre.
Libitina[12] foi sua mãe e Príapo,[13]
Seu pai, erra deus e, além disso, grego.

— Agorra zei que, pagão ou crristão, jamais conhezerrei inteirramente o interrior do *rukh*.

Uma semana mais tarde, era meia-noite no bangalô, quando Abdul Gafur, lívido de raiva, chegou ao pé da cama de Gisborne, pedindo-lhe em voz baixa que acordasse.

— Levante-se, *Sahib* — gaguejou. — Levante-se e pegue sua arma. Roubaram a minha honra. Levante-se e mate antes que alguém veja.

O rosto do velho sofrera tal transformação que Gisborne olhou para ele espantado.

— Então era por isso que este sem-casta do Jângal me ajudava a limpar a mesa do *Sahib*, a tirar água e a depenar as galinhas. Eles fugiram juntos apesar de todas as minhas surras e agora, sentado no meio de seus demônios, ele arrasta a alma da minha filha para o inferno. Levante-se, *Sahib*, e venha comigo.

Enfiou um rifle na mão ainda meio adormecida de Gisborne e quase o arrastou do quarto para a varanda.

— Eles estão no *rukh*, a menos de um tiro de rifle da casa. Venha comigo sem fazer ruído.

— Mas o que é isso, Abdul? De que se trata?

---

[12] Na mitologia romana, Libitina era a deusa da morte, dos cadáveres e dos funerais, porém em algumas tradições foi confundida com Vênus, a deusa do amor e dos prazeres terrenos.

[13] Na mitologia grega, Príapo era filho de Dionísio e Afrodite. Deus da fertilidade, protetor dos animais, dos rebanhos, das plantas frutíferas, dos jardins e da pesca.

— De Mowgli e seus demônios. E também de minha filha — respondeu Abdul Gafur.

Gisborne assobiou e seguiu o guia. Não fora por nada, ele sabia, que Abdul Gafur batera em sua filha nas noites anteriores, nem por nada que Mowgli ajudara nas tarefas da casa um homem que, por seus próprios poderes, fossem eles quais fossem, ele persuadira a roubar. Além disso, o namoro na floresta anda rápido.

Ouvia-se o suspiro de uma flauta no *rukh*, semelhante ao canto de uma divindade errante dos bosques e, mais distinto à medida que eles se aproximavam, um murmúrio de vozes. A senda terminava numa pequena clareira em meia-lua, fechada em parte pelo capinzal, em parte pelas árvores. No centro, num tronco de árvore caído, voltado de costas para aqueles que o espreitavam e com o braço ao redor do pescoço da filha de Abdul Gafur, estava sentado Mowgli, coroado de flores novas, tocando numa tosca flauta de bambu, enquanto ao som de sua música quatro lobos enormes dançavam solenemente sobre as patas traseiras.

— São seus demônios — murmurou Abdul Gafur, que trazia na mão um pacote de cartuchos.

Os animais puseram-se de quatro patas ao ouvir uma nota longa e trêmula e permaneceram quietos, com os olhos verdes fixados na moça.

— Veja — disse Mowgli, pondo a flauta de lado. — Há em tudo isso algo para ter medo? Eu lhe disse, pequena corajosa, que não havia nada para temer e você não acreditou em mim. Seu pai declarou que eram demônios e, por Alá, que é o seu Deus, não me espanto que ele pensasse assim. Ah, se você tivesse visto seu pai quando eles o conduziam pelo caminho do *nilghai*!

A jovem deixou escapar uma pequena risada como um sussurro e Gisborne ouviu como rangiam os poucos dentes de Abdul que ainda restavam. Aquela não era mais a menina que Gisborne vira silenciosa e olhando de soslaio com um só olho por um duplo véu, esgueirando-se pela casa, e sim uma mulher que havia desabrochado em uma noite, como a orquídea floresce em uma hora de calor úmido.

— São meus companheiros de folguedos e meus irmãos, filhos da mesma mãe que me amamentou, como lhe contei atrás da cozinha — continuou Mowgli. — Filhos do pai que se deitava entre mim e o frio na boca da caverna quando eu era uma criancinha nua. Olhe...

Um lobo ergueu a mandíbula parda, cobrindo de baba o joelho de Mowgli.

— Meu irmão sabe que falo deles. Sim, quando eu era pequeno, ele era o filhote que rolava comigo na lama.

— Mas você me disse que é homem de nascimento — arrulhou a jovem, aconchegando-se ainda mais ao ombro de Mowgli. — Você nasceu homem?

— Eu lhe disse! Claro que sou homem, e sei disso porque lhe dei meu coração, pequena.

A cabeça da jovem repousou no peito de Mowgli. Gisborne conteve com um gesto Abdul Gafur, que não ficou nem um pouco impressionado com o encanto da cena.

— Mas eu era um lobo entre os lobos, até o dia em que os do Jângal me disseram para ir embora porque eu era homem.

— Quem lhe disse para ir embora? Essa maneira de falar não é verdadeiramente de homem.

— Os próprios animais. Pequena, você não acreditaria se lhe contassem, mas foi assim que aconteceu. Os animais do Jângal me convidaram a ir embora, mas estes quatro me seguiram porque sou seu irmão. Então me tornei pastor de gado entre os homens e aprendi sua linguagem. *Ho! Ho!* Os rebanhos foram tangidos por meus irmãos, até que uma noite, minha querida, uma mulher, uma mulher velha, me viu brincando com eles nas plantações. Disseram então que eu estava possuído pelos demônios e me expulsaram da aldeia com pedras e paus, e os quatro vieram comigo às escondidas, e não mais abertamente. Foi naquele tempo que aprendi a comer carne cozida e falar sem medo. Assim andei de aldeia em aldeia, coração de meu coração, como pastor de gado, como guarda de búfalos, como rastreador de caça, e nunca um homem ousou erguer duas vezes o dedo contra mim.

Mowgli inclinou-se e afagou a cabeça de um dos animais.

— Você também faça o mesmo. Ele não pratica nenhum mal nem feitiçaria. Veja, eles já a conhecem.

— As matas estão cheias de todos os tipos de demônios — disse a jovem com um arrepio.

— É mentira. Mentira para crianças — respondeu Mowgli com segurança. — Dormi no orvalho debaixo das estrelas e na noite escura, e sei bem. O Jângal é minha casa. Pode um homem sentir medo das vigas de seu teto ou uma mulher da casa de seu marido? Abaixe-se e acaricie-os.

— São cães e impuros — murmurou ela, inclinando-se para a frente e desviando a cabeça.

— Depois de comer o fruto nos lembramos da Lei — disse Abdul Gafur amargamente. — Para que esperar tanto, *Sahib*? Mate!

— Silêncio! Vamos ver o que aconteceu — replicou Gisborne.

— Está bem — respondeu Mowgli, passando de novo o braço em volta da cintura da jovem. — Cães ou não, eles me acompanharam em mil aldeias.

— Ai, e onde estava seu coração, então? Em mil aldeias. Você conheceu mil donzelas. Eu... que não sou... que não sou mais donzela, ainda sou dona do seu coração?

— Por quem devo jurar? Por Alá, de quem você fala?

— Não, pela vida que há dentro de você, e isso me basta. Onde estava seu coração naquele tempo?

Mowgli deu uma risada.

— Em meu estômago, porque eu era jovem e estava sempre com fome. Foi assim que aprendi a seguir os rastos e a caçar, enviando meus irmãos de um lado para outro e chamando-os de volta, como um rei comanda seus exércitos. Foi por isso que pude levar o *nilghai* ao tolo jovem *Sahib* e a grande égua gorda ao *Sahib* gordo quando puseram em dúvida meu poder. Com a mesma facilidade eu poderia fazê-los andar de um lado para outro. Agora mesmo — o tom de sua voz elevou-se um pouco —, agora mesmo sei que seu pai e o *Sahib* Gisborne estão atrás de mim. Não, não fuja, pois nem dez homens juntos ousariam dar um passo adiante. Lembrando que seu pai bateu em você mais de uma vez, quer que eu dê o sinal e o faça correr de novo em círculos pelo *rukh*?

Um lobo pôs-se de pé, mostrando os dentes. Gisborne sentiu Abdul Gafur tremer ao seu lado. Um instante depois o copeiro gordo não estava mais ali e corria velozmente pela clareira.

— Só ficou o *Sahib* Gisborne — observou Mowgli, sem se voltar ainda —, mas comi o pão do *Sahib* Gisborne, logo estarei a seu serviço, e meus irmãos serão seus servidores para afugentar a caça e trazer notícias. Esconda-se no capim.

A jovem correu para esconder-se. O capim fechou-se atrás dela e do lobo de guarda que a seguia, e Mowgli, dando meia-volta com os três que ficaram, defrontou-se com Gisborne quando o funcionário das Florestas veio ao seu encontro.

— Estes são toda a magia — disse ele, apontando para os três lobos. — O *Sahib* gordo sabia que nós, criados entre os lobos, corremos sobre os cotovelos e os joelhos durante uma estação. Ao apalpar meus braços e minhas pernas, percebeu a verdade que o senhor não sabia. Isso é tão assombroso, *Sahib*?

— Sim, é mais assombroso que a magia. Foram eles que conduziram o *nilghai*?

— Sim, como conduziriam Iblis[14] se eu ordenasse. São meus olhos e meus pés.

— Se é assim, veja se Iblis não vai armado com um rifle de dois canos. Seus demônios ainda têm algo a aprender, pois se colocam um atrás do outro, de sorte que dois tiros matariam os três.

— Sim, mas eles sabem que serão seus criados quando eu for guarda-florestal.

— Guarda ou não, Mowgli, você causou uma grande vergonha a Abdul Gafur. Desonrou sua casa e infamou seu rosto.

— Quanto a isso, ele já estava infamado no dia em que pegou seu dinheiro, e mais infamado ainda quando, há um instante, sussurrou em seu ouvido que matasse um homem nu. Falarei eu mesmo com Abdul Gafur, pois sou homem a serviço do governo, com uma pensão. Ele celebrará o casamento segundo o rito que achar melhor, ou terá de correr mais

[14] Na mitologia árabe, o demônio principal dos muçulmanos.

uma vez. Falarei com ele ao raiar do dia. Quanto ao resto, o *Sahib* possui sua casa, e esta é a minha. É hora de voltar a dormir, *Sahib*.

Mowgli girou sobre seus calcanhares e desapareceu no capinzal, deixando Gisborne sozinho. A sugestão do deus do bosque não devia ser desprezada, e Gisborne regressou ao bangalô, onde Abdul Gafur, torturado pela raiva e pelo medo, delirava na varanda.

— Calma, calma — disse Gisborne, sacudindo-o, porque parecia que ele ia ter um ataque. — O *Sahib* Muller o nomeou guarda-florestal e, como você sabe, ele terá uma pensão no fim desse emprego, e está a serviço do governo.

— É um homem sem casta... um *mlech*...[15] um cão entre os cães, um comedor de carniça! Não há pensão que compense isso.

— Alá sabe e você ouviu que o mal está feito. Quer que os outros criados fiquem sabendo? Celebre o *shadi*[16] rapidamente, e sua filha fará dele um muçulmano. Ele é muito bem-apessoado. Está surpreso que, depois de suas surras, ela o tenha procurado?

— Ele disse, por acaso, que me perseguiria com seus animais?

— Pareceu-me que sim. Se for um feiticeiro, é no mínimo um feiticeiro muito poderoso.

Abdul Gafur refletiu por alguns instantes e, esquecendo-se de que era muçulmano, cedeu e se pôs a bradar:

— O senhor é Brâmane. Eu sou sua vaca. Resolva o problema e salve a minha honra, se é possível salvá-la.

Pela segunda vez Gisborne mergulhou no *rukh* e chamou Mowgli. A resposta veio de cima e em tom nada submisso.

— Fale com moderação — disse Gisborne, erguendo os olhos. — Ainda é tempo de tirar seu cargo e caçá-lo com seus lobos. A moça deve voltar esta noite para a casa do pai. Amanhã haverá o *shadi*, segundo a lei muçulmana, e então poderá levá-la. Agora a devolva a Abdul Gafur.

---

[15] Pessoa sem casta, estrangeiro.

[16] Cerimonial de preparação para o casamento.

S. Tresilian

— Eu ouvi.

Houve um murmúrio de duas vozes confabulando entre a folhagem.

— Sim, vamos obedecer, pela última vez.

....

Um ano mais tarde, Muller e Gisborne cavalgavam pelo *rukh*, conversando sobre assuntos de serviço. Chegaram às rochas perto do ribeirão Kani. Muller ia um pouco à frente. À sombra de uma moita de espinhos espojava-se um bebê moreno nu e, na mata que ficava atrás dele, espreitava a cabeça de um lobo cinzento. Gisborne teve somente o tempo de levantar com um golpe o rifle de Muller, e a bala passou arrancando lascas dos galhos no alto.

— Está louco? — bradou Muller. — Olhe!

— Estou vendo — respondeu Gisborne calmamente. — A mãe deve andar em algum lugar perto daqui. Por Júpiter, desse jeito vai despertar a Alcateia inteira!

Os arbustos entreabriram-se mais uma vez e uma mulher sem véu levantou rapidamente do chão a criança.

— Quem atirou, *Sahib*? — gritou ela para Gisborne.

— Foi este *Sahib*. Ele não se lembrava de que eram do povo de seu marido.

— Não se lembrava? Sim, pode ser que seja. Nós, que vivemos com eles, esquecemos completamente que não são dos nossos. Mowgli está pescando lá embaixo, no ribeirão. O *Sahib* quer vê-lo? Saiam daí, seus mal-educados. Saiam dos arbustos e façam o que os *Sahibs* mandarem.

Os olhos de Muller arregalavam-se cada vez mais. Freou com toda a força sua égua que se empinava e desmontou, enquanto apareciam fora do Jângal quatro lobos que rodearam Gisborne fazendo festas. A mãe, de pé, embalava o filho e os empurrava quando eles se esfregavam em seus pés descalços.

— O senhor tinha toda a razão a respeito de Mowgli — reconheceu Gisborne. — Eu queria contar-lhe, mas nos últimos doze meses me acostumei tanto à companhia desses animais que isso não me ocorreu.

— Oh, não se desculpe — retrucou Muller. — Não é nada. *Gott in Himmel!* "Eu fazo milagres... e eles às fezes também dão certo."

Dados biográficos

O autor e sua obra

Rudyard Kipling nasceu em Bombaim, na Índia, em 1865. Seu pai, John Lockwood Kipling, foi autor e ilustrador de *Beast and man in India*, e sua mãe era irmã de Lady Burne-Jones. Em 1871, Kipling foi levado da Índia para a Inglaterra, em Southsea, onde estudou e passou cinco anos morando com pais adotivos. Essa experiência é contada no livro *The light that failed* (1890). Os anos que passou no United Service College, uma escola para filhos de oficiais, são retratados em *Stalky & Co.* (1899), cujo personagem, Beetle, é uma espécie de autorretrato.

Começou a escrever poesia durante a faculdade e *Schoolboy lyrics* foi publicado discretamente em 1881. No ano seguinte, começou a trabalhar como jornalista e editor-assistente na Índia, na *Civil Military Gazette*. No período em que ficou no país, escreveu histórias, *sketches*, poemas, e notavelmente o livro *Simples contos das colinas* (1888), obra que o transformou em uma eminente celebridade literária quando voltou para a Inglaterra, em 1889. *Baladas da caserna* (1892) apresenta alguns de seus poemas mais conhecidos, incluindo "Mandalay", "Gunga din" e "Danny Deever". Nessa coletânea, Kipling experimentou formas e dialetos, especialmente o *cockney* dos poemas dos soldados, mas as influências de hinos, músicas do teatro de variedades, baladas e poemas populares pode ser encontrada em toda a sua poesia.

Em 1892, casou-se com uma americana, Caroline Balestier, e de 1892 a 1896 o casal viveu em Vermont, onde Kipling escreveu *O Livro do Jângal*, publicado em 1894. Em 1901, publicou *Kim* e, em 1902, *Just so stories*. Narrativas de todos os tipos, inclusive históricas e de ficção científica, continuaram a fluir de sua pena; no entanto, *Kim* é considerada sua obra-prima, colocando-o num lugar privilegiado entre os cronistas da expansão britânica.

A partir de 1902, Kipling passou a morar em Sussex, mas continuou a viajar pelo mundo e vislumbrou os primeiros sinais de guerra na África do Sul, onde escreveu excelentes reportagens sobre a Guerra dos Bôeres. Entretanto, muitas de suas opiniões foram rejeitadas por anti-imperialistas que o acusavam de jingoísmo e de ter um espírito belicoso. Em 1927, durante o governo Washington Luís, esteve no Brasil e visitou o Rio de Janeiro, São Paulo e Cubatão. Suas impressões sobre essa viagem foram publicadas no livro *Cenas brasileiras*.

Apesar de rico e bem-sucedido, ele nunca mais desfrutou do apreço literário dos primeiros anos. Com o advento da Primeira Guerra, seu trabalho tornou-se muito mais melancólico. A morte do filho único, em 1915, também contribuiu para uma visão de mundo mais intimista. As histórias que escreveu nessa época, *A diversity of creatures* (1917), *Debits and credits* (1926) e *Fins e recomeços* (1932) são consideradas como o que há de mais requintado em sua escrita.

Kipling recusou o papel de Poeta Laureado e outras honras civis, mas foi o primeiro escritor inglês a receber o Prêmio Nobel de Literatura, em 1907. Faleceu em 1936, aos 71 anos, em Londres.

Cronologia

1865 — *30 de dezembro* — Nasce em Bombaim, Índia. Pai, John Lockwood Kipling; mãe, Alice Macdonald.

1871 — Vai para Londres e fica hospedado na casa do Capitão Holloway.

1881 — Volta à Índia e se torna assistente do editor do *Civil and Military Gazette*: início de sua vida como jornalista e escritor.

Rudyard Kipling em visita ao Brasil, 1927.

1894 — Publica *O Livro do Jângal.*

1895 — Publica o *Segundo Livro do Jângal.*

1901 — Publica *Kim.*

1907 — Recebe o Prêmio Nobel de Literatura.

1923 — Publica *Land and Sea Tales for Scouts and Guides.*

1927 — Visita o Brasil.

1936 — *18 de janeiro* — Falece em Londres, vítima de úlcera gástrica.

Relação dos Volumes Publicados

1. Dom Casmurro
Machado de Assis
2. O Príncipe
Maquiavel
3. Mensagem
Fernando Pessoa
4. O Lobo do Mar
Jack London
5. A Arte da Prudência
Baltasar Gracián
6. Iracema / Cinco Minutos
José de Alencar
7. Inocência
Visconde de Taunay
8. A Mulher de 30 Anos
Honoré de Balzac
9. A Moreninha
Joaquim Manuel de Macedo
10. A Escrava Isaura
Bernardo Guimarães
11. As Viagens - "Il Milione"
Marco Polo
12. O Retrato de Dorian Gray
Oscar Wilde
13. A Volta ao Mundo em 80 Dias
Júlio Verne
14. A Carne
Júlio Ribeiro
15. Amor de Perdição
Camilo Castelo Branco
16. Sonetos
Luís de Camões
17. O Guarani
José de Alencar
18. Memórias Póstumas de Brás Cubas
Machado de Assis
19. Lira dos Vinte Anos
Álvares de Azevedo
20. Apologia de Sócrates / Banquete
Platão
21. A Metamorfose/Um Artista da Fome/Carta a Meu Pai
Franz Kafka
22. Assim Falou Zaratustra
Friedrich Nietzsche
23. Triste Fim de Policarpo Quaresma
Lima Barreto
24. A Ilustre Casa de Ramires
Eça de Queirós
25. Memórias de um Sargento de Milícias
Manuel Antônio de Almeida
26. Robinson Crusoé
Daniel Defoe
27. Espumas Flutuantes
Castro Alves
28. O Ateneu
Raul Pompeia
29. O Noviço / O Juiz de Paz da Roça / Quem Casa Quer Casa
Martins Pena
30. A Relíquia
Eça de Queirós
31. O Jogador
Dostoiévski
32. Histórias Extraordinárias
Edgar Allan Poe
33. Os Lusíadas
Luís de Camões
34. As Aventuras de Tom Sawyer
Mark Twain
35. Bola de Sebo e Outros Contos
Guy de Maupassant
36. A República
Platão
37. Elogio da Loucura
Erasmo de Rotterdam
38. Caninos Brancos
Jack London
39. Hamlet
William Shakespeare
40. A Utopia
Thomas More
41. O Processo
Franz Kafka
42. O Médico e o Monstro
Robert Louis Stevenson
43. Ecce Homo
Friedrich Nietzsche
44. O Manifesto do Partido Comunista
Marx e Engels
45. Discurso do Método / Regras para a Direção do Espírito
René Descartes
46. Do Contrato Social
Jean-Jacques Rousseau
47. A Luta pelo Direito
Rudolf von Ihering
48. Dos Delitos e das Penas
Cesare Beccaria
49. A Ética Protestante e o Espírito do Capitalismo
Max Weber
50. O Anticristo
Friedrich Nietzsche
51. Os Sofrimentos do Jovem Werther
Goethe
52. As Flores do Mal
Charles Baudelaire
53. Ética a Nicômaco
Aristóteles
54. A Arte da Guerra
Sun Tzu
55. Imitação de Cristo
Tomás de Kempis
56. Cândido ou o Otimismo
Voltaire
57. Rei Lear
William Shakespeare
58. Frankenstein
Mary Shelley
59. Quincas Borba
Machado de Assis
60. Fedro
Platão
61. Política
Aristóteles
62. A Viuvinha / Encarnação
José de Alencar
63. As Regras do Método Sociológico
Émile Durkheim
64. O Cão dos Baskervilles
Sir Arthur Conan Doyle
65. Contos Escolhidos
Machado de Assis
66. Da Morte / Metafísica do Amor / Do Sofrimento do Mundo
Arthur Schopenhauer
67. As Minas do Rei Salomão
Henry Rider Haggard
68. Manuscritos Econômico-Filosóficos
Karl Marx
69. Um Estudo em Vermelho
Sir Arthur Conan Doyle
70. Meditações
Marco Aurélio
71. A Vida das Abelhas
Maurice Materlinck
72. O Cortiço
Aluísio Azevedo
73. Senhora
José de Alencar
74. Brás, Bexiga e Barra Funda / Laranja da China
Antônio de Alcântara Machado
75. Eugênia Grandet
Honoré de Balzac
76. Contos Gauchescos
João Simões Lopes Neto
77. Esaú e Jacó
Machado de Assis
78. O Desespero Humano
Sören Kierkegaard
79. Dos Deveres
Cícero
80. Ciência e Política
Max Weber
81. Satíricon
Petrônio
82. Eu e Outras Poesias
Augusto dos Anjos
83. Farsa de Inês Pereira / Auto da Barca do Inferno / Auto da Alma
Gil Vicente
84. A Desobediência Civil e Outros Escritos
Henry David Toreau
85. Para Além do Bem e do Mal
Friedrich Nietzsche
86. A Ilha do Tesouro
R. Louis Stevenson
87. Marília de Dirceu
Tomás A. Gonzaga
88. As Aventuras de Pinóquio
Carlo Collodi
89. Segundo Tratado Sobre o Governo
John Locke
90. Amor de Salvação
Camilo Castelo Branco
91. Broquéis/Faróis/ Últimos Sonetos
Cruz e Souza
92. I-Juca-Pirama / Os Timbiras / Outros Poemas
Gonçalves Dias
93. Romeu e Julieta
William Shakespeare
94. A Capital Federal
Arthur Azevedo
95. Diário de um Sedutor
Sören Kierkegaard
96. Carta de Pero Vaz de Caminha a El-Rei Sobre o Achamento do Brasil
97. Casa de Pensão
Aluísio Azevedo
98. Macbeth
William Shakespeare

99. Édipo Rei/Antígona
Sófocles

100. Lucíola
José de Alencar

101. As Aventuras de Sherlock Holmes
Sir Arthur Conan Doyle

102. Bom-Crioulo
Adolfo Caminha

103. Helena
Machado de Assis

104. Poemas Satíricos
Gregório de Matos

105. Escritos Políticos / A Arte da Guerra
Maquiavel

106. Ubirajara
José de Alencar

107. Diva
José de Alencar

108. Eurico, o Presbítero
Alexandre Herculano

109. Os Melhores Contos
Lima Barreto

110. A Luneta Mágica
Joaquim Manuel de Macedo

111. Fundamentação da Metafísica dos Costumes e Outros Escritos
Immanuel Kant

112. O Príncipe e o Mendigo
Mark Twain

113. O Domínio de Si Mesmo Pela Auto-Sugestão Consciente
Émile Coué

114. O Mulato
Aluísio Azevedo

115. Sonetos
Florbela Espanca

116. Uma Estadia no Inferno / Poemas / Carta do Vidente
Arthur Rimbaud

117. Várias Histórias
Machado de Assis

118. Fédon
Platão

119. Poesias
Olavo Bilac

120. A Conduta para a Vida
Ralph Waldo Emerson

121. O Livro Vermelho
Mao Tsé-Tung

122. Oração aos Moços
Rui Barbosa

123. Otelo, o Mouro de Veneza
William Shakespeare

124. Ensaios
Ralph Waldo Emerson

125. De Profundis / Balada do Cárcere de Reading
Oscar Wilde

126. Crítica da Razão Prática
Immanuel Kant

127. A Arte de Amar
Ovídio Naso

128. O Tartufo ou O Impostor
Molière

129. Metamorfoses
Ovídio Naso

130. A Gaia Ciência
Friedrich Nietzsche

131. O Doente Imaginário
Molière

132. Uma Lágrima de Mulher
Aluísio Azevedo

133. O Último Adeus de Sherlock Holmes
Sir Arthur Conan Doyle

134. Canudos - Diário de Uma Expedição
Euclides da Cunha

135. A Doutrina de Buda
Siddharta Gautama

136. Tao Te Ching
Lao-Tsé

137. Da Monarquia / Vida Nova
Dante Alighieri

138. A Brasileira de Prazins
Camilo Castelo Branco

139. O Velho da Horta/Quem Tem Farelos?/Auto da Índia
Gil Vicente

140. O Seminarista
Bernardo Guimarães

141. O Alienista / Casa Velha
Machado de Assis

142. Sonetos
Manuel du Bocage

143. O Mandarim
Eça de Queirós

144. Noite na Taverna / Macário
Álvares de Azevedo

145. Viagens na Minha Terra
Almeida Garrett

146. Sermões Escolhidos
Padre Antonio Vieira

147. Os Escravos
Castro Alves

148. O Demônio Familiar
José de Alencar

149. A Mandrágora / Belfagor, o Arquidiabo
Maquiavel

150. O Homem
Aluísio Azevedo

151. Arte Poética
Aristóteles

152. A Megera Domada
William Shakespeare

153. Alceste/Electra/Hipólito
Eurípedes

154. O Sermão da Montanha
Huberto Rohden

155. O Cabeleira
Franklin Távora

156. Rubáiyát
Omar Khayyám

157. Luzia-Homem
Domingos Olímpio

158. A Cidade e as Serras
Eça de Queirós

159. A Retirada da Laguna
Visconde de Taunay

160. A Viagem ao Centro da Terra
Júlio Verne

161. Caramuru
Frei Santa Rita Durão

162. Clara dos Anjos
Lima Barreto

163. Memorial de Aires
Machado de Assis

164. Bhagavad Gita
Krishna

165. O Profeta
Khalil Gibran

166. Aforismos
Hipócrates

167. Kama Sutra
Vatsyayana

168. Histórias de Mowgli
Rudyard Kipling

169. De Alma para Alma
Huberto Rohden

170. Orações
Cícero

171. Sabedoria das Parábolas
Huberto Rohden

172. Salomé
Oscar Wilde

173. Do Cidadão
Thomas Hobbes

174. Porque Sofremos
Huberto Rohden

175. Einstein: o Enigma do Universo
Huberto Rohden

176. A Mensagem Viva do Cristo
Huberto Rohden

177. Mahatma Gandhi
Huberto Rohden

178. A Cidade do Sol
Tommaso Campanella

179. Setas para o Infinito
Huberto Rohden

180. A Voz do Silêncio
Helena Blavatsky

181. Frei Luís de Sousa
Almeida Garrett

182. Fábulas
Esopo

183. Cântico de Natal/ Os Carrilhões
Charles Dickens

184. Contos
Eça de Queirós

185. O Pai Goriot
Honoré de Balzac

186. Noites Brancas e Outras Histórias
Dostoiévski

187. Minha Formação
Joaquim Nabuco

188. Pragmatismo
William James

189. Discursos Forenses
Enrico Ferri

190. Medeia
Eurípedes

191. Discursos de Acusação
Enrico Ferri

192. A Ideologia Alemã
Marx & Engels

193. Prometeu Acorrentado
Ésquilo

194. Iaiá Garcia
Machado de Assis

195. Discursos no Instituto dos Advogados Brasileiros / Discurso no Colégio Anchieta
Rui Barbosa

196. Édipo em Colono
Sófocles

197. A Arte de Curar pelo Espírito
Joel S. Goldsmith

198. Jesus, o Filho do Homem
Khalil Gibran

199. Discurso sobre a Origem e os Fundamentos da Desigualdade entre os Homens
Jean-Jacques Rousseau

200. Fábulas
La Fontaine

201. O Sonho de uma Noite de Verão
William Shakespeare

202. Maquiavel, o Poder
José Nivaldo Junior

203. Ressurreição
Machado de Assis

204. O Caminho da Felicidade
Huberto Rohden

205. A Velhice do Padre Eterno
Guerra Junqueiro

206. O Sertanejo
José de Alencar

207. Gitanjali
Rabindranath Tagore

208. Senso Comum
Thomas Paine

209. Canaã
Graça Aranha

210. O Caminho Infinito
Joel S. Goldsmith

211. Pensamentos
Epicuro

212. A Letra Escarlate
Nathaniel Hawthorne

213. Autobiografia
Benjamin Franklin

214. Memórias de Sherlock Holmes
Sir Arthur Conan Doyle

215. O Dever do Advogado / Posse de Direitos Pessoais
Rui Barbosa

216. O Tronco do Ipê
José de Alencar

217. O Amante de Lady Chatterley
D. H. Lawrence

218. Contos Amazônicos
Inglês de Souza

219. A Tempestade
William Shakespeare

220. Ondas
Euclides da Cunha

221. Educação do Homem Integral
Huberto Rohden

222. Novos Rumos para a Educação
Huberto Rohden

223. Mulherzinhas
Louise May Alcott

224. A Mão e a Luva
Machado de Assis

225. A Morte de Ivan Ilicht / Senhores e Servos
Leon Tolstói

226. Álcoois e Outros Poemas
Apollinaire

227. Pais e Filhos
Ivan Turguêniev

228. Alice no País das Maravilhas
Lewis Carroll

229. À Margem da História
Euclides da Cunha

230. Viagem ao Brasil
Hans Staden

231. O Quinto Evangelho
Tomé

232. Lorde Jim
Joseph Conrad

233. Cartas Chilenas
Tomás Antônio Gonzaga

234. Odes Modernas
Anntero de Quental

235. Do Cativeiro Babilônico da Igreja
Martinho Lutero

236. O Coração das Trevas
Joseph Conrad

237. Thais
Anatole France

238. Andrômaca / Fedra
Racine

239. As Catilinárias
Cícero

240. Recordações da Casa dos Mortos
Dostoiévski

241. O Mercador de Veneza
William Shakespeare

242. A Filha do Capitão / A Dama de Espadas
Aleksandr Púchkin

243. Orgulho e Preconceito
Jane Austen

244. A Volta do Parafuso
Henry James

245. O Gaúcho
José de Alencar

246. Tristão e Isolda
Lenda Medieval Celta de Amor

247. Poemas Completos de Alberto Caeiro
Fernando Pessoa

248. Maiakósvski
Vida e Poesia

249. Sonetos
William Shakespeare

250. Poesia de Ricardo Reis
Fernando Pessoa

251. Papéis Avulsos
Machado de Assis

252. Contos Fluminenses
Machado de Assis

253. O Bobo
Alexandre Herculano

254. A Oração da Coroa
Demóstenes

255. O Castelo
Franz Kafka

256. O Trovejar do Silêncio
Joel S. Goldsmith

257. Alice na Casa dos Espelhos
Lewis Carrol

258. Miséria da Filosofia
Karl Marx

259. Júlio César
William Shakespeare

260. Antônio e Cleópatra
William Shakespeare

261. Filosofia da Arte
Huberto Rohden

262. A Alma Encantadora das Ruas
João do Rio

263. A Normalista
Adolfo Caminha

264. Pollyanna
Eleanor H. Porter

265. As Pupilas do Senhor Reitor
Júlio Diniz

266. As Primaveras
Casimiro de Abreu

267. Fundamentos do Direito
Léon Duguit

268. Discursos de Metafísica
G. W. Leibniz

269. Sociologia e Filosofia
Émile Durkheim

270. Cancioneiro
Fernando Pessoa

271. A Dama das Camélias
Alexandre Dumas (filho)

272. O Divórcio / As Bases da Fé / e outros textos
Rui Barbosa

273. Pollyanna Moça
Eleanor H. Porter

274. O 18 Brumário de Luís Bonaparte
Karl Marx

275. Teatro de Machado de Assis
Antologia

276. Cartas Persas
Montesquieu

277. Em Comunhão com Deus
Huberto Rohden

278. Razão e Sensibilidade
Jane Austen

279. Crônicas Selecionadas
Machado de Assis

280. Histórias da Meia-Noite
Machado de Assis

281. Cyrano de Bergerac
Edmond Rostand

282. O Maravilhoso Mágico de Oz
L. Frank Baum

283. Trocando Olhares
Florbela Espanca

284. O Pensamento Filosófico da Antiguidade
Huberto Rohden

285. Filosofia Contemporânea
Huberto Rohden

286. O Espírito da Filosofia Oriental
Huberto Rohden

287. A Pele do Lobo / O Badejo / o Dote
Artur Azevedo

288. Os Bruzundangas
Lima Barreto

289. A Pata da Gazela
José de Alencar

290. O Vale do Terror
Sir Arthur Conan Doyle

291. O Signo dos Quatro
Sir Arthur Conan Doyle

292. As Máscaras do Destino
Florbela Espanca

293. A Confissão de Lúcio
Mário de Sá-Carneiro

294. Falenas
Machado de Assis

295. O Uraguai / A Declamação Trágica
Basílio da Gama

296. Crisálidas
Machado de Assis

297. Americanas
Machado de Assis

298. A Carteira de Meu Tio
Joaquim Manuel de Macedo

299. Catecismo da Filosofia
Huberto Rohden

300. Apologia de Sócrates
Platão (Edição bilingue)

301. Rumo à Consciência Cósmica
Huberto Rohden

302. Cosmoterapia
Huberto Rohden

303. Bodas de Sangue
Federico García Lorca

304. Discurso da Servidão Voluntária
Étienne de La Boétie

305. Categorias
Aristóteles

306. Manon Lescaut
Abade Prévost

307. Teogonia / Trabalho e Dias
Hesíodo

308. As Vítimas-Algozes
Joaquim Manuel de Macedo

309. Persuasão
Jane Austen

310. Agostinho - Huberto Rohden

311. Roteiro Cósmico
Huberto Rohden

312. A Queda dum Anjo
Camilo Castelo Branco

313. O Cristo Cósmico e os Essênios - Huberto Rohden

314. Metafísica do Cristianismo
Huberto Rohden

315. Rei Édipo - Sófocles

316. Livro dos provérbios
Salomão

317. Histórias de Horror
Howard Phillips Lovecraft

318. O Ladrão de Casaca
Maurice Leblanc

319. Til
José de Alencar

Série Ouro
(Livros com mais de 400 p.)

1. Leviatã
Thomas Hobbes

2. A Cidade Antiga
Fustel de Coulanges

3. Crítica da Razão Pura
Immanuel Kant

4. Confissões
Santo Agostinho

5. Os Sertões
Euclides da Cunha

6. Dicionário Filosófico
Voltaire

7. A Divina Comédia
Dante Alighieri

8. Ética Demonstrada à Maneira dos Geômetras
Baruch de Spinoza

9. Do Espírito das Leis
Montesquieu

10. O Primo Basílio
Eça de Queirós

11. O Crime do Padre Amaro
Eça de Queirós

12. Crime e Castigo
Dostoiévski

13. Fausto
Goethe

14. O Suicídio
Émile Durkheim

15. Odisseia
Homero

16. Paraíso Perdido
John Milton

17. Drácula
Bram Stoker

18. Ilíada
Homero

19. As Aventuras de Huckleberry Finn
Mark Twain

20. Paulo – O 13º Apóstolo
Ernest Renan

21. Eneida
Virgílio

22. Pensamentos
Blaise Pascal

23. A Origem das Espécies
Charles Darwin

24. Vida de Jesus
Ernest Renan

25. Moby Dick
Herman Melville

26. Os Irmãos Karamazovi
Dostoiévski

27. O Morro dos Ventos Uivantes
Emily Brontë

28. Vinte Mil Léguas Submarinas
Júlio Verne

29. Madame Bovary
Gustave Flaubert

30. O Vermelho e o Negro
Stendhal

31. Os Trabalhadores do Mar
Victor Hugo

32. A Vida dos Doze Césares
Suetônio

33. O Moço Loiro
Joaquim Manuel de Macedo

34. O Idiota
Dostoiévski

35. Paulo de Tarso
Huberto Rohden

36. O Peregrino
John Bunyan

37. As Profecias
Nostradamus

38. Novo Testamento
Huberto Rohden

39. O Corcunda de Notre Dame
Victor Hugo

40. Arte de Furtar
Anônimo do século XVII

41. Germinal
Émile Zola

42. Folhas de Relva
Walt Whitman

43. Ben-Hur – Uma História dos Tempos de Cristo
Lew Wallace

44. Os Maias
Eça de Queirós

45. O Livro da Mitologia
Thomas Bulfinch

46. Os Três Mosqueteiros
Alexandre Dumas

47. Poesia de Álvaro de Campos
Fernando Pessoa

48. Jesus Nazareno
Huberto Rohden

49. Grandes Esperanças
Charles Dickens

50. A Educação Sentimental
Gustave Flaubert

51. O Conde de Monte Cristo (Volume I)
Alexandre Dumas

52. O Conde de Monte Cristo (Volume II)
Alexandre Dumas

53. Os Miseráveis (Volume I)
Victor Hugo

54. Os Miseráveis (Volume II)
Victor Hugo

55. Dom Quixote de La Mancha (Volume I)
Miguel de Cervantes

56. Dom Quixote de La Mancha (Volume II)
Miguel de Cervantes

57. As Confissões
Jean-Jacques Rousseau

58. Contos Escolhidos
Artur Azevedo

59. As Aventuras de Robin Hood
Howard Pyle

60. Mansfield Park
Jane Austen